熙凤踏雪

秦可卿太虚幻境

惜春作画

妙玉品茶

巧姐避居刘姥姥

迎春理妆

李纨读书

元春才选凤藻宫

宝钗捕蝶

黛玉葬花

湘云醉卧芍药丛

探春远嫁

王宏铭 著

红楼有三味

中国工人出版社

自 序
与经典为伴

最近有报道说美国的 ChatGPT 可能已经有了意识。这是对人类智慧的挑战。

在这种情况下，我们还有必要去读那些经典吗？

我觉得有必要。我想，人工智能可以帮助人们记忆，甚至可以有逻辑思维，但它可以有感情吗，可以有作为人的主体意识吗——目前它还只是人们的帮手。它给不了我们思想，更给不了我们阅读时的享受——不论是艺术的，还是思想的。

在没有网络甚至没有空调的那些年，我是把阅读经典作为乘凉的手段的。心静自然凉嘛。靠在沙发上，捧读《古文观止》，那一篇篇美文使我沉浸其中，忘了盛夏的炎热。

在网络化时代，人们被各种碎片化信息诱惑，连我这样上了年纪的人也逃不过，但是，我限制浏览网络信息的时间，腾出时间阅读经典。比如，近两三年我集中时间重读了列夫·托尔斯泰的《战争与和平》《安娜·卡列尼娜》、司汤达的《红与黑》、玛格丽特·米切尔的《飘》等，还阅读了《忏悔录》《堂吉诃德》《简·爱》《洛丽塔》《飞越疯人院》，以及托马斯·阿奎那的《论存在者与本质》、王阳明的《传习录》等。当然，《红楼梦》是随时要读的。

阅读经典是一种享受，但有时也是一种折磨——对我来说，折磨源于读不懂，比如读不懂托马斯·阿奎那的哲学论著《论存在者与本质》以及卡夫卡的某些小说等。遇到这种情况只能耐心地读下去，等到读懂了一些的时候那就是一种享受。

在经典阅读中，我读得最多的是《红楼梦》，不是重读，也不是读三四遍，而是读了不知有多少遍了。

不同的《红楼梦》版本，也读过几种。近年读的版本之中我最喜欢的，就是邓遂夫校订的甲戌本、庚辰本《脂砚斋重评石头记》，尤其是书中的那篇导论《走出象牙之塔》，提出了许多新见解，且立论高妙、论证有力、材料扎实，令人信服；还有冯其庸纂校订定的《八家评批红楼梦》，使我在重温红楼梦故事的同时，一览清代评点派风貌；周汝昌校订批点本《石头记》，使我在温习脂砚斋、畸笏叟等评语的同时，领略了许多新观点。当然，我也阅读了据说是新发现的《癸酉本石头记》后28回。

红学家的著作也读了一些，如爱新觉罗·裕瑞、富察明义、王国维、蔡元培、胡适、俞平伯、周汝昌、张爱玲等人的代表作及其他论著。

这些红学大师的论著，一方面使我对《红楼梦》这部经典著作有了更深刻的理解；另一方面提高了我的理论学养，增强了我对事物的观察分析能力。

我在阅读中还有些"新发现"，由此我提出了《红楼梦》叙事的"两个时空体系"（真实的现实时空体系和虚拟的梦幻时空体系）的命题，提出了《红楼梦》的"底色"是"许多鲜活生命的'非正常'死亡"问题，提出了林黛玉可能因患抑郁症而上吊身亡的问题，提出了在《红楼梦》之前可能有过一个短篇故事集——那就是《风月宝鉴》，同时论证了《红楼梦》将真事隐去的"真事"除政治事件外，还有"家丑"……

这些"新发现"令我激动。这也是一种享受啊！我将它写成文章在报刊上发表，个别文章观点还被《新华文摘》摘录。当然，那些文章观点也许有可商榷之处。

说到眼前这本小小的随笔集，它是我与经典为伴结出的小小果实。它不是很丰满，也不是很美丽，却是我数十年红楼私人阅读史的结晶。

愿我认识的、不认识的朋友，在人生路上也能与经典为伴。

有了《红楼梦》等经典著作的陪伴，我们的思想会更丰富，灵魂会更纯洁；我们人生的宽度会更宽，人生的厚度会更厚。

目 录

上编 知己

《红楼梦》不是一般的小说	003
《红楼梦》之前有一个短篇故事集	008
曹雪芹？曹雪芹！	018
《〈癸酉本石头记〉后28回》是一本怎样的书	033
从"反面"读红楼	045
"猜笨谜"	049
"密码式解读"	052
不能这样读红楼	056
不要再"冒险"了	073

中编 知人

人性的曲与直	079
贾宝玉的"女性观"	085
贾宝玉的"怪"	094
林黛玉之死	107
林黛玉的"爱哭"与"还泪说"种种	116
另一个林黛玉	122
两个完全不同的薛宝钗	125
贾宝玉的两个结局	130

	探春：两个版本两种境界	133
	鸳鸯：是忠仆，还是奸细	137
	小红：一个写丢了；一个有大作为	139
	滴血的诗文	141

下编 知命	两个时空体系	151
	红楼笔法	164
	又向荒唐演大荒	168
	一面人生哲学之"镜"	178
	贾家最后败落的两种"表达"	184
	"树倒猢狲散"之"树"	188
	从一个新观念想到的……	197

| 附录 | 细节，小说中的"微循环" | 213 |
| | "诸回梗概"选 | 223 |

| | 主要参考书目 | 298 |

| | 后　记 | 301 |

上编　知己

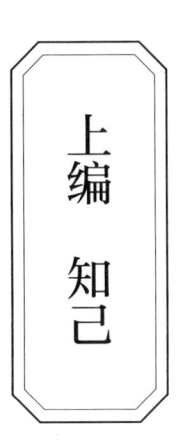

伟大的文学作品是社会和人类的一面镜子。它不但可以照进历史、照进现实，还可以照进人的内心。

徜徉于伟大的文学作品里，就是在跟作者做心与心的交流。

莎士比亚说："一千个人的眼中就有一千个哈姆雷特。"我读红楼，就是我认识的红楼。它照进了我干涸的心田，我走进了它博大的胸怀……

《红楼梦》不是一般的小说

一部《红楼梦》成就一门红学,这已是文学史上罕见的文学现象了;还有一个文学现象,不知读《红楼梦》的人有没有注意到:曹雪芹是伟大的作家是无疑的,但他却是一个极少产的作家,一生只写了大半部小说,那就是未完的《红楼梦》,其他散文、诗词等作品流传下来的几近为零。

在作品数量上,曹雪芹与差不多同时代的外国作家相比差远了。比如,法国作家巴尔扎克一生光是小说就写了91部,合成叫《人间喜剧》,文学青年或多或少都读过他的作品,如《高老头》《欧也妮·葛朗台》等;俄国作家列夫·托尔斯泰、陀思妥耶夫斯基等都是多产作家,列夫·托尔斯泰除了代表作《战争与和平》《安娜·卡列尼娜》《复活》三部长篇小说,还有许多中短篇小说、散文、政论等。

那么,为什么伟大的作家曹雪芹竟这样少产呢?

是书写工具的问题吗?用毛笔写作,的确没有用羽毛笔、钢笔甚至电脑写作快,但这绝不是问题的根本!

问题的关键是曹雪芹在用生命写作!曹雪芹不像有些作家有个灵感就能创作一部小说,有个火花就能让它燎原。有的作家还要靠体验别人的生活写作。比如，美国作家肯·克西的《飞越疯人院》，就是作者在写作班学习，同时参加精神病院工作，在观察、体验、思考的基础上创作的，他既不是精神病人，也不是精神病人的家属。说穿了，他是在讲别人的故事，但他必须在观察中体验各种精神病患者的内心。曹雪芹不是这样。他写的就是他自己和他最爱的、最亲的人，而且是写他们的悲剧人生以及令人留恋的过去生活。这种写作肯定跟体验生活式或仅凭灵感或天才写作不同。

在《脂砚斋重评石头记甲戌校本》第1回叙述完《石头记》的来历之后，作者说：

> 后因曹雪芹于悼红轩中批阅十载，增删五次，纂成目录，分出章回，则题曰《金陵十二钗》。并题一绝云：满纸荒唐言，一把辛酸泪。都云作者痴，谁解其中味。

就在这段正文下面，脂砚斋有一段批语，道出了曹雪芹用生命血泪写作《红楼梦》的真情："能解者，方有辛酸之泪哭成此书。壬午除夕，书未成，芹为泪尽而逝。余尝哭芹，泪亦待尽。每意觅青埂峰再问石兄，奈不遇癞头和尚何？怅怅！今而后，惟愿造化主再出一芹一脂，是书何幸！余二人亦大快遂心于九泉矣！甲申八月泪笔。"

这里有这样几点需要探讨。

第一，用生命血泪写作，必须有生命的体验，有生活阅历，甚至遭受过命运的打击。

司马迁在《报任安书》中有一段著名论述："文王拘而演《周易》；仲尼厄而作《春秋》；屈原放逐，乃赋《离骚》；左丘失明，厥有《国语》；孙子膑脚，《兵法》修列……《诗》三百篇，大底贤圣发愤之所为作也。"司马迁历数的这些经典都是作者在遭受巨大打击下完成的。其实，司马迁写作《史记》也是在遭了"宫刑"情况下坚持完成的。他给朋友任安写这封信，就是解释自己为什么遭了那么大的"侮辱"而不自杀。还是在这封信里，司马迁又说："此人皆意有所郁结，不得通其道，故述往事、思来者。"曹雪芹正是像司马迁说的，在遭受人亡家破的巨大打击之后，"意有所郁结，不得通其道，故述往事、思来者"，才创作了《红楼梦》。这部用生命和血泪"哭"成的书，绝不同于仅凭灵感和才华写作的一般小说。

第二，用生命血泪写成的小说，更珍视每一个生命。

在中国四大名著里，《红楼梦》是最尊重人的生命、感情和价值的一部作品。除了《红楼梦》，其他三部作品《三国演义》《水浒传》《西游记》都是在民间经过多少年的流传才被文人整理写作成书的，只有《红楼梦》是曹雪芹独创的。因此，《红楼梦》与其他三部名著相比，显得故事性差而思想性强。

《红楼梦》特别强调人尤其是普通人的价值，我们在读《红楼梦》时几乎能时时感受到这一点。比如，听了刘姥姥讲"村姑"抽柴的故事，宝玉就当真，带着小厮去野外祭拜；宝玉不但日常待下人如姐妹，还亲自到袭人和晴雯家访问，特别是到晴雯家探看正是在晴雯被撵出贾府将要死亡之时；金钏投井自杀，原因是王夫人打了金钏一巴掌又污蔑她"勾引宝玉",宝玉心里有愧,当金钏的妹妹玉钏侍候宝玉的时候故意"丧邦"他,宝玉不但不恼还百般柔情地劝"玉钏亲尝莲叶羹";得知晴雯死了,宝玉悲痛不已,为这位下人写了长篇《芙蓉女儿诔》,把晴雯定为"芙蓉神"……

再看其他名著。这里只举一例,《水浒传》第40回"梁山泊好汉劫法场"这样描写李逵的行为:那汉那里肯应,火杂杂地抡着大斧,只顾砍人……晁盖便挺朴刀叫道:"不干百姓事,休只管伤人!"那汉那里来听叫唤,一斧一个,排头儿砍将去。

鲁迅在《三闲集·流氓的变迁》中说:"李逵劫法场时,抡起板斧来排头砍去,而所砍的是看客。"在李逵的板斧下,人的生命好像不是人命,而是开镰收割的庄稼。这跟宝玉的行为简直有天壤之别。

第三,用生命血泪写成的小说,不仅关注个体,也关注社会。

整部《红楼梦》就是康乾时期的社会写照和形象历史。司马迁《史记》的体例分本纪、世家、传等。可以这样说,《红楼梦》一"世家"相当于《史记》众"世家"。曹雪芹站在历史的高度,细致地解剖了一个"贵族家族",同时关注社会众生相。《红楼梦》关注社会最突出的是"薄命女偏逢薄命郎 葫芦僧乱判葫芦案"这一回,还透露出了官员保官保命的"护身符",显示了当时社会的黑暗。

第四,用生命血泪写成的小说,并不排除浪漫的想象。

《红楼梦》是一部充满丰富想象力的小说,这从开头就显示出来了——女娲补天剩下的一块石头、警幻仙、宝玉和甄士隐的瑰丽的梦、金陵十二钗正副册及判词,这些是多么奇特的想象,绝不亚于《西游记》的浪漫。

总之,曹雪芹用生命血泪写成的小说,需要我们用对生命的体验和对生活的体验去阅读。

《红楼梦》之前有一个短篇故事集

一般认为,《红楼梦》是一气呵成的,或者像曹雪芹说的"批阅十载,增删五次",虽有多次修改,但写作之前是有整体构思的。但是,我经过反复精读研究后发现,在《红楼梦》这部鸿篇巨制之前可能先有过一个短篇故事集,后来曹雪芹重新构思并借用了那个短篇故事集的内容,才成了我们今天看到的伟大文学作品《红楼梦》。

读《红楼梦》有时如观海,而那一个个独特的故事,就如一座座露出海面、风光绮丽的小岛。这些美丽的小岛,就是所谓的"短篇故事"。

一

《红楼梦》第 1 回中,关于书的来源有过一段郑重声明:因空见色,由色生情,传情入色,自色悟空,遂易名为情僧,改《石头记》为《情僧录》。至吴玉峰题曰《红楼梦》。东鲁孔梅溪则题曰《风月宝鉴》。后因曹雪芹于悼红轩中批阅十载,增删五次,纂成目录,分出章回,则题曰《金陵十二钗》。

过去读《红楼梦》的人都不注意这段声明，或者曲解这段声明，比如程伟元、高鹗就把曹雪芹作为删改者，甚至在胡适之前一般读者不知作者是谁，经胡适考证才知道作者是曹雪芹，写的是他自己的身世。从这段声明的文字表面看，《石头记》《情僧录》《红楼梦》《风月宝鉴》《金陵十二钗》都是同一部书的书名。但是，《脂砚斋重评石头记甲戌校本》(以下简称《甲戌本》)在"东鲁孔梅溪则题曰《风月宝鉴》"这句话旁有一段评语值得关注："雪芹旧有《风月宝鉴》之书，乃其弟棠村序也。今棠村已逝，余睹新怀旧，故仍因之。"从脂砚斋的评语看，《风月宝鉴》很可能是另一部书。这里有两个理由：其一，如果它同《红楼梦》是一部书，那么曹雪芹弟弟棠村的序也应随《红楼梦》一同传下来，而现实是谁也没见过那篇序；其二，从脂砚斋评论的口气看也不像是一部书，如果同其他4个书名一样，这里也没必要提"旧有《风月宝鉴》"这件事。因此，《风月宝鉴》很可能就是那部短篇故事集。

假如上述判断不错，《风月宝鉴》的内容又是什么呢？从书名的含义就可看出，这部旧有的《风月宝鉴》一定是写男女关系的，而且很可能具有讽劝教育功能，劝人在男女关系中不要误入歧途，并非像后来《红楼梦》那样是深刻反映社会现实、百科全书式的封建社会的风俗画卷。为什么这样说？我们可以从《红楼梦》中寻出那些依稀可见的原来"宝鉴"故事的影子，加以证明。

二

贾瑞和王熙凤的故事主要在《红楼梦》的第12、第13回，标题是"庆寿辰宁府排家宴 见熙凤贾瑞起淫心"和"王熙凤毒设相思局 贾天祥正照风月鉴"。我以为，这个故事就有《风月宝鉴》的影子。

据有些红学家说，贾瑞和王熙凤的故事是作者被命删掉"秦可卿淫丧天香楼"的情节后，从别处移来填空的。的确，曹雪芹原来可能直接描写了贾珍和儿媳秦可卿混乱的两性关系，在天香楼被丫鬟撞破，秦氏含羞上吊而死。这些情节虽然被删，但在《甲戌本》上却留下了明显的痕迹。比如，第5回预示秦可卿命运的"簿册"就是"画着高楼大厦，有一美人悬梁自缢"。脂砚斋在此有一个评论是："秦可卿真正死法，真正实事。书中掩却真面，却从此处透逗。"还有，第13回写秦可卿死讯传出，贾家上下"无不纳罕，都有些疑心"。脂砚斋的评语是："九个字写尽天香楼事，是不写之写。"既然不写秦可卿是上吊死的，而要写她是病死的，就要拖时间，而且删去了贾珍跟她不正当关系的文字，如此确实留出太大的空间。此间，在王熙凤看望病中的秦可卿后，去参加贾敬生日庆典的路上，就碰上了起了淫心的贾瑞。于是，中间插了一回半的王熙凤与贾瑞的文字，然后才是秦可卿去世及熙凤帮助料理秦氏丧礼的情节。说这一回半熙凤与贾瑞的文字是"填空"，也无不可。

王熙凤与贾瑞这段文字，写的是一个癞蛤蟆想吃天鹅肉，反被天鹅整死的故事，写得曲折多姿、悬念迭出、令人喷饭。最后，贾瑞病卧在床，道士给了他一面"风月宝鉴"，告诉他千万别照正面，只照反面就会好的。然而，反面是个骷髅，正面是俊俏的王熙凤。贾瑞贪色哪肯照反面看骷髅，竟一味地照正面看王熙凤向他招手，他进去与王熙凤云雨一番再出来，然后又进去。这样几次，人就不行了，最终死去。

　　上述这个故事在《红楼梦》中蕴含着这样三个特点：它完全可以从《红楼梦》中脱离出来独立成篇；故事讲的是男女之间的情事，但不是男女关系之正道；如果脱离《红楼梦》的大环境，它的内涵不过是劝善惩恶。

三

　　上文已涉及秦可卿的死因问题。那么，秦可卿的故事——真实的故事，即跟公公贾珍有染、被人撞破自杀——是否也是短篇故事集《风月宝鉴》中的故事呢？

　　我认为，应该是。因为秦可卿的故事可能比贾瑞的故事更有"教育"意义。

　　也许有人要问，秦可卿原来的故事写在《红楼梦》里，就被命删掉，为什么在旧有的《风月宝鉴》里就可以保留呢？可以这样推测，曹雪芹旧有的《风月宝鉴》是短篇，也许是"练笔"的东西，因此只给兄弟看了，其弟棠村还作了序，但没有给父辈人看。待到创作鸿篇巨制《红楼梦》,多涉及家族秘事,长辈为了家族的名誉,必定要制止这样的"家丑"外扬!

《甲戌本》第13回"回后评"说:秦可卿淫丧天香楼,作者用史笔也。老朽因有"魂托凤姐""贾家后事"二件,岂是安富尊荣坐享人能想得到处?其事虽未漏,其言其意则令人感服,姑赦之。因命芹溪删去。

从以上这段评语看,命曹雪芹删去"淫丧天香楼"的事,除了怕"家丑"外扬,还有一个重要原因,就是《红楼梦》写了秦可卿死前给凤姐托梦的事,那确是有远见的"深谋远虑",连束带顶冠的男子也不及的。

《红楼梦》中的秦可卿,如果不看脂砚斋、畸笏叟的评语,确实是令人爱怜的。其一她生得标致,其二温柔可人,其三胸有远谋,其四敬老爱幼,其五怜贫惜贱,因此她"病逝"后,合家上下莫不悲号痛哭。

《红楼梦》里秦可卿的形象,细究令人难解。她是"金陵十二钗"重要成员,可一出场就病了,一病就死了,然后就是非常隆重的葬礼,让人觉得这个人物很空。是否在《风月宝鉴》里也是如此呢?非也。既然是《风月宝鉴》,就一定既有"风月"之事,又突出"宝鉴"之意。如果把脂砚斋、畸笏叟的评语还原成事实,秦可卿在性生活方面是有些随便的,当然这里的直接责任应是贾珍。但细读《红楼梦》,秦可卿恐怕跟宝玉也有过"风月"之事——当然这事被隐去了。红学家俞平伯说:"故前人评此回,以为所谓'初试',实际上是再试了,是很确的话。"意思是说，宝玉和袭人"初试云雨情"不准确，此前宝玉已跟秦可卿"试"过了。不管怎么说，由于生活不检点而造成"自杀身亡"，这确实是可"鉴"的。

因此，秦可卿的故事也应该在所谓的短篇故事集《风月宝鉴》里，只是在《红楼梦》里，她的"风月"故事被删掉了。

四

从贾敬过量服金丹而死，尤老娘带着尤二姐、尤三姐参加葬礼并帮助尤氏（贾珍正妻）料理家务，到贾琏偷娶尤二姐、尤三姐殉情柳湘莲，再到王熙凤施手段尤二姐吞金身亡，整整六回书写了尤氏二姐妹的故事。

红学家周汝昌认为，这六回书是另手所作，理由是它的内容脱离了主题（贾府和宝玉）。的确，这六回书离开了关于贾府故事的推演，像是另起炉灶，有头有尾且具有独立性。其实，这个完整的故事很有可能就是从雪芹旧有的《风月宝鉴》中移来，并非另手所作。为什么这样说呢？因为尤二姐、尤三姐的故事，非常符合上文分析的《风月宝鉴》的特点：一有非常好看的"风月"故事；二有深刻的"警示"意义。

好看的故事就不细说了，不管是尤三姐以凛然不可欺的姿态把贾珍、贾琏哥儿俩玩弄于股掌之中，还是尤二姐委曲求全遭受凤姐借刀杀人的欺凌，都写得非常精彩；关于"警示"意义，在第69回，死去的尤三姐给将要自杀的尤二姐托梦说："……此亦理数应然。你我生前淫奔不才，使人家丧伦败行，固有此报。"又说，"自古'天网恢恢，疏而不漏'，天道好还。你虽悔过自新，然已将人父子兄弟致于麀聚之乱，天怎容你安生？"

看来，尤二姐、尤三姐与秦可卿犯的是同样"错误"：将人家父子兄弟致于麀聚之乱。这种"乱伦"的行为，是要遭"天谴"的，当然值得"警示"。由于曹雪芹出色的文笔，这三个人虽犯的同样错误，性格为人却完全不一样，读者绝不会将这三人弄混。秦可卿虽然与公公贾珍及宝玉有染，但她表面还是温文尔雅、有礼有让，最主要的对治家有着"深谋远虑"；而尤家二姐妹特别是尤三姐表面就显得泼辣，开始有些乱，而一旦认准了所爱的对象就坚定不移。尤三姐遭柳湘莲拒绝后，当场自刎身亡，弄得柳湘莲出家当了和尚。

由此观之，尤家二姐妹的故事应是曹雪芹旧稿《风月宝鉴》里的故事。如果按《红楼梦》所要表达的思想和价值观，应突出尤二姐、尤三姐对爱情的忠贞，没必要再渲染尤三姐托梦那番话。况且，和秦可卿一样，尤二姐、尤三姐"陷人于麀聚之乱"的情节也被隐去了，只是神龙见尾不见首地露点痕迹，何必再去强调？强调这一点，实则是"宝鉴"的痕迹。

五

夏金桂应是《红楼梦》里的另类女子，是薛蟠新娶的夫人。她出现在《脂砚斋重评石头记庚辰本》的第79回，《周汝昌校订批点本石头记》的第79、第80回（实际把一回分为两回）。周汝昌认为这两回书也是另手所作。他是根据蒙府、戚序、南图三种版本自第78回"芙蓉诔"后没有文字的情况，判断后来的两回是另手所加。这是版本学的根据。他又从叙事学、章法学的角度分析，认为"此一长回脱离了主题贾氏与宝玉，全为香菱一人而单写薛家之事，此已大不合理。不仅如此，还又以夏金桂、宝蟾混充篇幅，喧宾夺主，实乖整体大局。此种病局颇与尤二姐尤三姐一段情节占去六回之多相近……此等皆非原稿痕迹，已甚显明"。

周汝昌也承认，这一另手不是曹雪芹死后几十年的程、高之辈，而是和曹雪芹同时的如脂砚斋之类亲近的人。问题是，这是另手的"自撰"呢，还是有所根据呢？

我想，这应该是有所根据的。这个根据就是曹雪芹旧有的《风月宝鉴》。因为，夏金桂的故事，可以说是"宝鉴"的另一类型。前面举的几个例子，贾瑞是不顾自己身份一味好色，想占"辣妹子"便宜，自找倒霉；秦可卿、尤二姐、尤三姐都有"麀聚之乱"之责；而这个夏金桂则是一个"妒妇"的类型，她没有王熙凤的心胸与才干，可治人的手段却不亚于王熙凤，以致宝玉出城拜佛还在请教医治"妒妇"的药方。

周汝昌对此大不满意。他在"回后评"中说："当知诔文之后必然接续悲剧结局，层层推进，断无一闲散笔，谐笑笔，而大写庙中道士，疗妒方等小小取乐之文字。"但是，这恰恰露出了原来《风月宝鉴》里故事的"马脚"。不管是曹雪芹，还是曹雪芹的亲属，把这个故事直接从"旧有《风月宝鉴》"中搬来，还没有与《红楼梦》大构架的文脉切磨融合好，才出现周汝昌指出的弊端。

宝玉请教"疗妒方"在《红楼梦》的大结构、大文脉里显得多余，而在专讲警示世人的短篇集《风月宝鉴》里也许正是"点睛"之笔。

综上所述，关于曹雪芹旧有《风月宝鉴》，我们可以得出如下三点结论。

其一，《风月宝鉴》可能是一部短篇故事集，是用白话写的，因此说是"村言"；而在曹雪芹出生那年去世的蒲松龄，也创作了一部短篇故事集《聊斋志异》，是用文言写的。从本文分析的几个故事看，作为短篇故事集的《风月宝鉴》的思想认识价值是比不上《聊斋志异》的，因为如果脱离了《红楼梦》的大环境，那几个故事反映的不过是劝善惩恶的思想。在思想价值和社会认识价值等方面，它与《红楼梦》更是不可同日而语。《红楼梦》表现的是人类真善美的大爱，全方位反映了中国封建社会的官制、礼制、价值观及其他社会问题。因为有了《红楼梦》，曹雪芹就不仅是文学家，更是思想家和哲学家，周汝昌甚至将其提高到"创教"的高度。

其二，《红楼梦》"将真事隐去"，"隐去"的是什么？多少年来，大多数红学家认为，《红楼梦》隐去的"真事"是政治事件，为此弄得不少红学研究者神魂颠倒，就连大学者蔡元培那样的智商都陷入了"猜笨谜"（胡适语）的境地；当下更有一些人用解军事密码的方法解读《红楼梦》，把《红楼梦》上的一些只言片语通过"拆字、谐音、倒读、重新断句"等办法硬与某些清史（包括野史）比附。当然，隐去的政治事件是有的，比如第1回甄士隐家被烧时，写到葫芦庙炸供火逸，"接二连三牵五挂四，将一条街烧得如火焰山一般"。对此，脂砚斋评论："写出南直招祸之实病。"这里隐的是曹家被抄的事，但这样的暗示并不多。其实，真正隐去的应该是"家丑"，上文举的四个例子倒有三个是贾家丑闻，特别是秦氏、尤二姐、尤三姐都陷入使贾府"乱伦"的境地，作者将这些真事"隐去"了。

其三，按辩证唯物论观点，曹雪芹虽是天才，但其思想也应有一个发展成熟的过程。其旧有《风月宝鉴》可能是他早期的作品，不排除是兄弟之间传看的练笔游戏之作，只一味追求好看，思想高度可想而知，待到呕心沥血创作《红楼梦》时就不一样了。我们从曹雪芹对当时流行的一些"风月笔墨"或"才子佳人"书籍的批判可以看出，他创作《红楼梦》的立意非常之高，要超过历代同类的传奇小说。因此，他说，"字字看来皆是血，十年辛苦不寻常"，所言非虚也。

曹雪芹？曹雪芹！

最近社会上流传着一种奇妙的说法，说《红楼梦》不是曹雪芹所作，甚至说曹雪芹另有其人。这到底是怎么回事？听我慢慢道来。那就以《红楼梦作者新探》（以下简称《新探》）一文为代表进行回应。

一

读过《红楼梦》的人都知道，该书第 1 回有很长一段文字讲此书的来历。《石头记》（也就是《红楼梦》）是记在女娲补天剩下的一块石头上的故事，也是讲石头自己的故事。这石头（当然包括《石头记》）后来到了空空道人手里。空空道人"因空见色，由色生情，传情入色，自色悟空，遂易名为情僧，改《石头记》为《情僧录》。至吴玉峰题曰《红楼梦》。东鲁孔梅溪则题曰《风月宝鉴》。后因曹雪芹于悼红轩中，批阅十载，增删五次，纂出目录，分出章回，则题曰《金陵十二钗》"。这段话可以视为曹雪芹的"自白"。这是《新探》作者否定曹雪芹是《红楼梦》原创作者的重要根据之一。

《新探》认为，以上这段话表明曹雪芹是在别人的稿本基础上"批阅十载，增删五次"而做成《红楼梦》的，他不过是修改者或编辑者而已。其实，《脂砚斋重评石头记甲戌校本》在此句之后有这样一段"眉批"：

> 若云雪芹"批阅增删"，然则开卷至此这一篇"楔子"又系谁撰？足见作者之笔，狡猾之至。后文如此处不少。这正是作者用画家"烟云模糊法"处，观者万不可被作者瞒蔽了去，方是巨眼。

这一段评语毫无疑问地说明，曹雪芹的"自白"不过是"狡猾"之笔。脂砚斋讲得非常清楚，"万不可被作者瞒蔽了去，方是巨眼"，而《新探》作者就甘愿被瞒蔽了去，或者为了自己论点的成立对此视而不见。

《新探》还举了一些旧版本的序言，说都不知此书作者是谁。是的，《新探》说得没错，就是著名的程甲本的出版者程伟元在序的开头也说："《红楼梦》小说，本名《石头记》。作者相传不一，究未知出自何人，惟书内记曹雪芹先生删改数过。"

然而，这又能说明什么呢？在以胡适为首的新红学派出现以前，人们是不知道《红楼梦》作者是谁的。考证出来《红楼梦》的作者是曹雪芹，并确立"自传说"，这是新红学派的贡献。现在怎么拿原来旧版本的序来否定《红楼梦》作者是曹雪芹呢？原来不知道的东西，经过搜寻历史资料考证出来了，怎么还拿原来的"无知"反对科学呢？

《新探》还寻找一些似是而非的批语进行"咬文嚼字"，证明《红楼梦》的作者不是曹雪芹。比如，上文提到的曹雪芹"自白"中有一句话——"东鲁孔梅溪则题曰《风月宝鉴》"下有脂砚斋的"眉批"："雪芹旧有《风月宝鉴》一书，乃其弟棠村序也。"按我们一般人理解，"旧有"就是雪芹原来写的作品，可是《新探》作者认为说"有"不说"著"，就说明《风月宝鉴》不是曹雪芹的，这样下结论恐怕过于武断吧。在这里，"旧有"起码可以有两种解释，一是曹雪芹原创作的，二是曹雪芹从别处得来的；而前者的可能性更大。

　　又如，《脂砚斋重评石头记甲戌校本》第13回后评说："秦可卿淫丧天香楼，作者用史笔也。老朽因有魂托凤姐贾家后事二件，岂是安富尊荣坐享人能想得到处？其事虽未漏，其言其意则令人悲切感服，姑赦之。因命芹溪删之。"《新探》作者认为，此条批语将"作者"与"芹溪"并列，因此"作者"与"芹溪"并非一人。这是戴着有色眼镜才会发生的误解。按我们一般人的眼光，无论如何也看不出"作者"与"芹溪"是两个人。当然，两处都用"作者"或都用"芹溪"，就不会被钻空子了，可是那样行文又显得呆板啰唆。《新探》用这样的论据来证明《红楼梦》的作者不是曹雪芹，怎能令人信服？

二

　　《新探》作者还引用裕瑞《枣窗闲笔》的说法为自己的论点

做证:"旧闻有《风月宝鉴》一书,又名《石头记》,不知何人之笔,曹雪芹得之,以是书所传述者,与其家之事略同,因借题发挥,将此部删改至五次,愈出愈奇,及以近时之人情谚语,加写而润色之,借以抒其寄托。"

应该说,上述这段引言太能说明《新探》作者的观点了——曹雪芹非《红楼梦》的原创作者,他只是对别人的稿子进行增删而已。

然而,裕瑞到底何人?《枣窗闲笔》是一部怎样的书?《新探》所引这段话应来自何处?弄清这些问题后才能得出正确结论。

裕瑞,爱新觉罗氏,清豫亲王多铎五世孙、豫良亲王修龄第二子,生于乾隆三十六年(1771年),卒于道光十八年(1838年)。乾隆六十年(1795年)封为不入八分辅国公。曾任副都统、护军等职。也就是说,裕瑞呱呱坠地时曹雪芹已经离开人世7年了。他对曹雪芹的了解都是从长辈亲戚那里听来的,多有不确之处。周汝昌在《红楼梦新证》里就批评过——"在他(指裕瑞)虽是信口开河,信他的人听了,便又以为真,又要搅个头昏脑涨……但看过脂批,这类鬼话(指裕瑞所说宝玉的原型是曹雪芹的叔辈某人),仍是不值一笑。"

《枣窗闲笔》是裕瑞的文学评论集,共有8篇文章,其中7篇为评论《红楼梦》续书,1篇评论小说《镜花缘》。他的评论基本是赞扬曹雪芹前80回而批判各种续书的。《新探》这段引语出自《枣窗闲笔》的《后红楼梦书后》一文,其实这不过是裕瑞的一种推测而已。这里有个矛盾，那就是他在批判那些续本时又为曹雪芹痛惜，那又证明着前80回为曹雪芹所作。

周汝昌在《红楼梦新证》也引用了裕瑞批高鹗续书的内容："四十回中似此恶劣者多不胜指……乃用滥竽于雪芹原书，苦哉，苦哉！"周汝昌加按语说："此节上来数语多误。但论高鹗恶劣，极有见地，当时竟有如此卓识，令人惊佩。"这就是说，裕瑞文学评论的见解卓越，但史实弄得不那么准确。

值得一提的是，关于《枣窗闲笔》这部书的真伪问题近些年学术界争论甚激，有人认为，是后人伪作，并非出自裕瑞手笔。也有人认为，《枣窗闲笔》并非伪作，但其评论"基本上符合今人的审美要求"，其为现代人插手的可能性不能排除。

大体明了裕瑞和《枣窗闲笔》后，就可知道前文提到的裕瑞的那段话错在哪里了。我们起码可以得出这样几点结论：一是此话可能是裕瑞听来的，没有经过认真的考证，因此不准确；二是根据曹雪芹在《红楼梦》里的"自白"推测而来，犯了如今《新探》作者同样的毛病，被曹雪芹的"狡猾"之笔骗了；三是裕瑞的主要精力在于评论作品，对《红楼梦》作者并未深究；四是在尚未对《枣窗闲笔》作出严格的版本鉴定之前，它至少不应该被当作可靠的红学史料加以使用。

总之，裕瑞的那段话并不能否定曹雪芹是《红楼梦》的原创作者。

三

如果曹雪芹不是《红楼梦》的原创作者,那么原创作者是谁呢?《新探》作者找到了明末清初的重要诗人吴梅村。他的论证看似有些道理,但细想问题不少。比如,他引用吴梅村临终前的遗嘱:"……死后敛以僧装,葬我邓尉、灵岩之侧,坟前立一圆石,题曰:诗人吴梅村之墓;勿起祠堂,勿乞铭。"冯其庸、叶君远著《吴梅村年谱》,吴梅村确有这一遗嘱,只是个别文字、标点有些出入。

《新探》认为,《红楼梦》是一部"暗寓明显政治倾向的小说","从其悼明之亡、揭清之失的创作动机来看,作者应当是一位明朝遗老、官宦名人、文学大家"。这些条件正好符合吴梅村的情况。

吴梅村,江苏太仓人,生于明万历三十七年(1609年),卒于清康熙十年(1671年),享年63岁。明崇祯四年(1631年),他23岁时高中"榜眼",授翰林院编修。"明清易代之际,他36岁","顺治十年(1653年),迫于征召,仕清为秘书院侍讲,迁国子监祭酒",一直干到顺治十三年(1656年),因为母丧请假回家,自此没有上班。也就是说,实际当了三年清朝的官,但这在他的心灵上却是终生抹不去的"污点"。他临终前说:"吾一生遭际,万事忧危,无一刻不历艰难,无一境不尝辛苦,实为天下大苦人。"苦,是他的精神之苦。然而,他又是有清一代有重要影响的诗人,他的诗被称为"梅村体"。

《新探》认为,《红楼梦》中的"石头"以及《情僧录》的书名,都与吴梅村遗嘱中"圆石""僧装"相合,并进一步认为,吴梅村在自己墓前立一圆石做墓碑,并殓以僧服,正是承认自己是《石头记》中那块无法补天的顽石,是《情僧录》的情僧,是厌倦红尘的空空道人,是《石头记》的真正作者。为了避免文字狱,《红楼梦》表面上真真假假,扑朔迷离,实质上所表现的是其作者对清朝封建官僚社会的深恶痛绝之情和对朱明王朝的"惭愧"之意。

《新探》的这些联想看着很像,但并不确然,就如同我们看浮云,有时像羊群,有时像奔马,但并不是羊和马。红学家冯其庸和他的研究生叶君远,研究吴梅村够全面、够深入的了,冯其庸指导叶君远时说,"材料一定要'一网打尽',要做就要做到尽可能尽善尽美,使之成为后来人研究同一问题时不能绕开的一块基石",他们50万字的《吴梅村年谱》写了7年。尽管这样,这位红学研究大家也没有联想到吴梅村是《红楼梦》的原创作者啊!他对吴梅村"敛以僧装"是这样认识的:"是因为既不愿服清朝的服色,又不敢也无颜再服明服,只好用'僧装'来避开这个矛盾。墓石上所以要题'诗人吴梅村之墓',一方面是他本心确实不愿做清朝的官,所以不肯题清朝赠的官衔;另一方面也不好再用明朝给他的官衔,而他也确实称得上是一个杰出的诗人。"

《红楼梦》的政治性,绝不仅仅表现在具体的政治事件或政治行为上,比如有些人主张的"反清悼明"说,康熙、雍正两代政治说等。《红楼梦》表现的政治性应该有更远大、更深刻的寓意。所谓"反清悼明",也不过是"索隐派"根据一些表面描写认定的,比如"悼红轩",又如贾宝玉吃"胭脂",都沾了"红色"的边儿,由"红"想到"朱",由"朱"(朱元璋的朱)想到"明"。其实,贾宝玉厌烦读孔孟之书、反对科举考试、鄙视仕途经济,这也是反清吗?明朝不照样实行那套制度吗?由此也可以看出,《红楼梦》不应是像吴梅村那样的明朝遗老的作品,上文也说了,吴梅村23岁就参加"殿试"并中了"榜眼"封了官,他能那么痛恨"科举考试"吗?只有曹雪芹这样"穷愁潦倒"之人,才痛恨"科举考试"和封建官场的一系列制度。现在有些红学研究者求之过深,反不得真谛。

《新探》还在吴梅村创作的传奇《秣陵春》中寻找"蛛丝马迹"。首先,书名上,两书相似,秣陵是南京的古称(秦始皇改"金陵"为"秣陵"),南京又叫"石头城",因此《秣陵春》与《红楼梦》(又名《石头记》)都含有"石头"的意思;其次,书中人物的名字也有巧合,《红楼梦》中则有"甄士隐"(真事隐去)和"贾雨村"(假语村言),《秣陵春》中有"真大爷""贾姐姐";最后,《秣陵春》中展娘有"玉杯",《红楼梦》中宝玉有"宝玉",皆以"玉"为线索。《新探》认为,《秣陵春》同《石头记》有以上种种相似之处,由此证明前者是后者的祖本。

应该说,这样下结论未免太武断了。原因是,《新探》作者的论证方法还是只凭联想,缺乏足够的史实根据。如果仅仅凭几个地名、人名的类同,就认为《秣陵春》是《石头记》的"祖本",那么在表现手法、人物塑造等方面更相似的《金瓶梅》就更是"祖本"了。历史上也确有不少红学家,包括俞平伯这样的大家,都认为《红楼梦》借鉴了《金瓶梅》的创作方法。即使这样,谁也不会误解《红楼梦》是由《金瓶梅》修改而来,更不会认为《红楼梦》的作者就是《金瓶梅》的作者——明朝的"无名氏"兰陵笑笑生。

《新探》论证吴梅村是《红楼梦》原创作者还有一种办法,就是牵强拼字法。比如,上文提到的曹雪芹"自白"中提到了几个人的名字——吴玉峰、孔梅溪等,还提到脂砚斋说的曹雪芹弟弟"棠村"。《新探》作者竟能从中"拼"出"吴梅村"三个字来:"我们采用递进取字法,首先取吴玉峰的第一字'吴',取孔梅溪第二字'梅',这样就出现一个新名字'吴梅',那么如果再取批语中棠村最后一字,即是名字的第三字'村'字,从而组成'吴梅村'这一人名。"这样的论证是否主观随意性太强而说服力有限呢?说这是作者使用的"障眼法"可以,说"纯属巧合"也可以,反正都是现代人的猜测。

《新探》还有一种观点也是值得商榷的,那就是只有吴梅村这样的文学大家才具备创作《红楼梦》这样伟大作品的条件,而曹雪芹只是个"寒酸小诗人",根本就与《红楼梦》无关。《新探》列举了吴梅村创作伟大文学作品的许多才学条件,比如吴梅村"少负绝人姿,过目成诵。凡经史百家,稗官小说,山经地志,释典道藏,以及酉阳之典,羽陵之蠹,珠囊玉笈之遗。赤文录字金匮石室之秘,自十五六岁时,即原原本本,兼综共贯,作文章，如兔起鹘落，风发泉涌，千言倚马，莫能窥其涯矣"。没错，吴梅村的才华是具备创作《红楼梦》这样伟大作品的条件，他的生活经历也足够丰富，但这些都是"前提"，如果他没有做，只是在"引而不发"的阶段，那又能说明什么呢？《新探》的要害就在于没有找出吴梅村实际创作《红楼梦》的"蛛丝马迹"。

再者，说曹雪芹是"寒酸小诗人"，是"只活了40岁的穷困书生"，不可能创作出像《红楼梦》这样伟大的文学作品，也不妥。纵观中国文学史，所有伟大的文学作品，几乎都是身处社会底层有才有识的人或虽居高位但不得志的人创作出来的。因为处在社会底层，所以对世事看得清、体会得真，正如司马迁在《报任安书》中说的，"古者富贵而名磨灭，不可胜记，唯倜傥非常之人称焉"。接着，他举了一大串"发愤之所为作"的例子，就包括屈原。曹雪芹虽然中年后穷困潦倒，但少年时却生活在官僚家庭里，他家藏书很多，他爷爷曹寅为人风雅，喜交名士，通诗词，晓音律，主编《全唐诗》，有多部诗集、文集传世，应该说曹雪芹从小就受过很好的文学熏陶；也许他不善八股文，因此最终也就是个"拔贡"，离吴梅村的"榜眼"相去甚远，但曹雪芹一定善诗词叙事，且又有时人所没有的思想见识，他家族的败落也使他洞察人生百态，这才能写出《红楼梦》这样不朽的作品。

总之，在没有更坚实的史料做证的情况下，不应武断地认定吴梅村就是《红楼梦》的原创作者。

四

《新探》不但否定了人们普遍认为的曹雪芹是《红楼梦》原创作者,进而论证吴梅村是《红楼梦》原创作者,而且把传统认定的曹雪芹的增删修改权也剥夺了。《新探》作者认为,所谓"批阅十载,增删五次"的曹雪芹,其实是康熙年间的翰林院检讨严绳孙!

为什么是严绳孙呢?《新探》讲了七条理由,包括:他是吴梅村的学生,可以看到吴梅村创作出的《红楼梦》原稿;他在朝廷当官,可以了解宫廷内幕;他同纳兰性德、曹寅(曹雪芹的爷爷)都是好朋友,熟悉两家的情况,因为《红楼梦》中有纳兰性德和曹家的影子;还有严绳孙死于康熙四十一年(1702年,也就是壬午年);等等。他提出严绳孙死于壬午年这一条,是想把脂砚斋的批语作依据的。因为,在《脂砚斋重评石头记甲戌校本》中有这样一条很著名的批语:

"能解者,方有心酸之泪哭成此书。壬午除夕,书未成,芹为泪尽而逝。余尝哭芹,泪亦待尽。每意觅青埂峰再问石兄,奈不遇癞头和尚何?怅怅!今而后,惟愿造化主再出一芹一脂,是书何幸!余二人大快遂心于九泉矣!"

对于"壬午除夕,书未成,芹为泪尽而逝",一般认为这个"壬午"是乾隆年间的"壬午",也就是一般人认为的那个姓曹名霑号雪芹的人逝世的年头。如此白纸黑字，难以否定，因此《新探》作者就上推60年，变成康熙年间的"壬午"，而这一年正是吴梅村的学生严绳孙逝世的年头。《新探》曾不加隐晦地说："还有主张'洪升说''曹寅说'及'曹頫说''曹天佑说'等，简言之，只一条即可否定，即都不符合曹雪芹卒于壬午年的条件。"

看看，连曹雪芹的爷爷、爸爸都可以是《红楼梦》的创作者或增删者，唯独他不可以。为什么？请看《新探》的解释："现在我们知道的北京曹雪芹性格豪放不羁，嗜酒如命，生活穷困，过着'举家食粥酒常赊'的生活，晚年卧床不起……这样一位人物有精力、有财力去撰写鸿篇巨制吗？"他还认为，这样的"曹雪芹"是没有资格创作甚至增删修改《红楼梦》的。其实，他之所以找严绳孙充当曹雪芹，第一关注的就是他死于壬午年，而不管是哪个壬午年，其他条件都是后来搜罗补上去的。

那么，《新探》又是怎样把严绳孙变成曹雪芹的呢？《新探》作者认为，曹雪芹是严绳孙的笔名。为什么取这样的笔名呢？《新探》作者的逻辑是反着推的，即先有了结论再去找原因。如果《红楼梦》真是严绳孙增删修改的，也许他不会取"曹雪芹"这个名。鉴于《红楼梦》明明白白写着曹雪芹增删五次，《新探》又要把增删修改权给严绳孙，就只能说是他的"笔名"了。最让人不可理解的是，严绳孙取"曹雪芹"这个笔名，竟是为了嫁祸好友曹寅（曹雪芹的爷爷）。《新探》说："因为奏销案（顺治年间的事）后，江南官宦士绅皆一败涂地，生活难以为继，独曹寅家仍然荣华富贵。"难道因为"仍然荣华富贵"，就把《红楼梦》的祸水引向曹家吗？是严绳孙心理不平衡吗？

五

改了《红楼梦》的原创作者，不改增删修改者不行，而改了前两者不改批书人也不行。《新探》认定的批书人是：脂砚斋为尤侗、畸笏叟为秦松龄、立松轩为纳兰揆叙。他们也都是吴梅村及严绳孙的至交文友。

怎么认定这几个人是《红楼梦》的批书人呢？《新探》的逻辑起点："曹雪芹（他们认为的严绳孙）、批书人和曹寅生活在同一个时代。"

其实，原创作者、增删修改者、批书人是同一时代人这一命题，从胡适、俞平伯、顾颉刚，到周汝昌、冯其庸，甚至胡适之前的刘铨福（清同治年间的藏书家，就是他收藏了《脂砚斋重评石头记甲戌校本》）都持这种观点，无须《新探》去论证。刘铨福在《脂砚斋重评石头记甲戌校本》上题跋说："批者事皆目击，故得其祥也。"

关键还是对原创作者的认定。胡适之后近一个世纪的传统红学家都认定《红楼梦》的作者是姓曹名霑号雪芹的那个人。在这个逻辑起点上，再根据批语的口气，比如"余二人大快遂心于九泉矣"，又如"回思将余比作钗、黛等乃一知己，余何幸也！一笑"，周汝昌认为脂砚斋就是书中的史湘云。

然而，《新探》把原创作者和增删修改者向前推了一甲子，那么批书人也要向前推一个甲子，于是找到了尤侗、秦松龄、纳兰揆叙这些跟曹寅同时代的人，说起来也是了解曹家的事，甚至揪住评语中说到"树倒猢狲散"这句挂在曹寅嘴边的话，证明批书人定是曹寅同时代人。难道曹寅这么爱说的话，就不被他的家人记住，传播给下代人吗？非得是他的朋友吗？就凭这点微弱的"论据"，就说脂砚斋是尤侗，实在不能让人信服。其实，周汝昌在《红楼梦新证》里多次提到尤侗这个人，而且多次引用他的文章，但从来没有把他和脂砚斋联系起来。假如尤侗是脂砚斋，则那句"惟愿造化主再出一芹一脂，是书何幸！余二人大快遂心于九泉矣"是对谁说的呢？是对原创作者吴梅村说的，还是对增删修改者严绳孙说的？三个大男人说这种话，难道不嫌"肉麻"吗？从这可以看出，尤侗是脂砚斋这个结论不能成立，关于其他几个批书人的结论也不能成立。

六

细思，可以发现《新探》作者的逻辑：先认定"北京曹雪芹"不是写作《红楼梦》这一伟大作品的人，原因是他"穷愁潦倒"没有精力写作，也没有其他像样的作品传世；但因为书中有"壬午除夕，书未成，芹为泪尽而逝"的批语，于是往前推一甲子，找到同是在壬午年去世的严绳孙，并替他起了个笔名"曹雪芹"，而把《红楼梦》的原创作者直接安在他的头上也不那么妥当，就找到了当时的诗坛领袖吴梅村；在《新探》作者的眼里，吴梅村是创作《红楼梦》的最佳人选，不但经历、思想、才华都合适，而且他遗嘱中"圆石""僧装"的说法，更给持论者提供了"依据"；为了更"圆满"，《新探》又把批书人也往前推一个甲子，因此就找到了尤侗、秦松龄、纳兰揆叙。

以上就是《新探》的逻辑，但推理的每一步都存在着"硬伤"。最让人怀疑的还是《新探》作者的动机。《新探》作者之所以提出《红楼梦》的著作权问题，除了真的觉得"北京曹雪芹"贫穷落魄外，就是要反传统，把自胡适之后的新红学派推翻，以此标新立异。《新探》作者曾呼吁，要走出几十年来把"红学"当作"曹学"来研究的误区，"以新的视角去考证《红楼梦》作者"。

我们提倡创新，也不反对"标新立异"，但是一切都应该建立在科学和"实事求是"的基础上。如果没有新材料，没有更令人信服的考证，我们应当相信已有扎实考证的结论，而不应以不准确的"标新立异"误导读者。

当然，如果不是红学研究者，作为一般读者大可采取鲁迅的态度，撇开对作者的研究而去关注作品内容。鲁迅在《〈绛洞花主〉小引》中说："谁是作者和续者姑且勿论，单是命意，就因读者的眼光而有种种：经学家看见《易》，道学家看见淫，才子看见缠绵，革命家看见排满，流言家看见宫闱秘事……"你看见什么，就要由你的阅历、知识和见识来决定了。

《〈癸酉本石头记〉后 28 回》是一本怎样的书

案头放着一本书，我读了几遍，想了很久……这本书就是《〈癸酉本石头记〉后 28 回》。

整理者金俊俊、何玄鹤说，《癸酉本石头记》是一位安徽阜阳人收藏的。收藏人介绍，她"祖父是山西人，解放前在山西某战场上当军医，祖母是随行护士，该本是当时一名伤员交给祖母的"。此书的《序》中说："其后二十八回内容是不容置疑的《石头记》佚文，是书以不可思议方式，隐匿三个世纪后横空出世。"而且，对于怀疑此书真实性的人，作序者愤愤地说："让井蛙继续谈海、壤蚁继续论山吧。"整理者则说得客观一些："《癸酉本石头记》最大的优点是情节结局和结构脉络与前八十回高度契合，缺点则是文字较粗糙，文风与前八十回存在差异。主要原因有二：第一，这个本子属于早期的稿本，行文未加充分润色；第二，该本的过录者因誊抄工作繁重且不识原文中的很多繁体字，在过录中删去了部分内容。"

那么，这本书到底怎样呢？

一

　　该书在故事结局和整体构架上，与高鹗的续作相比，更契合《红楼梦》前80回的脉络。可以说，该版本对《红楼梦》前80回的思想理解得更准确一些，其故事情节及某些细节，都一一对应了前80回的一些暗示，就连第1回甄士隐《好了歌注》中的"昨怜破袄寒，今嫌紫蟒长"，都力求对应上。在该书结尾的第108回描写贾兰高升后李纨穿蟒袍进宫谢恩，觉得那蟒袍"不合身，袖子长了许多"。但也因此令人怀疑，这是不是太穿凿附会了？

　　应该说，该书的大致情节都对应了《红楼梦》前80回，比如写贾家的衰败不仅写了因元春"通敌"贾家被抄家，多人被判刑流放，而且主要写了贾家的内讧，对应了第74回"抄检大观园"中探春说的"可知这样大族人家，若从外头杀来，一时是杀不死的……必须先从家里自杀自灭起来，才能一败涂地"。该书主要写了贾蓉、贾环两股作乱者对贾家的攻击，最后正像第5回红楼梦曲唱的"落了一片白茫茫大地真干净"——书中描写的所有主要人物一个个先后死去，最后贾宝玉也死了，而且死得很浪漫——他在"送走"史湘云后自己踏入一只孤船漂入海中并睡去，旭日东升时醒来后跳入大海。

　　该书有些章节、某些诗词写得较精彩。比如，探春远嫁写得曲折丰富、婉转凄凉；丫鬟小红的性格比前80回有了发展，并形成高峰；贾母临终前顾念子孙邀大家钓鱼，尽显回光返照般的温馨，有前80回的文风；第88回"邢夫人执意寻舛错　王熙凤聪明误此生"中描写王熙凤顶着"被查"的压力，强忍"血崩症"不向外人透露，写得细致逼真、符合人物性格；元春获罪、贾家被抄，也写得较精彩：此事在前做了两层铺垫，先是贾政请妙玉算卦，抽了一个丰卦且须看第六爻辞——主凶，后来他又做了一个噩梦——梦见元春被行刑砍成几段，至于抄家现场各种人的丑态尽显无余，尤其是北静王水溶在前80回跟贾家那么好，此时他主持抄家不留情面、翻脸不认人；还有得了贾家大恩的贾雨村，在贾家危难时刻落井下石、恩将仇报。该书在诗词方面，也有不少佳作，比如林黛玉的"十独吟"及贾宝玉为林黛玉写的诔文。此诔文比前80回为晴雯写的《芙蓉女儿诔》要长而且动情，可当作姊妹篇欣赏。

该书还排出了108人的"情榜"，并"盖棺论定"，给每个人定了性。比如，林黛玉是"情情"、薛宝钗是"无情"、贾宝玉是"情不情"、贾母是"情慈"、王夫人是"情直"、王熙凤是"情雄"等。这也是在前80回的脂批中透露的。

二

该书也有不少章节语言贫乏、粗糙浅显。比如，"……得很"这种句式用得太多太烂。在《红楼梦》前80回，很少见到这种句式。比如，在第16回"贾元春才选凤藻宫"一节，赵嬷嬷描述当年"江南甄家"接驾盛况说:"……嗳哟哟,好势派!独他家接驾四次。若不是我们亲眼看见,告诉谁,谁也不信的。别讲银子成了土泥,凭是世上所有的,没有不是堆山塞海的,'罪过可惜'四个字,竟顾不得了。"凤姐道:"……只纳罕他家怎么就这么富贵呢?"赵嬷嬷道:"告诉奶奶一句话:也不过是拿着皇帝家的银子,往皇帝身上使罢了……"这些是写四大家族登峰造极之事,如果像癸酉本似的语言贫乏,最容易用"……得很"这种句式来敷衍了,那么哪里还有这么生动的白描呢?

在该书中,"……得很"这种句式用得非常普遍,不管什么人说话都用,甚至作者的叙述语言也用。比如,贾母死后,玉钏劝鸳鸯逃走避免贾赦娶她,鸳鸯说"……他的本事大得很,凭你……";林黛玉做了"十独吟",紫鹃拿给宝玉看,林黛玉说"紫鹃淘气得很,乱拿我的东西……";宝蟾与金桂闹气,薛姨妈说"……都混账得很";史湘云和卫若兰要从贾府回家去,宝玉叮嘱"如今外头乱得很……";凤姐与尤氏商量给大观园的女孩子找婆家,提到惜春,尤氏说"饶过我吧,我不碰四丫头这钉子……冷言冷语的骄傲得很";贾政问凤姐为巧姐找好人家没有,凤姐说"还没有,琏二爷挑剔得很……"这么多人集中在一两回书里都用同样的句式,像曹雪芹这样伟大的作家,语言何以贫乏到如此地步!这种"形容词+得+程度补语"的结构在曹雪芹的时代用得并不普遍,在《红楼梦》前80回里少见,在高鹗补作的后40回里也用得不多。不分场合地大量使用这种句式,只能说明作者的语言贫乏。

应该说，《红楼梦》前80回的语言是经过提炼的民间口头语与经典的书面语的完美结合，是诗情、画意与哲理的有机统一；而该书的语言有些地方则显得很浅近，没底蕴。比如，该书第90回"林黛玉嬉春待好音"，林黛玉与贾宝玉结婚前一天，史湘云陪林黛玉聊天就颇具现代"小资"情调：

……一大早，湘云就把黛玉叫起道："新娘子快起来，我要教教你怎么持家。"黛玉只从被子里探出头道："你说罢，我这怀里还搂着猫咪呢，暖和得很，懒得起来……"

……史湘云道："……宝玉若不听你的，老和那些狐朋狗友来往，不肯读书，姐姐就跟他闹。"

请看，这哪里像林黛玉、史湘云的说话做派！

又如，第98回，写林黛玉因自责上吊气绝，丫鬟紫鹃把他的尸体抱下来，在大观园里边哭边走边喊："姑娘回去吧，他们不是好人啊！"这时，赵姨娘、贾环带领贼人血洗贾府，几乎把人都杀光了。他们开庆功会，正高兴时听到紫鹃的哭喊声，赵姨娘问是谁，一个贼人报告说是"疯子"。赵姨娘道："疯子理他做甚！咱们喝咱们的，听他喊的像唱小曲似的，挺有意思的。"众人都笑道："有他一边唱着小曲，咱们喝着小酒也挺优哉游哉的。"

以上哪里像是曹雪芹的文笔？难道曹雪芹那会儿也说"喝大酒""喝小酒"吗？这恐怕不能仅用"属于早期的稿本，行文未加充分润色"来说明吧。

曹雪芹在《红楼梦》前80回写刘姥姥两次进贾府，那真是雅俗共赏，不管是场面还是人物，都写得活灵活现，给人以艺术享受；就是写薛蟠生日那场酒会，酒令也是俗中见雅，连妓女云儿的词都是很雅的，即使薛蟠说出"女儿愁，绣房窜出个大马猴"等粗话，也让你不会感到粗俗，只是一笑。而《癸酉本石头记》后28回描写赵姨娘们听着紫鹃的哭喊，说"咱们喝着小酒也挺优哉游哉的"，却让人恶心。

三

该书不少人物的性格写得走了样。初看《癸酉本石头记》后28回，许多人物变得让读者不认识了。比如第84回，写史湘云跟卫若兰结婚后，宝钗、黛玉、李纨和湘云的对话就给人以面目全非之感。

一时说起湘云，宝钗道："湘云怎么不来了，也出阁一年了，挑个日子来看看也是咱们的情意。"黛玉笑道："云丫头现在可遂心了，得了如意郎君竟一会半会也离不开了，那还有心思来看咱们姐妹俩，早把咱忘了。"宝钗笑道："看把他得意的，真真勾出我的气来。咱也不差，宝兄弟不比他的才郎强？将来与妹妹成了亲，日日吟诗作赋快快活活的，气死他！"

李纨笑道："怪不得枕霞妹子老是喜气盈腮，原来得了个如意仙郎。"湘云一副洋洋得意道:"这话我爱听,也不用遮遮掩掩的,你们若不服气,也得一个佳郎我瞧瞧。"黛玉笑道:"看把他兴的那狂样。"……

湘云摇着黛玉胳膊笑道:"好姐姐,想死我了!这回来非开个诗社不可,我还要和你们比比诗才。"

这些对话太嫩了,简直就像当下末流影视的用语。在《红楼梦》前80回,曹雪芹写男女之情非常含蓄且富有诗意,比如"西厢记妙词通戏语",还有那个"葬花吟"等,而且黛玉为探知宝玉真心,一而再,再而三用各种"小手段",急得宝玉摔玉、病倒,却不能直言,哪有这样明目张胆的?

四

此外,该书经常出现人物环境错置或人物身份不合情理的现象。比如,有好几章把贾政和凤姐说成是"宁府"的人,后来才改过来。又如,在贾母仙逝后,贾政开始整饬家务。这时,邢夫人取代了凤姐"管家"的角色。于是,贾政就成天和邢夫人商议决策家政之事。这里有三个问题:一是贾政这个不问家事的古板官僚何以这样关心起家事来了;二是为什么总是小叔子(贾政)和嫂子(邢夫人)一块商量决策家事;三是贾赦作为荣府的长子,在家事上却一次也不出头。

还有一件令人不解之事:贾家被朝廷抄家时,贾赦因买官和霸占石呆子的古扇被判刑，邢岫烟、邢德全等一家因薛蟠（邢岫烟丈夫）贩盐受牵连也被判刑，而作为贾赦的夫人、邢家的娘家人——邢夫人为什么没有获罪，还可与贾政继续商议家事？

以上情节都是不合情理的。

有位红学家说，高鹗补作的《红楼梦》后40回充满了"鬼气"，而《〈癸酉本石头记〉后28回》则弥漫着一种"匪气"。当然，该书也有"鬼气"，高鹗补作的后40回里的"鬼气"是衬托悲凉，用来吓人的；而《癸酉本石头记》后28回的"鬼气"，是真的杀人，王夫人就是被金钏的鬼魂拉下水几乎淹死。

实事求是地说，《〈癸酉本石头记〉后28回》是"鬼气"与"匪气"都有。书中描写了贾家的两股匪徒：一股以赵姨娘、贾环为首；另一股以贾蓉、冷子兴为首。可以这样说，论描写"造反"，该书与《水浒传》无法相比：水浒英雄被"逼上梁山"，写得荡气回肠、引人入胜，而此书写得乱哄哄的，没有章法，与《水浒传》根本就不在一个档次上；如果说写家庭"内讧"，脉络又不十分清晰。前文也说了，从大体结构上，这个版本也许契合了《红楼梦》前80回的暗示，但在艺术处理上却不尽如人意。

五

该书故事推进"急促"，许多人物的"性命"草草了结。

红学大家俞平伯在《红楼梦辨》中曾对80回后的篇幅做过估计。他说："以前80回行文格局推之，以后情事即极粗略写去，亦必80回方可。就事实论，截至现存80回看：十二钗已结局者只一可卿，将尽者有迎春……况且宝玉将由富贵而贫贱，由贫贱而衰病，由衰病而出家；若曲折尽量写去，即百回亦不嫌其多，况乃仅仅40回。观高君（高鹗）续作末数回，匆促忙乱之象，不是行文，大类写账……"俞平伯没有见到《癸酉本石头记》后28回，不然他会更惊讶此书故事推进的速度，仅仅28回要结束几十人的"性命"，且要接上前80回抛出的那么多"线头"，连秦可卿葬礼路过某村庄时宝玉偶尔见过的村姑"二丫头"也在后28回露了一面。俞平伯说高鹗是在"写账"，那么此书除了"写账"，还要忙着接"线头"，可想其急促紧迫。

该书所写的许多人物"死"得都过于潦草。上了"情榜"的那108人都到"警幻仙"那里报到了，而大部分人都是在后28回"死"的，能不潦草吗？

这里举两个例子：其一，贾赦、贾珍、尤氏、邢德全、邢岫烟5人，在不到半回书就都死了。作者虽然尽量把故事编得曲折点儿，但仍显急促。上述5人分两队被流放，到了大庾岭相遇，一家人见面痛哭流涕，加上官卒打骂，贾赦先死了。贾珍、尤氏两口子呼救不顶用，邢德全、邢岫烟也呼天抢地起来。接着，邢德全跳悬崖自杀，邢岫烟痛不欲生。忽然，山上冲下一群持刀强盗与官卒拼杀，血战中，尤氏被砍死。这时只剩贾珍和邢岫烟对着尤氏的尸体"嚎啕大哭"了。突然，强盗大喊："如今皇帝死了，京城被人占了！"于是，官卒与犯人合为一体，要返回京城找羌族报仇。"岫烟随从一病不起，几日后不治而亡，魂断大庾岭";"贾珍在路上被官府军卒杀死"。这样描写,好像作者急着要结束他们性命似的。其二,贾雨村与薛宝钗的死,几行字即了结。薛宝钗与贾宝玉分手后,嫁给了贾雨村,两个人气味相投,但是有一天突然遇到了在"葫芦僧乱判葫芦案"中为贾雨村提供四大家族"护官符"的小门子,当年贾雨村怕露了馅儿找个借口把小门子流放了;如今小门子已升得比他地位还高,而且要报旧仇,薛宝钗出主意,让贾雨村拿着银子去贿赂小门子。没想到,这时官兵闯进家中,说贾雨村的官位是买来的,就把他们抓走了。他们被充军到东北,在风雪蛮荒之地,薛宝钗"一病不起","不久死去,就地葬在雪中";"雨村则在冰冷之异疆苦撑,又过了几载也一病而亡了"。两个主要人物就这样草草了结。

总之,读《〈癸酉本石头记〉后28回》总让人感到真假难辨。

六

合上书本沉思,我们可作如下三种推测。

其一,此书可能是清代与高鹗不同的另一种续本。在程伟元、高鹗正式出版百二十回本《红楼梦》以前,有近30年该书是以手抄本形式流传的。伴随《红楼梦》前80回的流传,有多种续本出现。俞平伯在《红楼梦辨》中举了3种,周汝昌在《答津门作家问》中也讲了3种。不过,俞平伯认为那就是旁人的续作,包括高鹗的续作;而周汝昌则觉得那是散失的曹雪芹原作。

当然，也有学者认为《红楼梦》后40回不是高鹗所续。比如，游国恩主编的《中国文学史》，在讲"后四十回一般认为是高鹗续成的"时，又加了小注——"近来有人认为后四十回的作者并非高鹗。高鹗只是把当时各种续稿整理补订而已"。不管怎么说，自《红楼梦》问世（包括手抄本时代）到民国初年，已经有多种续作流传，比如爱新觉罗·裕瑞在《枣窗闲笔》一书中就批评了7种"续作"。如果拿《癸酉本石头记》后28回与《红楼梦》前80回比较，它应该是另一种"续作"，并非曹雪芹真本。

其二，也可能是五四运动以后或胡适发现《脂砚斋重评石头记甲戌校本》以后的人的"续作"。比如，该书中"……得很"句式的滥用，小资情调的流露，语言的贫乏，以及"的""得"分得那么清等，不排除是五四后现代人的"续作"。1921年胡适发表《红楼梦考证》，批评"索隐派"，确立"自传说"；1927年他又购得《脂砚斋重评石头记甲戌本》，脂砚斋的评语随之公之于世。这样，就为当时关心《红楼梦》的人打开了思路，我们完全有理由推测可能有"高人"，吸收当时的研究成果（如俞平伯等人的研究等），根据曹雪芹《红楼梦》前80回的描写和脂砚斋评点提供的线索，进行构思、续作。因此，该书的情节基本符合《红楼梦》前80回抛出的线头和脂砚斋（包括畸笏叟）评点的提示。如，该书第95回描写红玉、茜雪"狱神庙救宝玉"，就暗应了《脂砚斋重评石头记甲戌校本》第26回眉批"'狱神庙'红玉、茜雪一大回文字惜迷失无稿"和《脂砚斋重评石头记庚辰本》第27回眉批"此系未见'抄没''狱神庙'诸事，故有是批"。又如，该书第108回写仙姑发"情榜",就暗合了《脂砚斋重评石头记庚辰本》第18回眉批"是处引十二钗总未的确,皆系漫拟也。至回末警幻情榜方知正、副、再副及三四副芳讳"。总之,脂砚斋的批语和红学家的研究,为续作者指出了方向、提供了线索。但是,写小说绝不是简单地编故事,正像俞平伯在《红楼梦辨》中说的"凡书都不能续,不但《红楼梦》不能续;凡续书的人都失败,不但高鹗诸人失败而已"。

其三,还有可能是在得到雪芹一些残稿的基础上的改写补充。因为该书有些章节写得不错,有可能是曹雪芹的一些遗稿流出,被像程伟元这样的人搜罗到,再根据《红楼梦》前80回埋下的伏笔和脂砚斋的评点,补充改写而成的。

从"反面"读红楼

什么是《红楼梦》的"反面"？我曾对此百思不得其解。然而，一位朋友的突然自缢身亡，触动我看到了《红楼梦》的"反面"，那就是在贾府繁华热闹、光艳照人的表象下掩盖的黑暗的"底色"——许多鲜活生命的"非正常"死亡！

我粗略统计了下，《红楼梦》前79回就有十来个年轻人自杀或者夭折。至于曹雪芹在前79回给出暗示而在高鹗续作完成的自杀或早夭的案例，就更多了。概括起来，主要有三种类型。

一是因淫乱而亡。《红楼梦》又名《风月宝鉴》，因此故事开始没多久就写了几个"涉淫"案例，贾瑞是其中之一，还有秦可卿、秦钟姐弟俩。对于秦可卿的死因，曹雪芹做过重大修改，现在流行版本是病死的，但按照曹雪芹修改留下的痕迹推断，原稿中秦可卿可能因与公公贾珍有染而吊死在天香楼。在《脂砚斋重评石头记甲戌校本》第7回，当写焦大破口大骂"爬灰的爬灰"时，脂砚斋旁批道："珍哥儿。"也就是说，贾珍与儿媳秦可卿有乱伦之举。同书第13回，当写秦可卿之死，家人皆知，"无不纳罕，都有些疑心"时，脂砚斋又旁批道："九个字写尽天香楼事，是不写之写。"又，同书第5回写贾宝玉梦游太虚境看《金陵十二钗》正册,有一页"画着高楼大厦,有一美人悬梁自缢。其判云:情天情海幻情身,情既相逢必主淫"。脂砚斋旁批道:"是秦可卿真正死法,真正实事。书中掩却真面,却从此处透逗。"以上脂批足以说明秦可卿不是病死,而是自杀身亡。秦钟则是在姐姐秦可卿葬礼期间与小尼姑寻欢作乐,中了风寒,不幸夭亡的。

二是因情而死。如尤三姐、林黛玉等人的死亡。尤三姐是一位刚烈的女子,心仪柳湘莲,但要嫁娶时,柳湘莲想试一下尤三姐的人品,便找借口讨要他送给尤三姐的信物鸳鸯剑,尤三姐转身自刎身亡。关于林黛玉的死还有些争议,因为曹雪芹的遗稿没有写到她的死。高鹗的续作是写她在贾宝玉与薛宝钗结婚时病死的。这样处理应该有逻辑上的根据。《脂砚斋重评石头记庚辰本》第79回,写贾宝玉与林黛玉修改《芙蓉女儿诔》,贾宝玉说:"莫若说'茜纱窗下,我本无缘;黄土垄中,卿何薄命'。"此处脂砚斋评道:"当面用'尔、我'字样,究竟是为谁之谶!"又说,"虽诔晴雯,实诔黛玉也"。当写到黛玉"一面说话,一面咳嗽起来"时,脂砚斋评道:"总为后文伏线。阿颦之文可见不是一笔两笔所写。"

三是因压迫太甚而寻死。如金钏、尤二姐、晴雯等人的死亡。金钏是王夫人的丫鬟,她的死完全是由贾宝玉的"多情"和王夫人的"严酷"造成的。盛夏永昼,王夫人睡午觉,金钏给她捶腿。这时,贾宝玉挑逗金钏,王夫人反打了金钏一个大巴掌,并辞退了她。金钏因此就投井自尽了。晴雯是贾母送给宝玉的上等丫鬟，就因为长得漂亮、性格活泼，于是在并没有什么大错，且偶感风寒未愈的情况下，被王夫人撵出贾府，因为无依无靠，病情加重，不幸夭亡。尤二姐是贾琏偷娶的"姨娘"，被王熙凤用阴谋手段整得"吞金"而亡。

《红楼梦》前79回为什么会产生正、反两面的艺术效果呢？分析起来，有如下几个原因：

其一，凡写死亡就简练，而写宴会、过生日、办诗社等却极力渲染。为了展现贾府的繁华热闹，还用刘姥姥作反衬，这比平铺直叙要灵活有趣得多。与此同时，曹雪芹开始暗暗写秦可卿、贾瑞、秦钟之死。贾瑞和秦可卿的死是混在两回里穿插来写的，秦钟的死是混在秦可卿的葬礼中写的。在烈火烹油、鲜花着锦的主流色彩下，这几个人的死只能算作小小的暗流，此即脂砚斋所谓的"反面"。在曹雪芹的笔下，这种暗流一直如影随形般地与繁华的"正面"同时存在。除两秦一贾之外，还有金哥与未婚夫之死，金钏之死，尤三姐、尤二姐之死，晴雯之死。这些"死"分布穿插在各个章节之间而没有成为"正面"，就是因为写作的分寸把握得好，概括来讲就是一个"简"字。比如，写金钏之死，只是通过一个老婆子的话传递的。如果正面描写金钏死前的思想斗争、投井动作及死后惨状，那表达效果就大不相同了。

其二，"反面"作为"正面"写。比如秦可卿之死，应该是"反面"，寥寥几笔写过宁、荣两府的慌乱之后，却又浓墨重彩地大写特写秦可卿的豪华葬礼。相信读者不会为秦可卿的死亡而悲痛，而是为贾府的繁华显贵而惊叹，也为王熙凤的才干与手段而感慨。

其三，对死之悲痛做艺术化处理。比如写晴雯之死，不用正面描写，而是用侧写。宝玉偷偷赶到郊外看望晴雯，明知她已病危，又不得不按时返回贾府。第二天，贾政又带着宝玉去陪人赏桂花。宝玉悬着的心总是放不下，熬到晚上回府才用小计策从小丫头口中得知晴雯已经离开人间。曹雪芹又通过小丫头的嘴胡编出晴雯上天做芙蓉花神的事。"宝玉听了这话，不但不为怪，亦且去悲而生喜"，他为晴雯作了一篇情深意真、一咏三叹的长赋《芙蓉女儿诔》。这种艺术化的处理，遮掩了死的灰暗。

其四，用春秋笔法。比如对秦钟之死虽是正面描写，但作者用了游戏笔法。当秦钟的魂魄求都判官放他一刻见见宝玉，并讲清宝玉的来历时，都判官着慌怒骂小鬼。脂砚斋在此评论道："调侃世情固深，然游戏笔墨一至于此，真可压倒古今小说。"春秋笔法加调侃幽默，使死之黑色被遮掩了，人们看到的依然是贾府光鲜亮丽的表面。

鲁迅在《〈绛洞花主〉小引》中说："在我的眼下的宝玉，却看见他看见许多死亡；证成多所爱者，当大苦恼，因为世上，不幸人多。"

将年轻人的非正常死亡看作《红楼梦》的"反面"不知是否正确。也许脂砚斋另有所指，但探讨《红楼梦》的正反面，对理解其深刻内涵是有重要意义的。

"猜笨谜"

所谓"猜笨谜",是胡适在《红楼梦考证》中批评索隐派红学家的用语,更确切地说,是批评蔡元培时做的一个比喻:

> 蔡先生这本书(指蔡元培的《石头记索隐》)的方法是:每举一人,必先举他的事实,然后引《红楼梦》中情节来配合……我觉得蔡先生这么多的心力都是白白的浪费了,因为我总觉得他这部书到底还只是一种很牵强的附会。我记得从前有个灯谜,用杜诗"无边落木萧萧下"来打一个"日"字。这个谜,除了做谜的人自己,是没有猜得中的。因为做谜的人先想着南北朝的齐和梁两朝都是姓萧的;其次,把"萧萧下"的"萧萧"解作两个姓萧的朝代;其次,二萧的下面是那姓陈的陈朝。想着了"陈"字,然后把偏旁去掉(无边),再把"東"字里的"木"字去掉(落木),剩下的"日"字,才是谜底!你若不能绕这许多弯子,休想猜谜!假使做《红楼梦》的人当日真个用王熙凤来影余国柱,真个想着"王即柱字偏旁之省,国字俗写作国,故熙凤之夫曰琏,言二王字相连也",假使他真如此思想,他岂不真成了

大笨伯了吗？……假使一部《红楼梦》真是一串这么样的笨谜，那就真不值得猜了！

胡适说得很有道理——《石头记索隐》比附的每一个人物都很牵强。比如，贾宝玉的名字有"传国玺之义"，就认为是影射康熙朝的太子胤礽，当然还要在《东华录》等史书上找一点类似贾宝玉的胤礽的事迹；因为林黛玉住的潇湘馆有竹子，就认为是影射朱竹垞；因为有一句"雪满山中高士卧"的诗，就认为薛宝钗是影射高士奇；更奇的是探春影射徐建庵，原因是徐建庵以进士第三人及第，一般又称"探花"，与"探春"名字相近，又因为徐建庵的名字叫"乾学"（建庵是他的号），而"乾卦"的易经标志像"三"，探春又叫三姑娘。蔡元培还认为《红楼梦》是"悼明反清"的，他的理由是："书中'红'，多影'朱'字。朱者，明也，汉也。宝玉有'爱红'之癖，言以满人而爱汉族文化也；好吃人口上胭脂，言拾汉人唾余也。"

蔡元培对胡适的批评是不服气的。他的《石头记索隐》出到第六版的时候写了篇自序，标题就是《对于胡适之先生〈红楼梦考证〉之商榷》，交代了他索隐的方法和原则："……可用三法推求：一、品性相类者；二、轶事有征者；三、姓名相关者。"用这种办法将小说中的人物直接去比附现实中或者历史上的某个人，未免与创作者的创作初衷离得太远了。其实，他的第一法"品性相类者"，就是现代文学理论讲的"典型化"的问题。许多时候，读《红楼梦》以及一些外国小说，比如托尔斯泰的《战争与和平》，会联想到现实中的人甚至自己周围的人。时空隔得那么远，竟能发现品性相类似的人。鲁迅的《阿Q正传》发表时，有多少人"对号入座"，尤其是阿Q的精神胜利法，似乎画出了当年许多中国人的灵魂。这正是文学作品的独特功能。不能把"品性相类者"视为作品的人物原型或者是作者有意影射的某个人。至于"轶事有征者"和"姓名相关者"就更不用说了，可以说几近于荒唐。

蔡元培用他的"三法"索隐的人物，都是清朝的皇室成员或官吏。他在《石头记索隐》第六版自序中说："案《石头记》凡百二十回，而余之索隐尚不过数十则，有下落者记之，未有者姑阙之，此正余之审慎也。"

我们是要把《红楼梦》当作政治历史来读，但似乎不应该是这样的读法。

"密码式解读"

所谓"密码式解读",就是用"谐音""拆字""倒读""笺释"等解读方法来解读《红楼梦》。这种方法有时单用一法,有时合用几法,对作品的断句也很随意,时常把一个词断成单个字来读,为的是方便他"拆字""谐音",以便符合他心中的"意思",因此使得原作品根本读不通。

"密码式解读"有着索隐派的影子,但显得更加神秘,也走得更远,简直不顾原作品内容而完全按研究者的意图随意"解读"。举个例子,《红楼梦》第30回有一段写"龄官画蔷"的故事。有人就用"拆字""谐音"等方法解出了"西山题壁诗"的"秘密"。这里简单介绍一下"西山题壁诗"的情况——1971年,在北京西郊西山脚下正白旗村39号院,发现房屋西墙脱落墙皮后百分之六十的墙壁上写满了诗。对于这些"题壁诗",有些专家认为是曹雪芹和他的朋友所写,有些专家则认为不是曹雪芹所写。至于那个房子,有的人说曹雪芹住过,有的人说曹雪芹没住过。应该说,这是一个没有定论的"发现"。"密码式解读"者不但把这个"发现"看作了"定论",而且用"拆字""谐音""倒读"等方法在《红楼梦》中找到了根据。"密码式解读"者说:"揭开题壁诗之谜最直截了当的办法,莫过于破译这些文字符号……经对原文作拆字+谐音倒读……全部题壁诗,均为曹寅拟创,曹颙暗室挥毫默写的暗语诗。"且不提"密码式解读"者解读"题壁诗",只看其对《红楼梦》中"龄官画蔷"怎样解读。

"龄官画蔷"这一节是接着宝玉挑逗金钏,王夫人打了金钏,宝玉觉得无趣回到大观园,见有个女孩子用簪子在地上划,宝玉按着她划的笔画,猜出是个"蔷"字。宝玉正看得出神,天下起了雨。他怕女孩子被雨淋湿了,可当他劝那女孩子时,那女子说,"看看你吧"。这时,宝玉已被淋得像落汤鸡了,他只知关心别人,却忘了自己。这个女孩子就是戏班的龄官,她划的"蔷"字就是贾蔷的名字。联系"黛玉葬花"的情节,从文学角度讲,这些都是在写女孩子的"痴情"。可是,"密码式解读"者不这样看,其认为这是记录"西山题壁诗"这件事:

> 龄官在"土"上画"蔷"字,必然去掉"草";"蔷"去掉"草字头"再配为"土",即"墙"字。宝玉当时"数一数,十八笔",而"蔷"字怎么也数不出十八笔,可见龄官当时画的不是"蔷"字而是"墙"字,古体"墙"字应是"牆",正好十八笔(按:《辞源》的笔画分类,蔷、墙两字的古体都不是18笔,一个19笔,一个17笔),也证明画的是"墙"字。这里的"墙"即指西山题诗的墙壁。……龄官画"蔷"的地址,书中是否暗示呢?为了让读者明白,曹寅煞费苦心,特地设计宝玉所站方位,先说"里面的原是早已痴了",再言

"外面的不觉也看痴",继而又穿插一个下雨的情节,说宝玉自己在雨中,"心里却还记挂着那女孩子没处避雨"。其实,这皆是虚笔,实际情形是龄官画字地点在屋子里,根本没有淋雨,旁观者宝玉在屋外,倒是淋了雨。折"蔷"为"草"和"啬",谐音是"抄舍",暗示题壁诗抄于"舍内"墙壁,而非路人举头即见的外墙。……"龄官画蔷"暗示"墙话另观"。题壁诗是作为脂批的一部分书写上去的……同样赋予传承红楼梦"勒石传书"的特定功用。

以上就是"密码式解读"者对"龄官画蔷"的解读。姑且不论将"蔷"解为"墙"是否合理,就算解出个"墙"字来,又怎么认定就是讲"西山题壁诗"的事呢?除了强解出一个"墙"字,再没有找到"龄官画蔷"与"西山题壁诗"的任何联系。如果1971年没有发现"西山题壁诗",那《红楼梦》中"龄官画蔷"又怎么解呢?再说了,"西山题壁诗"的事到现在也没有完全定论。

更令人不解的是,"密码式解读"者竟能"解读"出曹寅父子题诗的细节:

当时曹寅父子,一个耳聋,一个眼瞎,曹颙抵住房门,再用粗布蒙窗,然后悬臂默写父亲口授的诗句于墙上,先以印花乾隆竹纸紧贴诗墙,最后一层厚厚的泥灰抹在纸的背面。

问题是，这些细节是怎么考证出来的，有文献根据吗？更神奇的是，他竟"解出"了"西山题壁诗"的书写时间是1739年阴历五月初四，而且狂妄地说："这个百年之谜，曹翁之'无限心曲'，让世人猜了272年有余……可以告慰曹寅父子的在天之灵了。"这不是"痴人说梦"吗？"历史"只在他的头脑里，并不曾在历史上发生过。这正如胡适说的，那个"无边落木萧萧下"的"笨谜"只有做谜的人才能猜到。如果《红楼梦》是这样一连串的"笨谜"，也就不值得猜了。同理，如果照"密码式解读"者这样解读《红楼梦》，那么《红楼梦》就不是文学作品，而是成为一堆没有多少价值的文字垃圾了。

不能这样读红楼

《红楼梦》中有政治、有历史，自它问世以来，从索隐派到"密码式解读"都自以为读懂了，其实是给读者挖了一个又一个的大坑。

一

《红楼梦》到底是什么小说？这种分类因时因人而异。鲁迅在《中国小说史略》里把《金瓶梅》和《红楼梦》分在"人情小说"里，而把《三国演义》《水浒传》分在"讲史小说"里。

近些年，有些专家对"《红楼梦》是一部政治历史小说"这一命题提出异议，认为只有以历史事件或历史人物为题材，才能称为政治历史小说。照这样说，只有像《三国演义》那样的作品，才能称得上是政治历史小说了。其实，这只是从题材角度说的，而说《红楼梦》是政治历史小说是从其认识价值说的。

历史与现实是相对而言的。曹雪芹当年创作《红楼梦》，应该是一部深刻地反映现实生活的现实主义小说，那么作为后来人的我们就可以把它当作历史来读，因为它深刻地反映了中国封建社会的方方面面，从中我们可以生动地理解封建社会的性质，甚至比读历史著作得到的还要深刻，还要细致。我们读政治历史小说《三国演义》，书里的政治和军事斗争是写得非常生动的，但我们看不到封建社会贵族家庭的生活细节，看不到一般老百姓的日常生活以及特定的礼节，看不到青年男女怎样恋爱，更看不到在那样的社会里人与人的关系如何、各层次的人们是怎样谋生的，而《红楼梦》却给我们展现了上述的生活画卷。

1888年，恩格斯在给作家玛·哈克奈斯的信中，在批评她的《城市姑娘》没有写出典型人物所应处的典型环境后，如此说：

> 让我举一个例子。巴尔扎克，我认为他是比过去、现在和未来的一切左拉都要伟大得多的现实主义大师，他在《人间喜剧》里给我们提供了一部法国"社会"特别是巴黎"上流社会"的卓越的现实主义历史，他用编年史的方式几乎逐年地把上升的资产阶级在1816年至1848年这一时期对贵族社会日甚一日的冲击描写出来……他描写了这个在他看来是模范社会的最后残余怎样在庸俗的、满身铜臭的暴发户的逼攻之下逐渐灭亡，或者是被这一暴发户所腐化……在这幅中心图画的四周，他汇集了法国社会的全部历史，我从这里，甚至在经济细节方面（如革命以后动产和不动产的重新分配）所学到的东西，也要比从当时所有职业的历史学家、经济学家和统计学家那里学到的全部东西还要多。（见《马克思恩格斯选集》）

在这里,恩格斯是把巴尔扎克的《人间喜剧》当作历史来读的。然而,巴尔扎克的《人间喜剧》虽然有认识历史的价值,但它并不是写历史大人物和历史大事件的,它写的都是些小人物,比如大家熟知的那个吝啬的葛朗台老头和他的女儿欧也妮·葛朗台。

同样,《红楼梦》写的也是小人物,比如贾宝玉、林黛玉等;写的也多是家庭琐事,比如过生日啊、日常口角啊、男女爱慕啊、婚外情啊等,最大的事件就是贾雨村审的那个"葫芦案"。但是,一些红学研究者非要把书中的小人物往大人物身上拉,比如说贾宝玉是康熙皇帝、薛宝琴是康熙的侄女。说《红楼梦》是政治历史小说,并非像《三国演义》那样要写历史人物或历史事件,而应另有所指。

二

索隐派是最讲政治的,而他们的讲政治主要表现为"排满"。

索隐派最主要的代表人物——蔡元培的《石头记索隐》,开头第一句话就说:"《石头记》者,清康熙朝政治小说也。"接着他说,"书中本事,在吊明之亡,揭清之失"。为什么这么说呢?由他"索隐"所得。比如他说,《红楼梦》作者特别喜欢红色,贾宝玉住的院子叫"怡红院",曹雪芹的书房叫"悼红轩",贾宝玉有个毛病爱吃女孩子嘴上的"口红",贾宝玉在秦氏房中做的梦叫"红楼梦",等等。由此,蔡元培下结论说:"书中'红'字,多影'朱'字。朱者,明也,汉也。"因为明朝是"朱家"

的天下，在汉语中"朱"字又通"红"，《红楼梦》中沾了那么多"红"字，所以就是"吊明"了。这就是索隐派的逻辑。

这里有一个问题：曹雪芹为什么那么拥戴明朝、痛恨清朝呢？按说，他家属于正白旗，是八旗中的前三旗，在贵族行列；当然，他家在雍正时被抄家，他对现实不满是有的；他家虽赫赫扬扬，奴仆成群，但对皇室来说又是奴才（内务府包衣），这种双重身份也使他内心扭曲，然而他家毕竟是清王朝的核心依靠力量啊，作为这样家庭出身的人，怎么会那么怀念大清的敌人——明朝的统治呢？

索隐派也讲"历史"，但绝不是恩格斯讲的"汇集了法国社会的全部历史"的那种历史，而是挖空心思拿作品中的人物去比附历史上的人物。比如，《石头记索隐》说："贾宝玉，言伪朝之帝系也。宝玉者，传国玺之义也，即指胤礽。"康熙皇帝在位几十年，文治武功，赫赫扬扬，有人称他为"千古一帝"，但就是在立储问题上犹豫不决，直到临死也没有肯定地立太子。胤礽是他的嫡生子，曾被立为太子，但"两立两废"，最终在雍正当政时被"圈禁"而死。蔡元培说贾宝玉影射胤礽，说小说中对宝玉的描写有点像胤礽。康熙在废太子胤礽时说，"胤礽……恣行乖戾，无所不至……又遣使邀截外藩入贡之人，将进御马匹任意攫取，以致蒙古俱不心服"；"朕历览史书，时深儆戒，从不令外间妇女出入宫掖，亦从不令姣好少年随侍左右。今皇子所行若此，朕实不胜愤懑"。《红楼梦》第33回描述宝玉挨打，一是因为忠顺亲王府长史向贾府索取小旦琪官；二是因为宝玉逗王夫人丫鬟金钏玩，王夫人打了金钏而致金钏投井。《石头记索隐》认为，宝玉挨打的这两个原因都与胤礽被废相像，比如宝玉跟琪官友好就与胤礽让姣好少年当随从有关，而忠顺王影射外藩。这其实是很牵强的。因为，在同一部著作里，蔡先生又说巧姐也影射胤礽，原因是"'巧'与'礽'字形相似也"。另外，"《红楼梦曲》中亦云'休似俺那爱银钱忘骨肉的狠舅奸兄'，与胤礽案中有所谓舅舅佟国维者相应"。

《石头记索隐》就这样把作品中的人物往历史人物身上贴。比如：林黛玉影射朱竹垞、薛宝钗影射高江村、探春影射徐健庵、王熙凤影射徐国柱、史湘云影射陈其年，等等。这些人多是皇帝核心机要机构"南书房"的人，是朝廷重臣。而所有的这些索隐，都是牵强附会的，胡适的《红楼梦考证》对此做过分析评判。

三

近来有一种"密码式解读"《红楼梦》的做法，也是将《红楼梦》中的人物往历史人物的身上贴。这种解读甚至让人怀疑是反过来做的，就是拿着现成的历史人物和历史事件往《红楼梦》上套。因此，其论述不但牵强，而且不着边际。

比如，把历史上蔡怀玺、郭允进两起投书案的具体事件与《红楼梦》的创作搅在一起，说出许多"惊人"之语。又如，认为《红楼梦》的作者不是曹雪芹，而是曹雪芹的爷爷曹寅，而且认为，一些皇室成员（如雍正的胞弟胤禵）也参与了这部小说的创作与评论，等等。

以"蔡怀玺投书案"为例。要说清这件事，恐怕还要从雍正继位说起。前文提到，康熙在立储问题上受了挫折，因此他一直犹豫不决；到了老年，一些大臣因建议立太子而被斥责或治罪，后来没人再敢提立太子的事。康熙对自己的健康很自信，并不急于立太子，但从他晚年对十四阿哥胤禵的器重来看，也许最后想立的太子就是胤禵；就在康熙信心满满的时候，一场感冒却夺去了他69岁的生命。这也许是天命吧。可这时胤禵还在青海平叛的前线。而他的同胞哥哥胤禛，正在北京参加由隆科多主持的检查粮仓的工作。隆科多是康熙的贴身重臣，康熙去世后，他宣布了一条令所有人都吃惊的"消息"，说康熙临终前决定传位于四子雍亲王胤禛。这个消息不但令许多大臣和胤禛的其他三十几个兄弟产生怀疑，就连他的亲生母亲孝恭仁皇后也感到意外。当然，他自己也"心虚"，因而做了许多超常的事，特别对他的兄弟们各个击破，残酷打击。他借着康熙灵柩归葬东陵的时机，把允禵（胤禛称帝后，其他兄弟就得把"胤"改为"允"字）就地"圈禁"起来。"蔡怀玺投书案"就发生在允禵被"圈禁"的地方。

蔡怀玺是个不知名的人——据说，他是河北滦州人，由于兄弟不睦，本想去闯关东；但是，有天住在小庙里做了一个梦，庙神对他说："你不要去关东了，往西北走，那里有个汤山，你一定会遇上贵人。"于是，他就到了软禁允禵的汤山，往允禵的院子里投了一封信。允禵害怕惹事，就把蔡怀玺连同那封信交给了监视允䄉的把总范时绎。范时绎很快将此事报告给了雍正。于是，雍正派三个钦差审问蔡怀玺。最后，蔡怀玺说，他做梦时庙神还告诉了他两句歌："二七便为主，贵人守宗山。"这可出大事了。这两句是谋逆的反话啊，要掉脑袋的。"二七"一十四，指的就是十四阿哥允䄉，他要当国主，守护祖宗的江山。允䄉交上去的蔡怀玺"投书"截去两行字，并没有蔡怀玺最后说的这句话。然而，为了坐实允䄉的叛逆罪，范时绎竟让允䄉与蔡怀玺当面对质。允䄉是见过大阵仗的人，大骂范时绎（连带雍正）是故意陷害他，所以用这种下三烂的手段。最后，蔡怀玺"自尽"，允䄉被押回北京"圈禁"。据说，"《雍正朝起居注册》中，雍正四年五月到七月全部不存，因此如何革允䄉爵位、怎样审蔡怀玺，也就没有记载"；"有的研究者认为，所谓蔡怀玺投书案，是雍正一手策划的陷害允䄉的'作案'，这从范时绎的密奏、雍正的朱批中，完全看得出来"。

就是这样一件与《红楼梦》并无关系的事件，却被"密码式解读"者用来解读《红楼梦》。且看他是怎样解释的（【】内为他的解读）：

原来蔡怀玺投给允䄉的"二七变（应为'便'）为主"那张帖子，并不是当朝士民想象的那么严重。它系曹寅雇人传递给允䄉的密信，其内容其实为曹寅指引允䄉如何续写《红楼梦》一书的意见。依据谐音顺读法对此帖文字进行破解，"二七变为主贵人守宗山以九王之母为太后"十八字【尔起编伟著,癸纫收钟山矣,就往字目,委太后】藏一段话。意思说:你可以程甲本为底本续写,癸卯年(1723年)的稿子已秘藏南京,回目仍就庚子(1720年)本原目创,你的续书随鄂尔泰之后写。

一般人是不知道"密码式解读"者是怎么就把蔡怀玺投书的那两句话转换成他说的"意思"的。就连他自己也说,"此帖隐意破译或许谈不上绝对精准,然大旨当合作者本意"。这简直是巨大的谬误!说蔡怀玺是曹寅派去给允禵"投书"的,文中除了他那"天书"般的"破译"外,没有一丝的材料可以证明这一点。而史学家们的论述,虽然有分歧,但绝想不到曹寅身上,更不会认为与《红楼梦》有关。史家的分歧只在于,此事究竟是雍正故意陷害允禵,还是自然发生的。现在,在这件事上虽然材料不太充分,但有范时绎的奏折和雍正的朱批在,足可以证明此事与曹寅无关。

关于曹寅,据周汝昌《红楼梦新证》引李煦的奏折说:"……乃天心之仁爱有加,而臣子之福分浅薄。曹寅七月初一日感受风寒,辗转成疟,竟成不起之症,于七月二十三日身故。"这是康熙五十一年(1712年)的事,此时曹寅55岁。此折是李煦给康熙的奏折。而蔡怀玺投书案发生在雍正四年(1726年),此时曹寅已死去十几年,怎么派人"投书"?

"密码式解读"者破译蔡怀玺的"投书",说曹寅嘱托允禵"以程甲本为底本续写",又有大误。不知他这里的"程甲本"指的是什么,按已被证实的一般说法,"程甲本"就是乾隆五十六年(1791年)由高鹗续作、程伟元作序的《红楼梦》排印本。难道时间可以倒流吗?"程甲本"出现的时候,皇家已是孙子辈(乾隆是康熙的孙子)当政了,曹家的孙子辈曹雪芹(曹寅的孙子)也已去世近30年!怎么曹寅说着孙子辈的事?

用"谐音顺读法"破译蔡怀玺的"投书",得出的结论是为了续写《石头记》,这就更加荒唐。这里先讨论一下曹寅写这样一封"密码式"的书信的可能性。就依"密码式解读"者的说法,曹寅没在康熙五十一年(1712年)死去,而是被"圈禁"假死,可是康熙晚年允禵一直在大西北平叛,连自己的儿子结婚都没管,当时几个皇孙结婚都是各家管各家,因为允禵在前线,所以康熙特许允禵的儿子结婚费用由宫里出。前线战事那么紧张,而且当时他还有被立为太子的可能,凭什么冒险跟一个被"圈禁"的犯人去接触,而且还是为了一部对他没一点好处的《石头记》?如若不跟曹寅接触,曹寅那一套"谐音拆字"的鬼把戏怎么传授给允禵,不传给允禵,曹寅给他写那样一封含有"隐意"的书信有什么用?由此可以看出,蔡怀玺的"投书"就是字面的意思,并不像"密码式解读"者解读的那样是关于续作《红楼梦》的事。

仅此一例足可看出,"密码式解读"对《红楼梦》的政治性、历史性的理解是何等的不合情理。

四

"自叙说"的创立者是胡适。他在批判了"索隐派"的猜笨谜之后,经过考证,得出结论:《红楼梦》就是作者的自传。他这样写道:

> 以上是关于著者曹雪芹的个人和他的家世的材料。我们看了这些材料,大概可以明白《红楼梦》这部书是曹雪芹的自叙传了。这个见解,本来并没有什么新奇,本来是很自然的。不过因为《红楼梦》被一百多年来的红学大家越说越微妙了,故我们现在对于这个极平常的见解反觉得他有证明的必要了。

以上就是胡适的观点。他甚至说——

> 《红楼梦》只是老老实实地描写这一个"坐吃山空""树倒猢狲散"的自然趋势。因为如此,所以《红楼梦》是一部自然主义的杰作。那般猜谜的红学大家不晓得《红楼梦》的真价值正在这平淡无奇的自然主义上面……

正因为"自叙说"把《红楼梦》看成"自然主义的杰作",它的"真价值正在这平淡无奇的自然主义上面",所以这一派的学者应该是反对"《红楼梦》是一部政治历史小说"这一看法的。他们并没有认识到《红楼梦》的巨大的认识价值,只是把它当闲书看。比如，俞平伯就在《红楼梦辨》中说："平心看来，《红楼梦》在世界文学中底位置是不很高的"；"《红楼梦》底态度虽说有上说的三层，但总不过是身世之感，牢愁之语。即后来底忏悔了悟，以我从楔子里推想，亦不能脱去东方底窠臼；不过因为旧欢难舍，身世飘零，悔恨无从，付诸一哭，于是发而为文章，以自怨自解。其用亦不过破闷醒目，避世消愁而已"；"作者天分是极高的，如生于此刻可以为我们文艺界吐气了；但不幸他生得太早，在他底环境时会里面，能有这样的成就，已足使我们惊诧赞叹不能自已"。

"自叙说"是在与讲政治的索隐派的斗争中拼杀出来的，因此还来不及或者也不愿承认《红楼梦》的认识价值。这就大大降低了《红楼梦》的思想性。这正是"自叙说"的时代的和个人的局限所在。

然而，对"《红楼梦》是政治历史小说"这一命题，"新自叙说"倒是有所探索。

"新自叙说"的创立者是周汝昌。他的《红楼梦新证》卷帙浩繁，材料充实，洋洋洒洒40万字，有许多新的发现、新的见解。在几个关键问题上弥补了胡适"自叙说"留下的漏洞，包括：曹雪芹的生年问题；《红楼梦》到底是写南京兴盛时的曹家，还是北京衰落时的曹家；曹寅的弟弟不是曹宜而是曹宣的考证；脂砚斋就是书中的史湘云。周汝昌为了考证曹雪芹准确的生年，也为了证实《红楼梦》是写衰落时北京的曹家，他专门撰写一章"雪芹生卒年与红楼年表"，把现实中的曹雪芹和《红楼梦》中的贾宝玉一年一年对应地排出年表；还立专章撰写了"史料编年"，把从明崇祯三年（1630年）至清乾隆五十六年（1791年）与曹家有关的史料一一排出。这个"新自叙说"把胡适的"自叙说"向前大大地推进了一步。如他在《红楼梦新证》"写在卷首"中说："曹雪芹在《红楼梦》里那样严肃而沉痛地提出许多社会问题——宗法问题、奴隶问题、专制问题、官僚问题、婚姻问题、妻妾问题……一言以蔽之，封建社会制度下的种种问题，然而却从来未受到过应得的重视，也少有人充分提出来作为专题讨论。"

周汝昌讲的曹雪芹在《红楼梦》里提出的种种社会问题，正像恩格斯对巴尔扎克《人间喜剧》讲的"在这幅中心图画的四周，他汇集了法国社会的全部历史"一样。在周汝昌后来的一些文章中也涉及了《红楼梦》是政治历史小说这一命题。比如，有一本由他的女儿周伦苓编的《周汝昌梦解红楼》，就有许多篇章涉及了这一命题，其中《"六朝人物"说〈红楼〉》就直接涉及了排印程甲本的"政治问题"。周汝昌认为，经高鹗修改补作的程甲本是和珅推荐、乾隆同意才得以排印的。他得出这一结论既不靠"牵强附会"也不靠"神秘解读"，而是有实实在在的证据。最主要的证据有三：一、晚清学者蒋瑞藻的《小说考证》，说《红楼梦》是和珅"呈上"、乾隆"阅而然之"的；二、程甲本印出3年后，俄国的卡缅斯基在北京买了两套，他在书上标明"道德批判小说。宫廷印刷馆出的"；三、他说："没有一个'政治来由'，士大夫们焉敢'人人案头有一部《红楼梦》'乎！"

当然，这种"政治"仍然没有离开对版本的研究，类似的论述还有诸如《从〈红楼〉到康熙》《"情教"创者曹雪芹》《情在〈红楼〉》等篇章。《从〈红楼〉到康熙》开头就说,"本文不是史论,当然更不是影(视)评,这只是我对康熙的一些杂感漫话"。这一篇讲了曹雪芹的曾祖母孙夫人做康熙保姆的功劳,以及康熙封孙夫人为"一品夫人"的史实。说到底,还是在挖掘曹雪芹家的历史。后两篇讲,曹雪芹不仅仅是小说家,他第一是大思想家,第二是大诗人,而且应是个"创教"之人,是"情教"的创造者。这个结论也是从《红楼梦》作品本质出发得出的。周汝昌说,他读了几十年《红楼梦》,研究了几十年红学,但从未关注过"宝黛爱情",他关注的是大的"人情",即人与人之间的关系。他说,"雪芹这部书中写的,他自己早已规定了的,绝不是帝王将相、圣者贤人、忠臣义士等'传统歌颂人物',而是一群新近投胎落世的'情痴情种'";"但雪芹实际上很难空泛地写那崇高博大的情,他仍然需要假借男女之情的真相与实质来抒写他自己的见解、感受、悲慨、怜惜、同情、喜慰……百种千般的精神世界中之光暗与潮汐、脉搏与节拍"。

五

说《红楼梦》是政治历史小说,是从其认识价值的角度说的。正如周汝昌所说,什么宗法问题、奴隶问题、专制问题、官僚问题、婚姻问题、妻妾问题等具有封建社会特点的社会问题,在《红楼梦》中都得到了淋漓尽致的表现。

《红楼梦》对奴隶阶层的描写是非常丰富的。有做粗活的奴隶，比如东府里的焦大；也有成了管家的奴隶，比如赖大；有家生子，比如贾母的丫鬟鸳鸯；也有买来的丫头，比如袭人。《红楼梦》写的奴隶是为主子服务的丫鬟、婆子、小子，而写得最深入、最有风采、最有内涵的是年轻女性丫鬟，比如温顺明理的袭人、刚烈俏丽的晴雯、已成半个主子的平儿、先耍主子威风后被驱逐的司棋、精明能干的红玉、被辱投井的金钏等。读《红楼梦》，我们可以细微地了解到在封建社会里奴隶这一群体的生存状态、性格特征、心理活动。这是读任何历史专著都得不到的，因为中国正史写的基本上是帝王将相。正如柏杨写《中国人史纲》时发誓说的，下决心"不为君王唱赞歌，只为苍生说人话"。他的历史分期和结构跟一般史书完全不同，在大的框架方面分神话时代、半信史时代、信史时代、纪元前时代与纪年后时代，打破按朝代划分历史时期的惯例，按每一百年为一个单元来叙述"中华人"的历史。尽管如此，在叙述到具体的历史事件或历史人物时，仍然离不开帝王将相。为什么会这样呢？因为当初记录历史时就没有记录老百姓的事。司马迁够伟大的吧，他非常重视"劳动人民"，可以把农民领袖陈涉（其实可以看作奴隶）归在"世家"（重要将相的传记）里，也可以写出"游侠列传""滑稽列传""日者列传""龟策列传"（后两者为占卜预测之人）等三教九流的人，但仔细想想，其实这些人都是平常人中的"不凡"之人，真正的普通人（包括无数不知名的战死的将士）是进不了正史的。而像《红楼梦》这样的小说却以小人物为主角，且聚焦家长里短，使我们在阅读中学到活的历史。

《红楼梦》对儒家思想特别是宋儒和科举制度的批判，显示了其"政治历史性"。《红楼梦》着墨较多的，也是主人公贾宝玉纠结最多的，就是"读书"和做八股文。从贾母到贾政、王夫人以及侍候他的丫鬟们，全家上下都为他不"读书"着急上火。这件事甚至成为贾宝玉与贾政父子冲突的主要内容。那么，贾宝玉是不是不喜读书呢？不是的。你看他在读《西厢记》的时候是多么入神！其实，宝玉最反对读的就是以"当官""走仕途"为目的的八股时文，而贾政最关心的正是这个。《红楼梦》第9回写贾政询问下人——宝玉最近在学校都读什么书了。李贵说"已念到第三本《诗经》"了。这时，贾政说："那怕再念三十本《诗经》，也都是掩耳盗铃，哄人而已。你去请学里太爷的安，就说我说了：什么《诗经》、古文，一概不用虚应故事，只是先把《四书》一气讲明背熟，是最要紧的。"你看，连五经之一的《诗经》都被看作"掩耳盗铃"，这是不是太功利了，怨不得宝玉从心里反感。

宝玉又是怎么看待八股时文的呢？《红楼梦》第19回袭人"批评"宝玉："凡读书上进的人，你就起个名字叫作'禄蠹'；又说除'明明德'外无书，都是前人自己不能解圣人之书，便另出己意混编纂出来的。"他把那些通过科举考试爬上统治地位的人称为"禄蠹"。这是何等辛辣的讽刺！"明明德"是《大学》的一句话，也是朱熹编的《四书》的第一句话。这里的"明明德"代表着孔孟的原著，而"另出己意混编纂"指的是朱熹的注释阐发和后来文人的解释。由此可以看出，曹雪芹并不反对孔孟，而是反对后来披着孔孟外衣的"理学"。在同一回书里，袭人又批评宝玉"毁僧谤道"。看来，曹雪芹真的对中国封建社会的主流思想和价值观产生了怀疑。这也可以从这部书开头的《好了歌》及其注解看得出来。

总之，对封建社会主流思想和价值观的批判也反映了《红楼梦》的政治历史性。

《红楼梦》还深刻地反映了历史发展趋势。正如恩格斯所说，它再现了典型环境中的典型人物的典型性格。不必说作为整部书的载体——那块来历不凡的女娲补天剩下的石头——的传说，也不必说梦中的"警幻仙"既幻又实的表现，就说那个"奸雄"贾雨村吧，他并不是现实生活中的现成人物的简单摹写，他应该是一类人的代表。

可以说，贾雨村是封建社会国家机器上的一颗螺丝钉，代表着类似众多的封建官僚。在"葫芦僧乱判葫芦案"一节中，门人（也就是葫芦僧）为贾雨村呈现的"护官符"（当地大族的名单。作为当地的为政者要保护他们，不然官就做不成了），就是对当时官场及社会风气的深刻描写。贾雨村本来要重判打死人的薛蟠，但看了门人给他的"护官符"才知，这个薛蟠原来是"丰年好大雪"中的薛家人，属"贾史王薛"四大家族的成员，因而轻轻一判了事，送了帮他谋求官位的贾政一个人情。从这个情节可以看出，曹雪芹不但反对封建社会的主流思想和价值观，也反对封建社会的官僚体制。

《红楼梦》主要是写贾家，主要是写贾宝玉、林黛玉、薛宝钗、史湘云等。那么，贾雨村这个"局外人"怎么跟贾家联系上的呢？首先，他做了黛玉的教师；其次，林黛玉的母亲仙逝后，黛玉不得不寄养到姥姥（贾母）家；最后，黛玉的父亲又拜托内兄贾政为雨村某个职位，于是他就先得了应天府知府，判了那个"葫芦案"的冤案。这样，贾雨村就跟贾家发生了关系，并成为书中的一个重要角色。后来，他还用故意判冤案的办法，替贾赦夺得了石呆子的扇子。

　　说《红楼梦》是政治历史小说，是因为毕竟是小说，而不是历史——也许历史上就没有贾雨村这么个人。

　　《红楼梦》整部书的构思，包括每个人物、每个情节的设计，恐怕都是在现实原型的基础上进行了典型化的改造。正是这种现实主义的创作，为我们提供了更真实的历史画卷。

不要再"冒险"了

新版《红楼梦》电视剧开播后,引来不少批评声。有善意的专家为导演开脱,说导演也是无奈,在内容上受红学家牵制太大,在演员人选上又受制于投资人。但不管怎么说,此剧拍得不尽如人意,确实是不在话下的。

又听说,有不服气者准备再拍新版,以弥补前两版之不足。然而,我要呼吁:别再拍了!这倒不是谴责导演们浪费人力物力财力,而是说拍《红楼梦》这样的经典太"冒险"了!

有些文学作品本身就不适宜拍成影视作品。比如,马尔克斯就不同意将他的代表作《百年孤独》拍成影视作品,因为《百年孤独》是一部魔幻现实主义作品,很难用影视把文字的魅力表现出来。其实,《红楼梦》也属这类作品。如同《百年孤独》将不可思议的奇迹和最纯粹的现实汇于一书一样,《红楼梦》将奇异绚丽的梦幻与最严酷的现实以及随处可见的隐喻融为一炉。这只能通过阅读才能领会其美妙,用影视几乎是无法表现其微妙意境的。比如,小说中人物的名字甄士隐,就暗喻着"将真事隐去",而贾雨村则暗喻着"借假语村言"。甄士隐的女儿英莲的名字,暗示着她的命运"应怜"——她幼时被拐,后来被卖,最后落到呆霸王薛蟠手里，还不可怜吗？这些都是小的隐喻，大的甚至整部书都是隐喻与象征。在"王熙凤毒设相思局"一节中，贾瑞病得要死时，来了个跛脚道人送给他一个据说是从警幻仙那里得来的两面能照人的镜子"风月宝鉴"，并告诉他照照镜子的反面就好了，可千万别照正面。这时，《红楼梦》第一批书人、曹雪芹的红颜知己脂砚斋连续批道："观者记之！不要看这书的正面，方是会看。""此书表里皆有喻也！""凡看书人从此细心体贴，方许你看，否则，此书哭矣！"像这样的象外之意、弦外之音，不通过阅读怎能体会呢？

《红楼梦》是一部奇书，而伴随它出世的脂砚斋的评论也非同寻常。《红楼梦》与别的文学作品不同，曹雪芹的原著与脂砚斋的评论浑然一体，必须将两者结合起来阅读。而那些充满感情、充满对往事的回忆、充满对世态炎凉慨叹的评论，是影视剧无论如何也不能表达的。比如，《红楼梦》第1回有一首表白作者心意的诗："满纸荒唐言，一把辛酸泪。都云作者痴，谁解其中味？"在此处，脂砚斋批道："能解者，方有辛酸之泪哭成此书。壬午除夕，书未成，芹为泪尽而逝。余尝哭芹，泪亦待尽。每意觅青埂峰再问石兄，奈不遇癞头和尚何？怅怅！今而后，唯愿造化主再出一芹一脂，是书何幸！余二人亦大快遂心于九泉矣！"这些评论令人震撼，光靠演绎故事恐怕是达不到这样的效果的。又如，《脂砚斋在重评石头记庚辰本》上有一条眉批："凤姐点戏，脂砚执笔事，今知者寥寥矣，宁不悲乎！"这种对往事的回忆，令人读后生出无限感慨，而这也是看电视剧所不能得到的。

此外,《红楼梦》成书于思想禁锢的封建社会,它之所以还未完成就受到追捧,除了巨大的艺术魅力之外,还因为那些与当时社会价值观相悖的石破天惊的思想。这些只能通过细细品读,才能体会其魅力。比如,贾宝玉在秦氏房中做的那场梦,警幻仙让贾宝玉听完《红楼梦》曲子之后,又用云雨之情"警幻"他,而且阐发了"好色即淫,知情更淫"的宏论,更对贾宝玉说:"吾所爱汝者,乃天下第一淫人也。"脂砚斋在此处的批语是:"多大胆量,敢作如此之文?""石破天惊鬼夜哭。"贾宝玉的那场梦是整部《红楼梦》的关键所在,金陵十二钗的正副册及其判词,包括《红楼梦》曲词,都暗示着这部小说的主要人物和它所描写的封建大家族的命运。新版《红楼梦》电视剧对这场梦进行了演绎,但在我看来却是轻飘飘的苍白无力!这就是阅读文字与看电视剧的区别。也难怪,电视剧只能靠演员的动作、表情去演绎故事,而对于那些"言外之意"就很难表现。就是读文字,也得反复读、前后对照地读,方能领会那些判词、隐语的真谛。

按照新自叙说的说法,曹雪芹经历了末世的繁荣和末世的衰败,是个胸中有大块垒、大沟壑的人。他虽然写的是少男少女的故事,抑或家长里短的琐事,但表现的却是重大主题。让现代的小孩去重演书中的角色,其难度可想而知。另外,书中的许多细节,比如叙述上的草蛇灰线、伏笔千里,会给读者许多意外的惊喜;而电视剧就无法做到这一点。因此,我认为《红楼梦》是给人阅读的,不是给人"演戏"的,请不要重拍《红楼梦》电视连续剧了。

中编 知人

文学即人学。其实,文学中表现的人学,主要是人性。人性因时代不同或许是有变化的,但那些最本质的东西是不变的,比如善与恶,随俗与独立,喜、怒、哀、乐、忧,等等。这些古已有之,现在仍然有之。

读小说,尤其是读《红楼梦》这样的经典作品,能领略丰富的人性表现。

人性的曲与直

文学是写人的，而写人就要写人性。《红楼梦》刻画了不同的人性。比如，宝钗扑蝶和黛玉葬花就表现了人性中的曲与直。

宝钗扑蝶和黛玉葬花，是表现大观园中女孩子不同性格的绝佳"桥段"。这两个故事分别在《红楼梦》的第23回、第24回和第27回中写到。为什么这两个故事分布在三回书里呢？

这就得说一下《红楼梦》的表现手法，那就是"三染法"或"多染法"——一个人物、一件事情不是一口气讲完，而是在不同场合以不同方式出现，这样可以增加读者的印象。在这点上，《红楼梦》与《水浒传》是不同的。《水浒传》是万川归海式的结构，讲一个英雄故事，不管是鲁智深还是武松抑或是其他人，在他们上梁山之前，每一个人的故事都是有头有尾集中讲，一直讲到他"落难"；后面再讲这个人的故事就不那么集中了。讲完一个人的故事，再讲另一个人的故事。《红楼梦》不是这样，贾府像一棵大树一开始就存在那里，每个人像树上长的绿叶、开的花朵、结的果实，大家在一起互生互灭。《红楼梦》的叙述就像生活本身一样真实，它不是一回书专讲一个人、一件事。比如，讲宝钗扑蝶和黛玉葬花故事的第27回，描写的是芒种这天大观园里的女孩子们祭饯花神的活动。除了宝钗扑蝶和黛玉葬花外，还描写了红玉与坠儿的私语、宝玉与探春的兄妹秘聊、晴雯与红玉的拌嘴、凤姐的爽快和红玉的干练。

话题还回到宝钗扑蝶、黛玉葬花与人性的曲直上。

先说宝钗扑蝶。其实故事很简单：芒种这天大家都出来祭饯花神，唯独不见黛玉，这才引起宝钗去叫黛玉，但见宝玉也去找黛玉，宝钗就转头往回走了。就在宝钗回来的路上遇到两只硕大的蝴蝶，她就扑捉起来，结果没有捉到。就这么简单的故事，有什么人性在里边？

这就牵涉到第 24 回描写的"红玉遗帕"的故事。这一回讲的是大观园需要一个花匠，贾芸就千方百计地贿赂凤姐得了这差事。贾芸上工那天，大观园的女孩子都回避了，急得贾芸找不到人通报。后来焙茗找到宝玉的丫鬟红玉，让她给通个信。红玉知道是自家爷们儿，也就不那么回避了，而且"下死眼把贾芸钉了两眼"。她对贾芸有了爱慕之心，于是半明半暗地在贾芸要走的路上丢下自己的手帕。她在暗中看着贾芸将手帕拾起收在怀里，心里也就有几分数儿了。时间来到芒种节，故事来到第 27 回，大观园的女孩子——小姐、丫鬟还有凤姐那样的少妇，都出来祭饯花神。在一个三面临水的亭子里，红玉正与坠儿窃窃私语，说的就是"红玉遗帕"的事。坠儿拿着贾芸拾到的手帕问红玉是不是她的，红玉一看就是她那一块。两人就讨价还价起来，在"男女授受不亲"的社会里，私订终身是大逆不道的事，何况红玉是"家生子"（管家林之孝的女儿），婚姻得由主子做主，哪能自作主张。这么机密的话不能传出去，最后两人发了誓。但就在发誓时，她们突然想到窗外会不会有人听见！于是，她们推开窗子看亭子附近有没有人。

就在两个丫鬟窃窃私语时，宝钗已经扑蝶来到这个亭子之下，两个小女子的密语她完全听到了，而且也知道问题的严重性，若就这样走了，一定会遭到两个丫鬟的怀疑，同时担心红玉"狗急跳墙"。因此，宝钗就使了个"金蝉脱壳的法子"。她故意放重脚步，笑着叫道："颦儿（黛玉），我看你往那里藏！"红玉立马怀疑是黛玉偷听了，她对坠儿说："若是宝姑娘听见还倒罢了，林姑娘嘴里又爱刻薄人，心里又细，他一听见了，倘若或走漏了风声，怎么样呢？"这就是宝钗人性中的"曲"！可以说是"嫁祸于人"。

再说黛玉葬花。这可是篇大文章。此事在第23回就做了铺垫。事情从宝玉读闲书开始。宝玉在大观园里烦闷，他的小厮茗烟就到书坊买了些杂书给他看，宝玉对此视为珍宝。

一天早饭后，宝玉带了《会真记》到沁芳桥边的桃树下看。这里需要说明一下，《会真记》是唐代大诗人元稹的传奇（小说），但从宝玉为黛玉念出的句子看，又像是元杂剧《西厢记》。鲁迅在《中国小说史略》里说："元稹以张生自寓，述其亲历之境……元则有王实甫《西厢记》。"可见，宝玉看的就是王实甫的《西厢记》，清代可能有把小说、戏剧混编在一起的书。

正当宝玉看到书中"落红成阵"的句子时，忽有一阵风刮过，吹落一地桃花。宝玉怕那桃花被践踏了，就兜着花瓣抖在池里，随水漂出沁芳闸。这时，黛玉从背后走来，还扛着花锄，上挂花囊，手里拿着花帚。她见宝玉把花瓣抖落到水中，就说："撂在水里不好……只一流出去，有人家的地方，脏的臭的混倒，仍旧把花糟蹋了。"原来，黛玉在一个角落里建了一个花冢，平日把落花扫了装在袋里，拿土埋上。黛玉说："日久不过随土化了，岂不干净。"

以上就是黛玉葬花的来历与缘由。"葬花"是黛玉的一个创新，表现了她诚心敬畏自然、敬畏生命的精神，当然也包括了怜悯自己。脂砚斋在"花冢"一词旁批道："好名色，新奇！葬花亭里埋花人。"又在"日久不过随土化了"旁批道："宁使香魂随土化。"脂砚斋对"黛玉葬花"这一事件非常重视。她在"黛玉荷锄"那一段描写旁批道："此图欲画之心久矣，誓不遇仙笔不写，恐亵我颦卿故也。"

黛玉葬花的更深层意义还表现在《葬花吟》上，这就是第27回"埋香冢飞燕泣残红"的主旨。

就是在芒种这天，在宝钗扑蝶将"浑水"引向黛玉的当儿，黛玉就在葬花的地方向老天哭诉、向老天发问："花谢花飞花满天，红消香断有谁怜？""桃李明年能再发，明年闺中知有谁？""一年三百六十日，风刀霜剑严相逼。""侬今葬花人笑痴，他年葬侬知是谁？""一朝春尽红颜老，花落人亡两不知！"她直抒胸臆，开口就是悲天悯人、人之生死的大事！这就是黛玉人性中表现的"直"！她绝不是被人误解的"小性儿""刻薄"，那可能是外界环境压迫下的性格的一种变形吧。脂砚斋在诗后评批道："余读《葬花吟》凡三阅,其凄楚感慨,令人身世两忘,举笔再四,不能加批。"

也许是由于"心有灵犀"吧,就在大家都找不到黛玉时,宝玉来到了他们那天葬花的地方,听到黛玉的哭声和哭诵的《葬花吟》,不觉痴倒,并由此悟出了大道理:"试想林黛玉的花颜月貌,将来亦到无可寻觅之时,宁不心碎肠断?"宝玉突然清醒地意识到,人是会老的、会死的。他依此类推,宝钗、香菱、袭人等,都有无可寻觅之时啊!又想到自己也会有那一天:"且自身尚不知何在何往,则斯处、斯园、斯花、斯柳,又不知当属谁姓矣!因此反复推求了去,真不知此时此际欲为何等蠢物,杳无所知;逃大造,出尘网,始可解释这段悲伤。"这种"生死之悲"只能用宗教来解释!就在这段心理描写的旁边,脂砚斋批道:"非大善知识,道不出此等语来。"

黛玉和宝玉都是纯情愚直之人,不但没有坏心眼儿,就连拐弯抹角的心机也少有。他们人性中的"直"就是"大善",是与天地自然或宗教相连的。

宝钗扑蝶、黛玉葬花及其蕴含的人性的曲与直,给我们如下三点启示。

其一,人性的曲与直,是先天自然和后天社会共同作用的结果。"曲"受后天、受社会影响更大些。比如,薛宝钗出身商贾人家,性格中不免就有许多曲意逢迎的因子。第 32 回写金钏被打骂受辱投井自杀,王夫人都感到"内疚",可宝钗却劝王夫人说金钏是个"糊涂人""不足惜",王夫人要赏金钏装裹衣服,一时做不来，有一套黛玉的新衣服，又怕黛玉"小性""忌讳"，这时宝钗立刻说她有一套新做的，愿意给金钏做装裹。王夫人问："你不忌讳？"宝钗答："我从来不计较这些。"看，曲意逢迎到什么程度？而"直"则直接与先天自然相接。做人还是多些"直"少些"曲"好，这样社会才更淳朴，人与人之间的关系才更和谐。

其二，"曲"与"直"是辩证统一的。不能说"曲"就是"奸猾"的代名词。出于"善意"的"曲"，也可以达到"直"的目的。《论语》有一个"子为父隐"的著名论断。叶公对孔子说："我们乡里有个直率的人，他的父亲偷了羊，他就去告发做证。"这时孔子说，我们乡里的直率人不是这样。"父为子隐，子为父隐，直在其中矣"。过去，有时去别人家串门，人家问"吃了吗？"你虽然没吃，但嘴里却说"吃过了"。这就是善意的"谎言"。还有一种"曲"，是做事"策略"的需要，或者是形势所迫不得不采取"曲"的手段。总之，要出于"善意"，不能像宝钗扑蝶所遇"奇事"，不能坦诚相待，反而"嫁祸于人"。

其三，由"曲"入"直"，以"直"行"曲"。举个极端的例子，在敌营里的我方地下工作者，一定要给敌人做一些事情，不然怎么取得对方的信任呢？但是，他内心一定保持着为我方服务的初心，也就是"直"，是由"曲"入"直"。还有，我们做事情、定政策，都要从"直"出发，但是"前途是光明的，道路是曲折的"，因而还要讲策略，这应该就是以"直"行"曲"吧。也可以说，"出发点"和"落脚点"都是"直"的，都是"心存真诚"的，只是中间的道路可能要曲折一些。

贾宝玉的"女性观"

《红楼梦》是一部以写女性为主的书,它所表达的"女性观"完全颠覆了中国封建社会对女性的传统看法,主人公贾宝玉的"女性观"更显独特。

一

贾宝玉的"女性观"从一出生就表现出来了。冷子兴演说荣国府,介绍宝玉"衔玉"而生,令人惊奇不已,贾雨村听后说:"只怕这人来历不小。"

在一般人看来,这"来历"也许是汉高祖头上的那块"彩云",也许是"封王拜相"的瑞兆;然而当宝玉刚满周岁"抓周"时,贾政拿来"世上所有之物件"让其抓取,以试其将来的志向,谁知他只抓那些脂粉钗环。贾政大失所望,气得说:"将来酒色之徒耳!"

其实,宝玉不是一般人理解的"酒色之徒",而是警幻仙姑所谓的"天下第一淫人"。女孩儿,在他心目中至高无上。据冷子兴介绍,宝玉还在七八岁时就说:"女儿是水作的骨肉,男人是泥作的骨肉。我见个女儿，我便清爽。见了男人，便觉浊臭逼人。"后来的宝玉更是深化和扩大了这一认知，称自己也是"浊玉"。宝玉对"女儿"的这种看法，在当时是非常新鲜奇特的，因此脂砚斋评论说："真千古奇闻奇情。"

在"女性观"方面，这个"衔玉而生"的人，其"来历"并不亚于那些"封王拜相"的人，他推翻了2000多年中国人的传统观念。女性问题从来不是个小问题，尤其是在中国封建社会。

周汝昌在《红楼梦新证》中为《红楼梦》打抱不平，抱怨时人说《红楼梦》没有提出社会问题，为此他提出了一大串社会问题，包括恋爱、婚姻、妻妾等问题，但就是没点"女性问题"。其实，《红楼梦》提出的最大问题是"女性问题"。从现在反观封建社会，"男尊女卑"是当时最大的社会问题之一。

为什么当时会存在严重的"男尊女卑"现象呢？这里是有社会经济原因的。因为，当时的中国生产力低下，是以农业生产为主的。农业社会有两项主要活动，就是种地和打仗。种地，是为了解决吃饭问题，因为在农业社会交换是不充足的，粮食只能靠自己生产；打仗，是为了集团利益或为了保护本民族人民的生命财产，这是进入阶级社会以后不断发生的事。而男人是这两件大事的最佳胜任者，因此在性别的问题上，男人也就占有绝对的优势，甚至出现极端的不平等，一面是男人可以放纵无度，另一面是女人被压抑致死；一面是男人妻妾成群加婚外情，另一面是女人为死去的丈夫守节。

此外，儒家思想尤其是程朱理学，把"男尊女卑"的社会经济基础给神圣化了，成为天道自然。

二

曹雪芹在《红楼梦》凡例中曾说明撰书缘由："今风尘碌碌，一事无成。忽念及当年所有女子，一一细推了去，觉其行止见识皆出于我之上，何我堂堂须眉，曾不若彼裙钗哉！……我之罪固不免，然闺阁中本历历有人，万不可因我之不肖，自护其短，则一并使其泯灭也。"

在大观园里，闺阁中女子大体应分为两种：一是贵族小姐；二是服侍公子、小姐的丫鬟。"凡例"中说的"闺阁中本历历有人"，主要是指贵族小姐。她们都是博古通今、才华横溢的才女。《红楼梦》是雅俗共赏的作品，但它骨子里是雅的。就像《水浒传》里的一百单八将个个武艺高强一样，《红楼梦》里的裙钗个个锦心绣口、文采飞扬。偶然来了几个亲戚也都能吟诗联句，比如李纨的两个侄女李绮、李纹，还有邢夫人的侄女邢岫烟，不但跟着联句，还另作咏梅诗；尤其是宝钗的堂妹宝琴，模样出众，诗才也不一般，她竟写了十首怀古诗，暗喻十件俗物。

贾宝玉见了就"清爽"的主要是这些"才女"。为什么"清爽"呢？因为诗是纯洁的，是抒发内心感情的圣物，它没有世故、没有利害、没有算计、没有阿谀、没有权谋、没有利用……因此，能作诗的女孩心底一定是透亮的。当然，这些"才女"每人都有个人的性格，在价值观上也有所区别。比如，宝钗、湘云就劝过宝玉走"仕途经济"之路,宝玉都跟她们生气过,有一次竟给湘云下了逐客令,还说"林姑娘从来不说这些混账话"。黛玉与宝玉的价值观是基本相同的。不管怎么说,这些女孩儿的圈子,要比当时的男人社会"清爽"得多。你看,《红楼梦》里写的男人不是利欲熏心,就是吃喝嫖赌、浑浑噩噩;只有一个宝玉心地纯洁,还被人称作呆子、傻子。

值得一提的是,贾宝玉见了就"清爽"的还有那些下层的丫鬟。宝玉视这些下层女孩儿为知己,没有一点主子的味道,称她们为姐姐、妹妹,这远远地超越了时代,是一种进步的价值观。这些女孩儿虽然地位低下,性格不一,但她们都跟宝玉一样心地纯洁。对这些女孩儿的遭遇的同情,更显示了宝玉对人性的尊重。金钏、晴雯的死,整个贾府几乎没人理会,只有宝玉在心里折磨自己,除了偷偷跑到城外去祭奠金钏,还为晴雯写了荡气回肠的《芙蓉女儿诔》。由于这两个人都因王夫人而死,宝玉在悼念她们的同时也深深地怨恨着自己的母亲。如《芙蓉女儿诔》中写道:"今犯慈(母亲)威,复拄杖而近抛孤柩。"又说:"箝诐奴(谄媚者)之口,讨岂从宽?剖悍妇之心,忿犹未释!"如果《红楼梦》是曹雪芹的"自传",这不单是"扬家丑",而且是"骂母"啊!可见当时作者内心是多么痛苦、多么矛盾!

曹雪芹在《红楼梦》里以饱含深情的笔触讴歌了一群天真的底层女孩儿,宝玉也深情关怀着这些女孩儿——以死坚拒贾赦纳己为妾的鸳鸯,周旋于浪荡贾琏与淫威凤姐之间的平儿,命运乖蹇和处境艰难的香菱……都是宝玉想方设法为她们服务以尽心意之人。

在宝玉心中有位置的,还有一类女中能人,比如王熙凤、秦可卿、探春、尤氏。这些人有出众的管理才能,正是"裙钗一二可持家"者,也是"凡例"中所说"何我堂堂须眉,曾不若彼裙钗"者。秦可卿、王熙凤的见识与才能,令批书人痛哭感慨。比如,秦可卿死前托梦给王熙凤说:"趁今日富贵,将祖茔附近多置田庄房舍地亩……将家塾亦设于此……日后按房掌管这一年的地亩、钱粮、祭祀、工给之事……便是有了罪,凡物皆可入官,这祭祀产业连官也不入的。便败落下来,子孙回家读书务农,也有个退步,祭祀又可永继。"在此,落款"松斋"的批书人评道:"语语见道,字字伤心,读此一段,几不知此身为何物矣!"又如,王熙凤接了料理秦可卿丧事后盘算怎样做,列出贾府素日的五大弊端。此处批道:"旧族后辈,受此五病者颇多,余家更甚。三十年前事见书于三十年后,今余悲恸血泪盈面。"又批:"五件事若能如法整理得当,岂独家庭,国家天下治之不难。"再批:"读五件事未完,余不禁失声大哭,三十年前作书人在何处耶?"

贾府的男人多纨绔无能者,然而女辈却不乏真知灼见、能干远谋者。年轻的探春也是这一行列的。王熙凤病了,探春奉命管家实行改革,给贾府带来了生机。然而,就在她踌躇满志改革时,她的舅舅死了,为了赏银之事赵姨娘争闲气,竟闹到了正在"执政"的探春那里。探春说:"……我但凡是个男人,可以出得去,我必早走了,立一番事业,那时自有我一番道理。偏我是个女孩家,一句多话也没有我说的。"探春的话至少反映了两点:一是贾府的女子中确有志大才高者,远远超过那些"庸浊"的男人;二是封建社会压制了大批有才干的女子,就是贵族小姐也不过做个"花瓶",大门不出,二门不迈。

然而,贾宝玉则不完全这样看,因为他对男尊女卑的社会彻底失望,所以走到反面。他对有才能的女子半欣赏半责备。这从书中的描写也可以看出,王熙凤是最有才干之人,但是凡显她才干之处必要刻画她弄权贪毒之举。当探春抱怨"说不出的烦难"时,宝玉劝她"安富尊荣"。在那样的社会里,生为女人只能做"花瓶"(这还是好命的),生为男人只能是"浊闹"。这就是宝玉眼中的现实。

宝玉眼中的另一类女人,就是被他称为"鱼眼睛"的老妇人。宝玉的这个比喻,是宝玉的丫鬟春燕和宝钗的丫鬟莺儿闲谈时说出的。探春"执政"实行改革,把各项事务都分包出去了,大观园的花草树木归春燕的姑妈管。而此时莺儿采来许多嫩柳条正在编小篮子,春燕提醒莺儿小心她姑妈会骂。春燕长篇大套说了很多,其中就说:"……怨不得宝玉说'女孩儿未出嫁,是颗无价之宝珠;出了嫁,不知就怎么变出许多的不好的毛病来,虽是颗珠子,却没有光彩宝色,是颗死珠了,再老了,更变的不是珠子,竟是鱼眼睛了。分明一个人,怎么变出三样来?'这话虽是混说,倒也有些不差。"宝玉为什么讨厌这些老妇人,包括他的奶妈李嬷嬷?其实是因为这些老妇人势利眼,只看重钱,而忘了义。这类人多是"暂时做稳了奴隶的时代"的"臣民"——贾府老奴。

对真正贫苦的农民，比如刘姥姥，宝玉倒是关怀怜悯的。刘姥姥二进荣国府，贾府众人虽然有些拿她取笑的意思，但实心是当上宾待的，临走从贾母、王夫人、凤姐到鸳鸯、平儿、袭人等没有不送礼的。最令人感动的细节是，因刘姥姥用那只成窑五彩小盖钟喝了茶，待婆子收拾茶具时，妙玉叫把那茶杯单放着扔了，这时宝玉央求妙玉："那茶杯虽然脏了，白撂了岂不可惜！依我说，不如就给了那贫婆子罢，他卖了也可以度日。你道可使得？"妙玉说："幸而那杯子是我没吃过的，若是我吃过的，我就砸碎了也不能给他。"刘姥姥要回家时，宝玉特意叫一个小丫头送给了刘姥姥。刘姥姥说："这是那里说起，我那一世修了来的，今儿这样。"

三

在男尊女卑的中国封建社会，贾宝玉反传统的"女性观"有着重大意义，主要包括以下几点。

其一，看似"矫枉过正"，实则为女性发声。宝玉在"女性观"上的一些"极端"看法，不但在当时被视为"异端"，就是现在看来也不是完全说得通的。细想，"清"与"浊"哪能是以性别来分的？凡女子就"清"，因为是水做的；凡男人就"浊"，因为是泥做的。当然这是小孩儿语，但贯穿《红楼梦》全书，宝玉就是这样认识的。"矫枉"需要"过正"，把男人全部打成"浊闹"也未尝不可。如果从两性平等的角度讲,在那样的社会几乎所有男人都是压迫者。这是封建社会的社会分工、社会制度、思想意识、价值观等决定的。应该说,《红楼梦》是一部为女性发声的小说。如果没有超出常人、超越时代的新奇说法,怎会引起人们的关注?《红楼梦》一问世就引起关注,先在亲人朋友圈子里,后在更大范围传播。

其二,为"女性"立传。《红楼梦》写了各色女子,据说上"情榜"的是108人,恰巧对应《水浒传》108将。周汝昌在《青石板的奥秘》中说:"这就表明:雪芹作一部《石头记》,是由《水浒传》而获得的思想启发与艺术联想!其意若曰:施先生,你写了一百单八条绿林豪杰,我则要写一百零八位脂粉英雄,正与你的书成一副工整的'对联'!"在脂砚斋的评语中经常看到"此为某某正传",说的正是如王熙凤、林黛玉、袭人等。最主要的是,曹雪芹所写的贾宝玉喜欢的这些女子,都非政治人物,不像司马迁为"吕后"立传,是因吕后有"左高祖定天下"之功。在中国封建社会,普通女子连名字都没有,嫁到夫家只称"某氏",哪能"立传"?敢为普通女子立传,反映的是曹雪芹也是贾宝玉先进的"女性观"。

其三,替"女性"控诉。《红楼梦》中警幻仙请贾宝玉喝茶,介绍说:"此茶……以鲜花灵叶上所带之宿露而烹,此茶名曰'千红一窟'。"周汝昌解"窟"为"哭",意为千万女子一起"哭"。警幻仙又请宝玉喝酒,介绍说:"此酒乃以百花之蕊、万木之汁,加以麟髓之醅、凤乳之曲酿成,因名为'万艳同杯'。"周汝昌解"杯"为"悲",意为千万女子共同"悲伤"。周先生解得切,这是曹雪芹本意无疑——要为天下女性控诉!宝玉在仙女的带领下参观"太虚幻境",竟有痴情司、结怨司、朝啼司、夜怨司、春感司、秋悲司等,他到了"薄命司",看了金陵十二钗正、副册的"簿册"。簿册及"红楼梦曲"预示的所有女子的命运都是非常悲惨的,几乎都没得好死,只有李纨的稍好点——"气昂昂头戴簪缨,光灿灿胸悬金印",但很快却是"昏惨惨黄泉路近"。我们从宝玉对金钏的"私祭"和为晴雯撰写《芙蓉女儿诔》就可看出,他对中国封建社会女子的悲惨命运是何等同情。《芙蓉女儿诔》简直就是一份对中国封建制度的控诉书。

其四,"女儿国"成了贾宝玉的"避世所"。宝玉内心对"仕途经济"非常反感,称"读书人"(考取功名者)为"禄蠹"。他视读"圣贤书"和作八股文为畏途,他不愿与"禄蠹"为伍。因此,大观园的"女儿国"恰成了他的"避世所"。贾政几次让他接待贾雨村,他都非常勉强,即使接待了,也被贾政骂作"全无一点慷慨挥洒谈吐,仍是葳葳蕤蕤"。平时,他倒乐于为小姐、丫鬟们服务。当尤氏说他"一点后事也不虑"时,他说:"我和姊妹们过一日是一日,死了就完了,什么后事不后事!"

总括一句话,贾宝玉的"女性观"正是对封建制度的批判。

贾宝玉的"怪"

贾宝玉是《红楼梦》中最核心的人物，也就是人们常说的"主人公"。但是，他的言行举止却与当时的社会格格不入，因此在常人看来表现出种种的怪异。

一

"情赃""情权"（这里的"情"字是使动用法），是只有在曹雪芹的字典里才会有的词。这是一种特殊的"情"，恰如袭人所说"保全人的贼名儿"。

孔夫子曾说："父为子隐，子为父隐，直在其中矣。"说的是亲情。而《红楼梦》中贾宝玉、平儿所隐的，并非出于亲情，应该说是为好人隐。事情出在书中第61回"投鼠忌器宝玉情赃 判冤决狱平儿情权"。这件事，远缘是宫里一位老太妃仙逝，皇宫大臣家有封位的夫人都要进宫守灵，贾母就带着王夫人等进宫，因此贾家"家反宅乱"、大观园乱象丛生；近因是贾环跟宝玉的丫鬟要"蔷薇硝"，丫鬟为打发他快走匆忙中就给了他"茉莉粉"，为此事赵姨娘大闹怡红院，惹得正在"执政"的探春等来调停；直接原因是王夫人屋里的"玫瑰露"丢了，正好宝玉的丫鬟芳官把宝玉吃的"玫瑰露"连瓶带露都给了柳五儿，柳五儿的妈妈在大观园里当厨师，把五儿舅舅采买时留下的"茯苓霜"带进园里。柳五儿为报答芳官给她"玫瑰露"之恩，就拿了些"茯苓霜"送给芳官。这时正赶上王夫人丢了"玫瑰露"，林之孝家的听小丫鬟说在厨房里看到了"玫瑰露"瓶子，就带人到厨房翻个遍，不但搜出了"玫瑰露"瓶子还搜出了"茯苓霜"。这是大罪——偷盗主人的"玫瑰露"，贪污主家的"茯苓霜"，不但要挨板子，还将有被逐出贾府的危险。因此，宝玉把责任全揽了下来。

对宝玉来说，为五儿特别是五儿的舅舅隐，虽说不上"知恩图报"，但要比那些"落井下石"的人不知好上多少倍，正像他自己说的"岂不是人家的好意，反被咱们陷害了"。所谓的"情赃"，不光是宝玉为五儿及全家揽过，还有为维护探春的脸面，而放过仇视他的赵姨娘和贾环。

就在大家议论王夫人的"玫瑰露"到底是谁偷的时，晴雯说："太太那边的露再无别人，分明是彩云偷了，给环哥儿去了。"晴雯说的是实话，大家都明白。但这件事很棘手。负责这事的平儿（贾琏屋里人、王熙凤的帮手）说："如今便从赵姨娘屋里起了赃来也容易，我只怕又伤着一个好人的体面。别人都别管，这一个人岂不又生气。我可怜的是他，不肯为打老鼠伤了玉瓶。"

平儿说的"好人"就是探春。探春在贾府里的少爷小姐中是最能干、最成器的一个人。因此,王熙凤重病时委托她管理贾府家务。她实行"改革",加强管理,干得比王熙凤还漂亮。但她只是个女性,在那个时代无法施展抱负;又因是庶出,她是贾政与赵姨娘的女儿,和宝玉是同父异母兄妹;再加上亲生母亲和亲生弟弟贾环不争气,给她找了不少麻烦,许多时候让她为难。现如今如果从赵姨娘的住处找出"赃物",客观上不是又打探春的脸吗?因此,平儿就"情"了"权",不追究了;宝玉就"情"了"赃",再一次主动承担责任。宝玉说:"也罢,这件事我也应起来,就说是我唬他们顽的,悄悄的偷了太太的来了。两件事都完了。"这时,袭人说:"也倒是件阴骘事,保全人的贼名儿。"

看宝玉"情赃"、平儿"情权",觉得他们真是煞费苦心啊!

"情赃"全在一个"情"字上,宝玉不随流俗,显得怪异也全出在一个"情"字上。

二

看过《红楼梦》的人会发现,整部作品就是写"情"的,或者说是"传情入色,自色悟空"的。举两个较突出的例子。

先说第一个例子。事出"慧紫鹃情辞试忙玉"一节。紫鹃"试玉"是渐进的。对宝玉来说,开始应该是因男女之大防而失去友伴的惆怅;继而是带着朦胧初恋的痛苦;当紫鹃有鼻子有眼地说黛玉就要回苏州的时候,宝玉的精神终于崩溃了,连李嬷嬷都说"不中用了",抱着宝玉大哭。用王太医的话说,是得了

"急痛迷心"病。宝玉大病初愈后,紫鹃把试他心思的话说了,宝玉咬牙说:"我只愿这会子立刻我死了,把心拿出来你们瞧见了,然后连皮带骨,一概都化成灰。灰还有形迹,不如再化一股烟。烟还可凝聚,人还看得见,须得一阵大风,吹得四面八方都登时散了,这才好。"紫鹃担心将来黛玉出嫁离开贾府后自己没着落,宝玉说:"原来是你愁这个……我只告诉你一句趸话,活着咱们一处活着,不活着,咱们一处化灰化烟,如何?"这说得何等坚决!

第二个例子是回答怎样才算"好死"的问题。袭人被收为宝玉"屋里人"的事半公开后,袭人和宝玉话赶话说到了"死"。宝玉说:"人谁不死,只要死得好。那些个须眉浊物,只知道文死谏,武死战,这二死是大丈夫死名死节,竟何如不死的好!必定有昏君他方谏,他只顾他邀名,猛拼一死,将来弃君何地?必定有刀兵他方战,猛拼一死,他只顾图汗马之名,将来弃国于何地?所以这皆非正死。"那么,宝玉心中的"正死"是什么?他接着说:"比如我此时若果有造化该死于此时的,如今趁你们在,我就死了,再能够你们哭我的眼泪流成大河,把我的尸首漂起来,送到那雅雀不到的幽僻之处,随风化了,自此再不要托生为人,就是我死的得时了。"

人生最大的价值是什么呢?在宝玉看来,就是得到真心的爱——死了,能得到爱人的眼泪。他在梨香院受到了龄官与贾蔷爱情故事的教育后,明白了"人生情缘各有分定"的道理。他对袭人说:"我昨儿晚上的话竟说错了,怪道老爷说我是管窥蠡测,昨夜说你们的眼泪单葬我,这就错了,我竟不能全得了。"因此,宝玉每每暗伤,"不知将来葬我洒泪者为谁?"

不管是因男女之大防而失去友伴的惆怅,还是因朦胧的初恋和惧怕失去爱情的痛苦;也不管是鄙视"文死谏、武死战"而希冀情人的眼泪把自己的尸体漂到雅雀不到的地方,还是通过龄官独独钟情贾蔷而感悟到"人生情缘各有分定",都说明宝玉视"情"为人生最大价值。当然,这个"情"包括友情、爱情、亲情。事实上,《红楼梦》里的人物最后大多因情而死。

应该说,"情",尤其是"爱情",是世间万物最主要的一种存在。试想,如果没有"情"的存在,世界该是多么单调啊!离开"情",这个世界就会变得死寂、枯燥和荒凉。

三

贾宝玉的"怪",实则出于他特立独行的思想,因此表面看似怪异,实则是深刻。

其一,对行为目的看得透。比如,有一年正月里大家玩耍赌小钱,贾环生性小气赖宝钗丫鬟莺儿的钱,弄得没意思,贾环反倒哭了。这时,宝玉刚巧走过来,就对贾环说:"大正月里哭什么?这里不好,你别处顽去。你天天念书,到念得糊涂了。比如这件东西不好,横竖那一件好,就弃了这件取那个。难道你守着这个东西哭一会子就好了不成?你原来是来乐的,既不能取乐,就往别处去再寻乐顽去。"这说得何等透彻!这几句看似平平常常的话，却蕴含着深刻的哲理。

像这样的情节，还有"撕扇子作千金一笑"。因为不小心，晴雯跌断了扇子骨儿，宝玉轻责了几句，晴雯有些不高兴。后来，因"端水果"，晴雯又说起跌断扇子的事。宝玉说："……这些东西原不过是供人所用，你爱那样，我爱这样，各自性情不同。比如那扇子，原是扇的，你要撕着玩也可以使得，只是不可生气时拿他出气……这就是爱物了。"周汝昌在此评论说："宝玉虽如此说，终究是贵公子口吻。"周先生说得有道理，但是这里反映的思想仍然如宝玉教训贾环的话一样，是在讲"人与物"的关系，人不能为物所主宰。而且，多了一层意思，就是不能拿物品出气。

其二，对人生本质悟得深。"黛玉葬花"是《红楼梦》中的重要情节，被改编成戏剧甚至成为画家喜爱的题材。的确，"葬花"这样一个细节是颇具新意的。脂砚斋在此处眉批说："开生面，立新场，是书多多矣，惟此回处生更新。非颦儿断无是佳吟，非石兄断无是情聆（指宝玉听黛玉哭诵"葬花吟"）……"黛玉的《葬花吟》不是一般的伤春之作，而是字字带血带泪的内心表白。脂砚斋评论道："余读《葬花吟》，至再至三四，其凄楚感慨，令人身世两忘，举笔再四，不能下批……"

值得一提的是，当宝玉听黛玉哭诵《葬花吟》，听到"侬今葬花人笑痴，他年葬我知是谁？一朝春尽红颜老，花落人亡两不知"等句时，不但悲痛得倒在山坡上，而且有一段入情入理的"哲思"：试想林黛玉的花容月貌，将来亦到无可寻觅之时，宁不心碎肠断！既黛玉终归于无可寻觅之时，推之于他人，如宝钗、香菱、袭人等亦可以到无可寻觅之时矣。既宝钗等终归无可寻觅之时，则自己又安在哉？

脂砚斋就此评道："不言炼句炼字，辞藻工拙，只想景、想情、想事、想理，反复推求悲感，乃玉兄一生天性，真颦儿之知己，玉兄外实无一人。"

就在大观园的姊妹们尽情享受春天带来的快乐时，黛玉发出"奴今葬花人笑痴，他年葬我知是谁"的感慨，而宝玉想得更远——面前的美景佳人，包括他自己，终有一天会有无可寻觅之处。

四

宝玉的怪异，其思想来自他对当时社会深刻的观察和体会。清朝是一个少数民族统治但又接受了汉族文化的社会，因为这一特点，它就在原有孔孟思想中加入许多"奴化"思想。比如，原来孟子主张的"民为本、社稷次之、君为轻""君之视臣如手足，则臣视君如腹心；君之视臣如犬马，则臣视君如国人；君之视臣如土芥，则臣视君如寇仇"等"民主"思想，到了清朝这些思想几乎荡然无存，君臣关系完全蜕变成了"主子"和"奴才"的关系。

贾宝玉就生活在这种加入"奴化"因素的儒家思想里。因此，他从内心厌恶这种思想。举个例子，贾政放了外任回京后，有一天在赵姨娘屋里睡，赵姨娘把王夫人定袭人为宝玉"屋里人"的事说了。听到这一消息后，赵姨娘的丫鬟小鹊立刻到怡红院给宝玉报信儿，并说小心老爷问话。宝玉听了浑身不自在，赶紧背书。而此时《四书》的前三"书"他都背下来了，上《孟子》有些夹生，下《孟子》大半不能；《诗经》可以对付，古文凭兴趣随看随忘了。说到时文八股，宝玉"因平素深恶此道"，认为"是后人饵名钓禄之阶"，虽贾政给他选了百十篇，他基本没有读过。最典型的是他与袭人的一番对话。因为袭人不是"家生子"，是买来的丫鬟，所以原则上是可以"赎回"的。有一回，袭人母兄露出要赎她出去的意思，袭人回绝了，但她故意对宝玉露出了这个意思。宝玉一听急着留她，这时袭人提出了三个条件，其中第二条就是，"在老爷跟前或在别人跟前，你别只管批驳诮谤……而且背前背后，乱说那些混话。凡读书上进的人，你就起个名字，叫他'禄蠹'；又说只除'明明德'外无书，都是前人自己不能解圣人之书，便另出己意，混编纂出来的话"。从袭人提出的条件可以看出，贾宝玉平时对考取功名是多么的深恶痛绝！

这从他与尤氏、探春的谈话也可以看出来。贾母过生日，夜间尤氏见有些灯还点着，就命丫鬟叫来两个管事的人，结果两个下人不听使唤还说出不好听的话。王熙凤为了给尤氏出气，把那两个人捆了放在马圈里等待尤氏发落。恰恰这个人跟凤姐的婆婆邢夫人有关系，邢夫人当众给凤姐下不来脸，要求放人，气得凤姐背地里伤心落泪。就在这样的背景下，鸳鸯、探春、尤氏说起大家族的"烦难"。探春说:"我们这样人家人多,外头看着我们,不知千金万金小姐,何等快乐;殊不知我们这里说不出的烦难,更利害。"宝玉说:"谁都像三妹妹好多心事?我常劝你,总别听那些俗语,想那些俗事,只管安富尊荣才是;比不得我们,没这清福,该应浊闹的。"这时尤氏说:"谁都像你?真是一心无挂碍,只知道和姊妹们顽笑……一点后事也不虑。"宝玉笑道:"我和姊妹们过一日是一日,死了就完了,什么后事不后事!"尤氏说他"假长了一付胎子""又傻又呆"。

从这段对话中,我们可以解读出:一是宝玉对封建社会的"男人社会"非常不满,尤其是官场里的污浊、肮脏、欺诈,令他从心里想远离"仕途经济",进而厌恶一切利益纷争、勾心斗角,他想过一种纯洁清净的生活,因此劝探春"别听那些俗语,想那些俗事",恨自己"没这清福,该应浊闹的"。二是面对那样的社会,宝玉选择的是"逃离",他确实也只能"逃离"。他的办法就是躲进女孩群里,得过且过。

五

关于宝玉的最终去向,《红楼梦》要表达的是"空",还是"非空"?我认为应该是"似空非空"。

"空"的线索在作品中时隐时现,一直伴随着情节发展。《红楼梦》开头介绍书的来源时就说,"因空见色,由色生情,传情入色,自色悟空"。书中透露"空"的细节更多。比如,开头写的甄士隐，家遭大火后躲到岳丈家度日，最后出家，这是宝玉晚年生活景象的写照。这是极具象征意义的。在写甄家遭火"接二连三牵五挂四"时，脂砚斋批道："写出南直召祸之实病。"这就是暗示曹雪芹家被雍正皇帝抄家的事。也就是说，书中的甄士隐家遭的"实火"，而现实中的曹雪芹家遭的是"虚火"（抄家）；甄士隐最后出家了，贾宝玉遭到失去爱情和家破人亡的双重打击后，是否也选择出家呢？又如，贾雨村在苏州教林黛玉，因林黛玉母亲去世，去郊外游玩，在智通寺遇到了一个龙钟老僧。这又是宝玉出家的一个象征。在出现这位老僧时，脂砚斋又有一段评语："毕竟雨村还是俗眼，只能识得阿凤、宝玉、黛玉等未觉之先，却不识得既证之后。"这里点出阿凤、宝玉、黛玉等人的名字，而且这些人都有"未觉之先"和"既证之后"的两个阶段。所谓"证"，是佛教语，意思是从实践中验证佛法的真实性。《红楼梦》前80回描写的是第一阶段"未觉之先"的情景，也就是"俗世生活"；第二阶段"既证之后"的情景还没来得及表现。言外之意，"既证之后"的宝玉等人也像这位龙钟老僧一样。脂砚斋接着又说："未写通部入世迷人，却先写一出世醒人。"从脂砚斋的评论可以看出，最终曹雪芹还是要写"出世醒人"的，而且应是"大醒"，原来那些繁华富贵、卿卿我我、诗文唱和等不过都在"梦"中而已。

除了上述这些象征性的描写，《红楼梦》还实写了宝玉的"出世"思想。宝玉不知多少次说到要"化灰"，又说"化灰"还不行，"化灰"还有痕迹，要化成"烟"随风飘去。这应该说是够"空"的了。有一回,黛玉跟湘云追逐打闹,宝玉中间拦着劝解,三人玩笑快乐;但回屋后袭人却劝宝玉在姐妹面前应要"有分寸礼节",这使得宝玉闷闷不乐,遂续《庄子》,要"焚花(袭人)散麝(麝月)","戕宝钗之仙姿,灰黛玉之灵窍",使其"无恋爱之心""无才思之情"。这已有出世的意思了。按照脂砚斋的说法,"情极之毒"是宝玉"悟空"的重要导因。脂砚斋有三段批语,概括起来说宝玉有三病:一曰"恶劝"(讨厌别人劝他读书、遵礼);二曰"重情不重礼";三曰"情极之毒"。对于"情极之毒"是这样说的:"宝玉之情,今古无人可比。然宝玉有情极之毒,亦世人莫忍为者,看至后半部则洞明矣……故后文方能'悬崖撒手'一回;若他人得宝钗之妻,麝月之婢,岂能弃而为僧哉?"这说明宝玉最终当了和尚。

《红楼梦》第22回"听曲文宝玉悟禅机",专门写了宝玉"悟禅"的故事。那年,宝钗15岁生日,贾母主动要给她过,就请了戏班。宝钗知贾母好热闹,故意点了《鲁智深醉闹五台山》,还给宝玉念了颇具"禅意"的曲文,如"赤条条来去无牵挂""一任俺,芒鞋破钵随缘化"等。事有凑巧,戏散后王熙凤指着一个女戏子说像谁,大家都看出来了不答,只有史湘云心直口快,说像"林妹妹",宝玉忙给她使眼色。晚上,史湘云就对丫鬟翠缕说准备回家,不在这儿看人鼻子脸的。宝玉对史湘云说:"你错怪了我。林妹妹是个多心的人,别人都看出了就是不说。"可巧,他俩的对话被黛玉听见,黛玉又恼他,弄得宝玉里外不是人。后来,宝玉写了偈语:"你证我证,心证意证。是证有证，斯可云证。无可云证，是立足境。"然后又填了一首充满"悟空"思想的词。谁知这一偈一词被黛玉拿走，并给宝钗、湘云看了，于是她们一起来怄宝玉。黛玉说："你那偈末云：'无可云证，是立足境'，固然好了，只是据我看，还未尽善。我再续两句在后：无立足境，是方干净。"宝钗又给他讲了六祖慧能"明镜亦非台"偈语的故事。黛玉说："连我们两个所能的，你还不知不能呢，还去参禅呢。"宝玉服气，说"不过一时顽话罢了"。

从脂砚斋的批语到宝玉参禅的经历，完全可以肯定，贾宝玉最后真的"出家"了；而且是因"情极之毒"抛弃宝钗、麝月"出家"了。从这个最终结果看，高鹗的续作是有合理性的，大家反对的只是宝玉不应中了举人再"出家"。

那为什么又说宝玉是"似空非空"呢？对此，有两点理由：一是宝玉平时从内心深处对佛、道也是不认可的。前文提到袭人向宝玉提出几个要改的"毛病"，其中之一就是——再不可毁僧谤道。由此看来，宝玉对"儒释道"都不满意，哪有诚心"悟空"呢？因此说"似空非空"。二是书中第22回专写宝玉"悟禅机"，但宝玉写出的偈语还没有黛玉来的"彻底"，为此他承认是"一时顽话"，并非真的"悟空"了。

宝玉的所谓"空"，不是宗教的而是哲学的，正像宝玉听黛玉《葬花吟》时"反复推求"而思考的："逃大造，出尘网，始可解释这段悲伤。"所谓"大造"，就是宇宙自然规律，不是人造人为或者人能造能为的；"尘网"当然就是"尘世"之网。由此可见，宝玉的思想还不是像"参禅"那样"空"到"无立锥之地"。总的来讲,他还是"物质"的。在他看来,人们之所以"争名夺利",是因为没有看清人类或人的个体在自然界中的位置,没有认识到个体在整个宇宙中是何等渺小,甚至没有看到人的个体都要最终消亡,这是哲学之"空",而非宗教之"空"。

林黛玉之死

宝玉与黛玉的爱情悲剧应是《红楼梦》最中心的内容，而黛玉之死是大悲，因此换来宝玉的大悟。遗憾的是，《红楼梦》是未完成作品，没有写到黛玉之死。曹雪芹书稿最后的重大事件是晴雯之死和宝玉为此而写的《芙蓉女儿诔》。就在宝玉、黛玉争论如何修改《芙蓉女儿诔》时，黛玉突然咳嗽起来。此处脂砚斋批道："总为后文伏线。阿颦之文可见不是一笔两笔所写。"

曹雪芹死后，《红楼梦》出现不少续本。清朝人爱新觉罗·裕瑞在《枣窗闲笔》中就写了7篇批评这些续书的文章，第一篇批的就是程伟元、高鹗的续书（以下简称"高续"）。

那么，黛玉究竟该怎样死才符合逻辑、符合曹雪芹初衷呢？

一

尽管《红楼梦》有那么多续书，但流传下来的也只有程伟元、高鹗的续书。自乾隆辛亥冬至后五日高鹗续写并编辑完《红楼梦》后，直到清末民初，一般读者甚至包括王国维那样的大家，都是把高鹗的续书与曹雪芹原著当作一部书看的。比如，王国维《红楼梦评论》在论《红楼梦》之"壮美"时,举的例子就是宝玉与黛玉的最后相见,而这一情节正出于高鹗的续书第96回。蔡元培的《石头记索隐》,也多举80回后的例子说事。

高鹗续书在完成宝黛爱情悲剧的写作等方面应该是成功的。有些地方写得还很精彩,比如黛玉死后对宝玉心理的描写,特别是宝玉为探寻黛玉死因与紫鹃的对话等,但仅是在完成这个悲剧上受到大家的肯定,其他方面就多受诟病了,有批评者如裕瑞、周汝昌等认为是对前80回的荼毒。

那么,在高鹗续书中,黛玉是怎么死的呢?读过《红楼梦》的人都知道:黛玉是病死的。黛玉病死的过程写得足够充分,主要集中在书中的第95、第96、第97回,两件大事、四条线索并进。两件大事是:宝玉与宝钗结婚;黛玉因受打击而病死。四条线索是:宝玉丢玉,人已呆傻;贾母、王夫人、凤姐等商量给宝玉娶亲冲喜;黛玉对此先蒙在鼓里后知道真相;袭人、紫鹃等旁观者清。

说起来复杂,其实故事很简单:宝玉将通灵玉丢了(其实是和尚收走了),于是变得呆傻了。贾府四处张贴告示,捡到归还者赏一万两白银。还真有骗的,被揭穿了。贾母听算命先生说要找个带"金"的姑娘结婚冲喜就好了,就选定宝钗,先跟薛姨妈说好,又找贾政商量。怎奈元妃已薨正在丧期,贾政放了外任,此时宝玉结婚不合适。贾母想了变通的办法,贾政也没反对。在商议这些事时,宝玉是听不懂的,但袭人心里清楚:宝玉跟宝钗结婚对她来说是好事(两人投脾气),但宝玉心里肯定过不去,等他清醒过来，那就不是"冲喜"，可能是"催命"了。于是，她找王夫人谈了这个想法，王夫人觉得有理，就找贾母商量。贾母一时也没了主意，王熙凤想出了个"掉包儿"的主意，就是瞒着宝玉、黛玉，以宝钗代替黛玉。贾母说："可就只忒苦了宝丫头了。"继而又提出："倘或吵嚷出来，林丫头又怎么样呢？"熙凤又做了一番解释：这话只说给宝玉一人，外头一概不许提起。

这是聪明反被聪明误。能瞒一时还能瞒一世吗？没成想，连一时也没瞒住。很快，黛玉就从傻大姐那里得知宝玉要与宝钗结婚的事。她被这个消息击倒了。她与宝玉见了最后一面，回潇湘馆就吐血、咳喘。贾母等人也去看过，贾母已看出黛玉不行了，叫熙凤做后事的准备。黛玉死的那天，正是宝玉与宝钗举行婚礼的那天。黛玉这里只有紫鹃和几个小丫头，人们都去参加宝玉婚礼了，只有李纨因是寡妇没去成，紫鹃就把她找来了。后来，探春、平儿也来了。

应该说，高鹗的这个处理是合情合理的，也写得很动人。但裕瑞在《枣窗闲笔》里批道："贾母王夫人皆极慈爱儿女之人，偏要写为贾母忙办宝玉宝钗姻事，遂忘黛玉重病至死，永不看问……此岂雪芹所忍作者。"裕瑞是在为贾母、王夫人辩解，并未提黛玉死得合理不合理。

按一般人理解，黛玉这样病死是合理的，且具有悲剧性。黛玉临终前，紫鹃到处找不到人，抱怨"这些人怎么竟这样狠毒冷淡"，这不是人间最大的悲剧吗？但是，如果联系第5回贾宝玉梦中在太虚幻境"薄命司"看到的林黛玉的"簿册"，又觉高鹗

续作不符。书中是这样描述的:

> 宝玉……再去取"正册"看时,只见头一页上,便画着两株枯木,木上悬着一围玉带,又有一堆雪,雪下一股金簪。也有四句言词,道是:可叹停机德,堪怜咏絮才。玉带林中挂,金簪雪里埋。

"玉带林中挂",预示黛玉是上吊死的,并非如高续所说是病死的。

二

《〈癸酉本石头记〉后28回》(以下简称《癸酉本》)是近年出版的《红楼梦》"续作",整理者和作序者坚决认为是曹雪芹的"原著"。当初,程伟元、高鹗也不承认他们的后40回是"伪续",说是从藏书家、故纸堆、鼓担等处得来的"原著"。

《癸酉本》在处理宝黛爱情与黛玉之死上,与高续迥然不同。

《癸酉本》倒是成全了宝黛爱情,只是在黛玉与妙玉之间选择。此时贾母、王夫人都已去世。贾政开始选中了妙玉,宝玉当然也满意,只是还放不下黛玉;贾政说以妙玉为正、黛玉为副;宝玉只得同意且遐想将来三个人好好生活。然而,妙玉清高,又怕破坏了宝黛爱情,因此逃走了。这时,宝玉只能与黛玉结婚。正在举行婚礼时,因元春被指控通敌而贾府被抄。婚当然结不成了。不久,成了土匪的赵姨娘和贾环带领匪徒闯进贾府,贾环亲手刺死了亲生父亲贾政。宝玉被掳走，黛玉成了贾府的实际统治者，但她一时昏庸听信谗言屈杀了忠心耿耿的红玉，结果贾府被"攻破"，在贾环、贾蓉两股匪徒轮番抢劫下，贾府彻底垮了。在走投无路，又有被匪头之一的钱槐抢去做"压寨夫人"而受辱的可能，再加上错杀红玉的内疚，黛玉选择柳叶渚的大槐树上吊自杀了。这一最后的结果倒是符合《红楼梦》第5回的"预言"，但过程和思想肯定背离了曹雪芹的初衷！

应该说，雪芹构思创作《红楼梦》就是要追求悲剧效果，这从第5回对金陵十二钗命运的暗示就可以看出来。在宝黛爱情和黛玉之死上，高鹗续作倒具有悲剧性，尽管黛玉死法与第5回不符。而《癸酉本》写的，黛玉虽然上吊死了，但总让人感觉缺乏悲剧性，因为她并非为珍贵的爱情而死，更不是为反对压抑人性的社会制度而死，而是因为内疚、误判、无奈而死。这样的死，意义实在不大。鲁迅先生说："悲剧将人生的有价值的东西毁灭给人看……"《红楼梦》中的林黛玉最有价值的是对真爱的追求，从前80回对宝黛爱情的描写，黛玉只有为爱情而死才有价值。

三

红学家周汝昌曾对黛玉之死有过"设想"。

20世纪70年代末，周汝昌在一次讲座上谈到了关于黛玉之死的设想。他认为，黛玉不应像高鹗续书那样病死，而应该在那年中秋节她与史湘云联句的那个池塘投水自杀，因为黛湘联句有

"冷月葬花魂"之句。

后来，周汝昌在《周汝昌梦解红楼》一书中又强调了这一观点，他仍然坚持黛玉是"投水自杀"的。但他强调的黛玉自杀原因，也并非为了爱情，而是因贾府的"人际关系"险恶。周汝昌引用紫鹃劝黛玉的话："若娘家有人有势的还好些；若是姑娘这样的人，有老太太一日，还好一日；若没有老太太，也只是凭人去欺负了……"其实，当时紫鹃试了宝玉的真心（对黛玉是真情），就劝黛玉趁贾母健在把"大事"定下来，一旦贾母有不测也有个着落。但是，周汝昌引了紫鹃这句话后，就转而分析贾府的险恶人际关系，尤其是赵姨娘和贾环，一直想害宝玉，连带害黛玉，几次想在黛玉服的药上做手脚。他在书中设想：贾母去世，"宝玉也已因家势牵连，被罪拿问。黛玉悲痛焦虑……她自觉生趣生机皆尽，强生不如就死，终于横下一条心，让人扶持到塘边，托言要赏月遣闷……她想起上次与湘云在此月夜联句的情景，如在目前。她记得十分清楚——'寒塘渡鹤影，冷月葬花魂。'她流下最后的满脸泪痕，咬咬牙，一翻身投入池中去了"。

周汝昌的这个设想，有两点可以商榷：一是黛玉之死因。周汝昌把侧重点放在了"人际关系"的险恶上。这也许符合生活逻辑，但与《癸酉本》一样，对突出《红楼梦》的悲剧性主题不利。因为，要突出《红楼梦》的悲剧性主题，黛玉必须为爱情而死。如果为了别的，将大大削弱其主题的冲击力。二是黛玉死之方式。周汝昌以黛玉与湘云联句"冷月葬花魂"为依据，设想黛玉投水而死。这和高鹗续本"黛玉病死"一样，不符合第5回

"玉带林中挂"的暗示。

四

其实，在宝黛爱情和黛玉之死上，高鹗续本大体可以。虽然如裕瑞所说，把贾母和王夫人描写得太狠毒了，但总的方向是不错的，要不王国维怎么把它作为"壮美"（就是"悲剧"）的例子呢。当然，可以不要那么"戏剧化"——黛玉之死和宝玉、宝钗的婚礼同时发生。

能否这样设想，大体保持高鹗续本的宝黛爱情悲剧，但黛玉不是病死，而应该上吊而死。这样，既保留了宝黛爱情的悲剧性，又符合第5回对"黛玉之死"的暗示。

有什么根据吗？有，那就是"抑郁症"。

在高鹗续本中，黛玉得的是生理类疾病。书中描写，黛玉听"傻大姐"说宝玉要与宝钗结婚的消息后，"心里竟是油儿、酱儿、糖儿、醋儿倒在一处的一般"。于是，她去找病中的宝玉，问："你为什么病了？"宝玉笑道："我为林姑娘病了。"听着这两人对话，袭人、紫鹃都吓坏了，忙劝黛玉回去。结果，刚到潇湘馆，黛玉哇地吐了一口血，病情急剧恶化。贾母得知消息，立刻带着王夫人、凤姐等去看望，又请医生诊脉开药。王太医诊了脉说："这是郁气伤肝，肝不藏血，所以神气不定。"

我认为，黛玉很有可能患的是精神类疾病——抑郁症。从前80回的描写就可以看出，黛玉尖刻、小性、爱生气、洁癖、失眠等；再加上父母双亡，寄养在外祖母家，而这个外祖母家又不是小户人家，是名门望族——这样的大家族人多嘴杂、规矩大、旧礼多，这些都对黛玉形成精神上的"压力"。她刚来贾府第一次晚饭后用茶还要观察别人怎样用。后来，她和宝玉互试"真心"，更不知生了多少气、落了多少泪。有些人不理解黛玉的处境和敏感的心，其实看看黛玉的《葬花吟》就理解了："桃李明年能再发，明年闺中知有谁？""一年三百六十日，风刀霜剑严相逼。明媚鲜妍能几时，一朝漂泊难寻觅。"由"落花"想到自己生死不定。这种悲观、生不如死的想法，就是抑郁症的一种表现。还有，与宝玉相恋但又不能自主，也是黛玉的心病，她在《葬花吟》中还说："侬今葬花人笑痴，他年葬侬知是谁？试看春残花渐落，便是红颜老死时。"

按周汝昌推算，写《葬花吟》时黛玉也就十三四岁，就已这样悲观厌世了。这与她的处境有直接关系，更与她的性格有关。史湘云同是父母双亡的孤儿，却心胸开阔，禁得住"磕碰"。与史湘云比，黛玉的抗挫折能力明显较弱，因此她得知与宝玉的婚姻无望，很可能使轻度抑郁快速向重度抑郁转化。再加上，在古代，人们对精神疾病是不重视的，甚至是不承认的，林黛玉的抑郁症得不到正确治疗。现实中，有些患抑郁症的就是上吊身亡的。重度抑郁症不及时治疗，最后的结果就是"自杀"。

曹雪芹塑造林黛玉这个人物一定是有原型的。说不定，他生活中的某小姐就是"上吊身亡"的。当时，曹雪芹也许不知道她患的是"抑郁症"，只是看到她不能承受爱情挫折的打击而上吊自杀了,所以才有"玉带林中挂"这一"判词"。按理,曹雪芹是应如实写出这个"结果"的,不想"书未成,芹为泪尽而逝"。就只能凭后人想象了。

黛玉之死种种,哪一种更合逻辑、更合曹雪芹初衷,真是见仁见智。

林黛玉的"爱哭"与"还泪说"种种

在《红楼梦》里,林黛玉的爱哭是出了名的,动不动就哭。

到贾府第一天,林黛玉就哭了一鼻子。事情是这样:林黛玉因母亲病故从苏州来到京城外祖母家,她见了全家上下人等,尤其是见了贾宝玉,叙谈中宝玉问黛玉有没有"玉",黛玉说"没有",于是宝玉"登时发作起痴狂病来,摘下那玉,就狠命摔去",并骂道:"什么罕物!连人之高低不择,还说通灵不通灵呢!我也不要这劳什子了!"这可把众人吓坏了,因为那块玉是从娘胎里带来的,被视为宝物。就因这事,黛玉晚上睡觉时就淌眼抹泪地对鹦哥说:"今儿才来,就惹出你家哥儿的狂病,倘或摔坏那玉,岂不是因我之过?"

又一次,因为荷包的事,跟宝玉赌气,黛玉大哭。上一次还是"淌眼抹泪",这一次可是"泪雨滂沱"了。故事发生在"大观园试才题对额"之后,宝玉在"题对额"中大展其才,受到"清客"的热捧,也得到贾政暗中首肯,但是出了园之后,却被一群小厮包围。小厮们说他在大观园里"题对额"得了奖励,也得奖赏他们;宝玉说给他们钱,他们不要,非要他身上挂着的香包挂件不可。于是,"一个上来解荷包,那一个就解扇囊,不容分说,将宝玉所配之物尽行解去"。袭人见宝玉身上的配物都没了,就说:"又是那起没脸的东西们解了去了。"这时黛玉也过来瞧,并说:"我给你的那个荷包也给他们了?你明儿再想要我的东西,可不能够了!"说完就回房赌气将尚未完成的香囊剪了,这时宝玉忙解了衣领,从里面掏出一个荷包,那正是黛玉给他的。黛玉见宝玉如此珍重她给他的东西,自悔莽撞,低头不语。偏偏这时宝玉又得理不让人,抢白了几句,还把荷包扔到黛玉怀里,说:"我连这荷包奉还,如何?"黛玉爱恨交加,被气得"声咽气堵,又汪汪的滚下泪来"。这是林黛玉第二次流泪。

再一次,因为读《西厢记》戏词,宝玉开了个玩笑,黛玉委屈得暗哭。此事在书中第23回,宝玉带着《会真记》(实际是《西厢记》)到沁芳桥旁的桃树下阅读,被黛玉发现了,就问:"什么书?"宝玉怕传出去不好,就撒了一个谎:"不过是《中庸》《大学》。"不料黛玉一眼把事看穿,宝玉就央求黛玉:"好妹妹,若论你,我是不怕的。你看了,好歹别告诉别人去。"于是,两人沉浸在《西厢记》的神词妙语中。宝玉问:"妹妹,你说好不好?"黛玉说:"果然有趣。"这时,宝玉说了一句半玩笑的话:"我就是'多愁多病的身',你就是那'倾国倾城的貌'。"黛玉听了这个,登时微腮带怒、薄面含嗔,指着宝玉说:"你这该死的,胡说!好好的,把这淫词艳曲弄了来,还学了这些混话来欺负我。我告诉舅舅、舅母去。"说到"欺负"两个字上,黛玉早又把眼睛圈儿红了。这是黛玉第三次哭,与前两次哭不同,这次只是"眼睛圈儿红了"。

此后书中写黛玉哭的场景多了起来，比如第26回、第27回、第29回都写了黛玉的哭。第26回的哭，也因《西厢记》的一句戏词引起，宝玉来串门时，黛玉刚起床，黛玉让紫鹃去打洗脸水，紫鹃先给宝玉倒了一杯茶，宝玉就随口说出了一句戏词："好丫头，'若共你多情同鸳帐，怎舍得叠被铺床'！"黛玉听了这话就恼了说："我成了爷们解闷的。"说着一面哭一面往外走。第27回黛玉是真的伤心，就是哭诵《葬花吟》，书中描写是"呜咽之声"。第29回是不断加码地哭，还带着呕吐。起因是张道士当着贾母及众人的面，说要给宝玉提婚。此时，宝玉、黛玉互探心底，黛玉提张道士说的"好姻缘"，气得宝玉再一次摔通灵玉，摔不碎就找东西砸。黛玉见状"早已哭起来"。有人把袭人叫来，袭人说："你同妹妹拌嘴，不犯着砸他；倘或砸坏了，叫他心里脸上怎么过的去？"本来就哭着的黛玉听了袭人的话，觉得宝玉还不如袭人懂事，哭得更厉害了，竟"'哇'的一声吐了出来"。紫鹃又劝黛玉："……倘或犯了病，宝二爷的脸怎么过的去呢？"宝玉一听这话也滴下泪来。袭人担心宝玉会病，也哭了；紫鹃见状也哭了。大家一起哭。

《红楼梦》描写了黛玉的许多哭，或啜泣，或呜咽，或鼻酸，或独自落泪，或掩面而泣……

那么林黛玉为什么这样"爱哭"呢？

其一，基于现实的矛盾。林黛玉出生在中国封建社会的官宦家庭，寄养在外祖母家，也就是贾府这样一个规矩很多的大家族。彼时，她正在青春期，和宝玉既有两性的爱慕，又有表兄妹的亲情；既有封建社会的"男女大防"，又有内心对"爱"的追求，再加上没有父母做主，所以使得她内心非常敏感、脆弱。她的"小性""刻薄"都是来自本能的自卫行为和心理。在这种情况下，寄人篱下的一个女孩子，"哭"可能是她逃避现实、找到安慰、减轻精神压力的有效途径。

其二，僧人的"还泪说"。《红楼梦》在讲此书的来历时，说是女娲补天时剩下一块石头，经僧人镌刻上故事，置于大荒山青埂峰下。不知过了几世几劫，有个空空道人路过青埂峰发现刻了字的那块石头，准备将这《石头记》问世传奇。这时作者笔锋一转，写到乡宦甄士隐午间睡觉做了一个梦，梦见一僧一道谈笑而来，说的正是《石头记》的事。这时，僧人讲出了一件"千古未闻的罕事"：灵河岸上、三生石畔，有一株绛珠草；而赤瑕宫的神瑛侍者天天用甘露浇灌绛珠草，最终使她修成女体。后来，神瑛侍者要下凡为人，绛珠草说："他既下世为人，我也去下世为人，但把我一生所有的眼泪还他，也偿还得过他了。"此事是通过甄士隐梦中的僧人说出的。既然书中这么明确说了，所以历来《红楼梦》的读者、评者都认为，所谓"还泪"，就是黛玉还宝玉的泪，因此写了那么多黛玉哭泣的场景。

然而，我在反复阅读后发现，实际上还有宝玉对黛玉的"还泪"。这一点可以通过以下三个层面来论证。

第一个层面，认定书中的贾宝玉的原型就是作者曹雪芹本人。关于这一点，胡适在《红楼梦考证》中已经论证清楚了，他得出结论："《红楼梦》是一部隐去真事的自叙：里面的甄、贾两宝玉,即是曹雪芹自己的化身……"周汝昌的《红楼梦新证》更加详细地论证了这一问题,而且在行文中简直不分作品中人物和现实中人物,常把宝玉直接当作曹雪芹,书中有一章"雪芹生卒与红楼年表"就是这样做的。红学大师已经有了结论,这就是论证的依据。

第二个层面,认定书中的史湘云的原型就是批书者脂砚斋。周汝昌在《红楼梦新证》有专章论证此点,那就是"第八章 脂砚斋"。这点应该是周先生的一大发现。后来,他还专门写了《谁知脂砚是湘云》一书。

第三个层面,《脂砚斋重评石头记甲戌校本》第1回里脂砚斋的一条批语。那段批语就在那位僧人讲绛珠草要还神瑛侍者的泪时批的,原文是这样:"知眼泪还债,大都作者一人耳。余亦知此意,但不能说出。"这句话表明了以下三点:第一,"还泪"在真实生活中存在过;第二,这件事只有作者一人知道;第三,批书者也"知此意,但不能说出"。

问题是,为什么"不能说出"?

我们按照胡适、周汝昌的论证——贾宝玉就是曹雪芹,按照周汝昌的论证——史湘云是脂砚斋,而现实中曹雪芹与脂砚斋结为伉俪,曹雪芹逝世后留下的"飘零的少妇"就是史湘云。由此可推测,书中的林黛玉肯定也有原型。这个"原型"一定对曹雪芹产生过刻骨铭心的爱情,也许因为种种事情为爱情流过泪,但由于精神压力过重而早逝了。曹雪芹写作《红楼梦》时,她早就不在人世了。曹雪芹用血泪写作《红楼梦》,就是为这位既痴情又与曹雪芹具有同样价值观的恋人还泪！因此，脂砚斋曾说曹雪芹是"哭成此书"。如果按照周汝昌论证的，晚年曹雪芹与脂砚斋结为伉俪，她当然知道曹雪芹在为死去的恋人"还泪"，她又不好道破，怕影响夫妻关系。

另一个林黛玉

与《红楼梦》前80回相比,《癸酉本石头记》后28回里的林黛玉几乎变成了另一个人——从满腹经纶、满口诗词、孤傲小性的贵族小姐变成了"战士"和"昏君",她不但葬送了自己的性命,而且成为压倒贾家的最后一根"稻草"。

与高鹗续作不同,在《癸酉本石头记》后28回,贾母于宝玉结婚前就归天了,贾政为贾宝玉选择的婚配对象第一是妙玉、第二是林黛玉,薛宝钗根本不在其选择范围之内。贾政说:"那孩子就会人前能说贯道的看人脸色行事,心里丘壑可深着呢!商贾家的孩子心机都深。"宝玉经贾政说服,觉得妙玉也不错。宝玉原来就羡慕妙玉,只是觉得妙玉是天上的人物,不是他能追求的对象,后来想通了,还想将来也娶了黛玉,两个人不分先后,三个人共同生活更好,于是亲自给妙玉写了"求婚信"。贾政曾派人向妙玉说明了想娶她做儿媳的意思。妙玉知道宝玉心里恋着黛玉,因此婉拒了贾家的求婚,乘夜逃走了。

妙玉逃走后,黛玉就是宝玉的首选结婚对象了。就在宝玉和黛玉结婚的大喜日子,贾家遭到了朝廷的抄家,原因是元春被皇帝认定通敌被判死刑,为了查清贾家是否隐藏了戎羌暗送元春的赃物，才来抄检。婚礼因此被打乱，多数贾家人被捕，贾琏甚至被判死刑，贾政也被革去官职，这个婚当然是没法结了，但黛玉在名分上已成为"女主人"。又经平儿（这时王熙凤已被休，平儿被扶正了）的邀请，以及贾政、邢夫人的认可，黛玉真的做起了主子。之后，贾政被亲生儿子贾环刺死，宝玉、平儿被贼人掳去，邢夫人也死了，最后只有黛玉指挥下人抵抗匪徒的攻击。整个贾家的命运系于黛玉一人。而黛玉的成功和失败都在一个人——丫鬟小红。

小红，也就是红玉，在《红楼梦》前80回中已经崭露头角，王熙凤看她能干，就把她从宝玉屋里要出来，供自己使唤。《癸酉本石头记》后28回中，贾家在匪徒的攻击下几乎支撑不住了，人心离散，这时林黛玉重用了小红，人心很快收拢，"强敌"几次被击退。林黛玉得意之时，听信了鸳鸯的诡计谗言，误认为小红通匪，竟命下人把小红活活打死。小红之死，等于断了林黛玉的臂膀，匪徒很快攻入贾家，首先就是贾蓉、冷子兴、薛蟠（薛宝钗的哥哥）一伙劫走不少财物；接着是赵姨娘、贾环一伙一直杀抢到了大观园潇湘馆，而且这一伙的一个干将钱槐早就想要林黛玉做"压寨夫人"，所以命部下"要活的"。林黛玉在"强敌"面前，特别是加上内心对小红的愧疚（自称"昏君"），就上吊自尽了。

这也许正应了曹雪芹在第5回中"金陵十二钗"簿册所预示的，因为林黛玉的簿册画的是"两株枯木，木上悬着一围玉带"，判词是"堪怜咏絮才""玉带林中挂"。

单从对应《红楼梦》前80回的暗示来说,《癸酉本石头记》后28回有一定道理,但把林黛玉塑造成"战士"和"昏君",总让人觉得这人物形象离前80回的林黛玉太远了。

两个完全不同的薛宝钗

《癸酉本石头记》后28回的薛宝钗与高鹗续本相比，相差甚远。

高鹗续本始终没有改变薛宝钗和厚、宽容、有教养、有主张的本性和追求功名（入世）的价值观。她最大的过错是，明知宝黛相爱，却在贾母选择了她作为宝玉的结婚对象后，就"委曲"地同意了这门亲事，尽管她知道自己是顶替黛玉与宝玉结婚的，也还是没有任何反抗。当然她也是喜欢贾宝玉的。

在高鹗续本里，宝玉与宝钗结婚后，宝玉的痴呆病越来越重。宝玉陷在无尽的痛苦中，有一次竟拉着袭人的手哭道："我问你，宝姐姐怎么来的？我记得老爷给我娶了林妹妹过来，怎么被宝姐姐赶了去？她为什么霸占在这里？我要说呢，又恐怕得罪了她。"宝玉问黛玉在哪里，袭人不敢说她死了，只能说她病着。宝玉甚至让袭人禀告贾母："不如腾一处空房子，趁早将我同林妹妹两个抬在那里，活着也好一处医治服侍，死了也好一处停放。"这时的宝钗心里一定也很痛苦，因为跟她结婚的人并不爱她，但她很有主见，竟把黛玉的死直接告诉了宝玉。宝玉听后放声大哭，倒在床上。贾母、王夫人虽心里不悦，但也不好深责新媳妇。"宝钗任人诽谤,并不介意,只窥探宝玉心病,暗下针砭""故趁势说明,使其一痛决绝,神魂归一,庶可疗治"。没想到,这样一来,宝玉的病倒好了许多。

从人性或理想的角度讲,宝玉与宝钗的婚姻也是一场悲剧。两人结婚后始终是同床异梦、貌合神离。有两三次,宝玉为了在梦中与黛玉相见,找借口自己单独睡,但还是没有梦见黛玉。有一天早晨起来,宝玉感叹道:"悠悠生死别经年,魂魄不曾来入梦。"宝钗听后不无幽默地接口说:"若林妹妹在时,又该生气了。"宝钗还在表面跟袭人说(实际给宝玉听):"……林姑娘既说仙去,她看凡人是个不堪的浊物,那里还肯混在世上。只是人自己疑心,所以招些邪魔外祟来缠绕了。"从上述这些可以看出,面对婚后宝玉仍无法摆脱对黛玉思念的状况,宝钗还是尽量为其排解,以求其回心转意。

当宝玉"由色入空"连女人也不喜欢只想"出家"的时候,宝钗用孔孟之道教育他并为此痛哭流涕。有一次,宝玉要把玉还给向他们讨账的和尚,和尚答应了,宝玉为此兴高采烈、疯疯癫癫。宝钗对他说:"你醒醒儿吧,别尽着迷在里头。现在老爷太太就疼你一个人,老爷还吩咐叫你干功名上进呢。"宝玉说:"我说的不是功名么!你们不知道,'一子出家,七祖升天'呢。"王夫人听了叹道:"我们的家运怎么好,一个四丫头口口声声要出家,如今又添出一个来了……"说着,王夫人大哭起来,宝钗只得苦劝婆婆。

总之,在高鹗续本里,薛宝钗虽经历了贾家被抄、贾赦贾珍被下狱等重大事件，但她一直是贾家的媳妇，还怀了宝玉的孩子。她的悲剧是，最终宝玉出家当了和尚，她成了寡妇。贾母临终时见了家里许多人，都有针对性地做了嘱托，见了薛宝钗只是叹了口气，便与世长辞。应该说，这是对薛宝钗的肯定、怜悯与无奈。

然而，在《癸酉本石头记》后28回里，薛宝钗被写得十分不堪，完全脱离了曹雪芹前80回塑造的形象。

比如，薛宝钗乘人之危，欺骗宝玉，并与其结婚。在《癸酉本石头记》后28回里，贾家遭抄家后，薛家怕连累搬到了袭人与蒋玉菡住的山区乡村——紫檀堡。此时，宝玉与黛玉名义上结婚了，但他被贾环一伙匪徒劫到狱神庙，留下黛玉一人在贾府支撑局面。宝玉被倪二（在高鹗续作里，他是贾家被抄的祸根，这里是解救宝玉的恩人）、柳湘莲、茜雪（宝玉原来的丫鬟，在曹雪芹的《红楼梦》前80回被宝玉撵走，而在此本中为救宝玉而身亡）救出，安置在紫檀堡薛宝钗家。宝玉几次试图下山回贾府去找林黛玉，都被宝钗和薛姨妈以"兵荒马乱"为由留了下来，后来宝钗使计让宝玉相信黛玉是投井而死。之后，宝玉偷偷跑到贾府，发现了黛玉的白骨，痛彻骨髓地痛哭一场，又做了纪念诔文……然而在宝钗的温情下两人却做了夫妻之事，并回紫檀堡正式结了婚。这一点很难让人理解——宝玉那么钟情黛玉，在痛哭完黛玉后见了宝钗的"雪臂"怎么就起了淫心？感情何以转得如此之快？

又如，薛宝钗像霸道的村妇般将宝玉锁在屋里，逼迫他读书。在曹雪芹的前80回和高鹗的后40回，薛宝钗和林黛玉一样都是饱读诗书、满腹经纶的才女;而在《癸酉本石头记》后28回里,薛宝钗几乎成了一个村妇,对待贾宝玉就像对待不听话的孩子,将其锁在屋里逼他读书。

再如,薛宝钗暗中用"反间计",误导林黛玉冤杀小红,使贾家一败涂地。在《癸酉本石头记》的后28回里,林黛玉因误杀"干将"小红而上吊自杀。林黛玉为什么那么"昏庸"呢?主要是因为鸳鸯(在高鹗续作里,她为贾母殉葬而死)通敌,被人利用而栽赃给小红,这才使林黛玉对小红产生怀疑,打死小红。这天大的阴谋正是出自薛宝钗!在《癸酉本石头记》第98回,匪徒冷子兴和同是匪徒的薛蟠说:"若不是令妹出计叫鸳鸯在姓林的面前说小红的是非,咱们还攻不进来呢。"薛蟠说:"也没什么,不过妹妹读了一些兵书,比我多识几个字,才出了这个……什么来着?"贾蓉说:"反间计……"

连曹雪芹的《红楼梦》前80回里写的"抄检大观园",也被写成是薛宝钗的阴谋。《癸酉本石头记》第98回描写,在贾蓉、冷子兴、薛蟠等一伙匪徒攻入贾家后,都喝醉了,薛蟠要回山庄。扶着他的下人提起薛蟠曾答应给他们看的一件新鲜玩意(应该就是那个引起王夫人警惕的"绣春囊"),薛蟠到家就翻箱倒柜地找了起来。找不到,就问宝蟾(薛蟠的丫鬟)。这时,他的大老婆夏金桂说:"还不是你那人见人敬的好妹妹拿的,那年巴巴地放在贾家园子石山上,闹了一场风波。你们也不知安的什么心,做出来的事都够使了。"这种人渣才能做出来的事,怎么会出自薛宝钗之手?况且,此事由夏金桂"揭穿",也不合逻辑,因为抄检大观园时，夏金桂还没嫁到薛家呢。这是明显的漏洞。

在宝玉"失联"后，薛宝钗改嫁了"奸雄"贾雨村。宝玉耐不住薛宝钗的"高压"，终于离家出走当了和尚。薛宝钗在丫鬟们的劝导下又搬回了贾府的梨香院。这时，贾府已被贾雨村占着一部分。薛宝钗和贾雨村有了接触的机会——他们有着共同的价值观，两个人一来二去产生了爱慕之心，于是两个人结了婚。后来因为贪腐被抄家，流放到东北，薛宝钗冻死在雪地里。这倒是合了曹雪芹在第5回中写到的"金陵十二钗"判词："可叹停机德""金簪雪里埋"。

总之，《红楼梦》前80回，曹雪芹在描写薛宝钗"宽厚"的同时，虽也是有些暗讽的，比如在"宝钗扑蝶"一事中她嫁祸林黛玉，在金钏因受王夫人侮辱而投井时她劝王夫人不值得为一个下人伤怀等，但无论如何也不应做出像《癸酉本石头记》后28回所描写的那样下三烂的事。

贾宝玉的两个结局

《红楼梦》中,贾宝玉是中心人物。虽说是"中心人物",却是最难把握的人物。周汝昌曾引《红楼梦》中描写贾宝玉的《西江月》:"无故寻愁觅恨,有时似傻如狂。纵然生得好皮囊,腹内原来草莽。潦倒不通世务,愚顽怕读文章。行为偏僻性乖张,那管世人诽谤。富贵不知乐业,贫穷难耐凄凉。可怜辜负好韶光,于国于家无望。天下无能第一,古今不肖无双。寄言纨绔与膏粱:莫效此儿形状。"周汝昌认为这是"以讥为赞",用了曲笔。

曹雪芹也许就是直笔写实,一方面他站在当时的世俗立场上,认为自己就是那副"德行",脂砚斋就有好几条批语说是作者"自悔",曹雪芹也在《红楼梦》开头表白"我实愧则有余,悔又无益""……背父兄教育之恩,负师友规训之德,以致今日一技无成、半生潦倒之罪,编述一集,以告天下";另一方面他顽强地站在自己的立场上,认为自己之所以穷愁潦倒,是自己的那副"德行"不被当时的世道所容,所以他极力反对仕途、反对"文章经济",把全部精力都用在一个"情"字上,内心深处也许认为这才是人间之正道。

曹雪芹笔下的宝玉是这样的:"无事忙"、推功揽过、尽力为别人着想；在俗务上心里糊涂，但在诗词歌赋甚至人生哲理上却至清至明。比如，"黛玉葬花"引发了宝玉许多"哲思"："既黛玉终归无可寻觅之时，推知于他人，如宝钗、香菱、袭人等，亦可以到无可寻觅之时矣……则自己又安在哉？……则斯处斯园斯花斯柳，又不知当属谁姓矣！"脂砚斋对此评论："不言炼句炼字，辞藻工拙，只想景想情，想事想理，反复追求，悲伤感慨，乃玉兄一生天性，真颦儿不知己，则实无再有者……"

那么，高鹗续作的后40回和《癸酉本石头记》后28回对贾宝玉描写得怎样？概括来讲，高鹗续作更注重思想内容的延续（但也不合前80回的原意）；《癸酉本石头记》后28回则侧重故事的曲折演绎。贾宝玉的结局也是两个：一个是出家当和尚；一个是跳海身亡。

在高鹗续作里，第94回"宴海棠贾母赏花妖 失宝玉通灵知奇祸"是个分水岭，此前宝玉再进家塾，虽没什么作为，但人还清醒；在这回之后由于丢了通灵玉他基本都在病中，整天傻乎乎、疯癫癫的。当然，除了失玉的原因，主要也是因为对死去的黛玉的思念，以及姐妹们纷纷出嫁离去带来的寂寞。在这40回里，宝玉完成了由色转空的变化。最后，连袭人、宝钗都看出来了，宝玉不但对世事不关心，对女人也不感兴趣了。这一点是符合曹雪芹原意的，因为《红楼梦》开篇就说："因空见色，由色生情，传情入色，自色悟空。"应该说，在高鹗续作的后40回里，宝玉对黛玉思念的种种情节，包括"求梦"（想在梦中见到黛玉而不得）、"求解"（深夜隔窗与紫鹃对话，探求黛玉是怎么死的，表白自己对黛玉的真心等），都写得感情饱满、感人肺腑。只是最后贾宝玉和侄子贾兰参加科考并中了第 27 名，出家时还披着大红猩猩毡斗篷与父亲贾政告别，被后代评家批评为改变了曹雪芹原意，认为破落和解脱得不彻底。

《癸酉本石头记》后 28 回与高鹗续本不同，它营造了一个混乱的社会环境，贾宝玉只是被动地应付，思想性格并没有新的发展。他先是在与林黛玉结婚的那天被匪徒（也就是他的同父异母弟弟贾环、赵姨娘等人）掳走，押在狱神庙里没有什么作为，还时时受匪徒的气；继而被柳湘莲他们救出，又在紫檀堡薛宝钗家中生活，虽然几次试图冲出山庄到贾府找林黛玉，但都被薛家人"劝"了回来，还与宝钗结了婚；再后来，他离开薛家出家当了和尚，由于看到和尚也不纯净，就还俗流浪街头成了乞丐，与同是乞丐的史湘云相遇，两人在破庙里相依为命，贫病交加中史湘云病逝，他也跳入大海身亡。

以上就是《癸酉本石头记》后 28 回贾宝玉的故事梗概，从总体构思上也许正应了"红楼梦曲"第 14 支曲唱的"好一似食尽鸟投林，落了片白茫茫大地真干净"。它不像高鹗续作那样，皇恩浩荡，贾家复兴，宝玉、贾兰科考高中。但是，《癸酉本石头记》后 28 回只是有好的故事构想，却没有高鹗那饱含深情的细节描写，也没有写出宝玉"自色悟空"的心路历程。在塑造贾宝玉这个形象上，两个版本各有短长。

探春：两个版本两种境界

在曹雪芹《红楼梦》的前 80 回，探春除了和其他姐妹一样有诗才外，还具有管理才能。有段时间，王熙凤病了，让探春管家，她进行了一系列的改革，比如把大观园的花草承包给下人，果真承包人就负起了责任。她还会女红，也有女孩子的童心。比如，她给同父异母的哥哥贾宝玉做鞋子（此事遭到她的亲妈赵姨娘的无理责难），并要宝玉有机会到街上再给她买一些小玩意儿。总之，探春在众姐妹中是佼佼者。

高鹗续作的后 40 回，探春完全被虚化。探春远嫁，她应该是主角吧，却没有正面描写，倒是整篇写宝玉为探春远嫁而悲伤和宝钗用"男女大道理"教育宝玉，标题则是"悲远嫁宝玉感离情"。探春远嫁这件事完全从旁人口中隐隐约约道出，什么场面描写、人物描写、对话描写，通通没有。涉及探春远嫁，除宝玉惜别伤感之外，还有王熙凤和尤氏在探春出嫁前一天去看她，但两人都没看成，因为遇到了"鬼"，而且都被"鬼"吓病了。转过来，就是贾政因下人弄钱被参，由外任调回京城，贾母问起探春嫁到海疆的情况，贾政告诉贾母探春婆家及女婿都不错，而且那家很快也要调回京城。贾母听完这才放了心。探春在曹雪芹的笔下是"金陵十二钗"的重要一员,高鹗怎能写得这样潦草呢?

《癸酉本石头记》后28回塑造的探春形象倒是丰满的。第86回"挑正庶风月断佳偶 祭祖祠清明泣远嫁",用整整一回的篇幅讲述了探春远嫁的故事。除个别地方有小瑕疵(比如,把凤姐当作宁府的,以及凤姐、侍书、翠墨等说话都用"……得很"句式等),其构思、叙述、描写都有曹雪芹的风采。这一回可圈可点之处,概括而言主要有以下几点。

一是增加戚公子相亲情节,使故事显得曲折丰满,对"和亲"起到了反衬作用。在《癸酉本石头记》后28回,探春先经过了一次相亲,男方是戚将军的公子戚建辉,"容貌俊朗,体格魁伟潇洒,一身英气,满脸自得"。戚公子见了探春以后非常满意,探春也满心喜欢,但是由于赵姨娘的多嘴,戚公子了解到探春是"庶出",便婉拒了这门亲事。这一曲折,反衬了后来"和亲"的悲剧色彩。

二是替公主"和亲",增加了"远嫁"的悲剧效果。这一回一开始就写了朝廷与蛮夷岛国——玉户岛打仗失败,弄得贾政心情不好。后来,人家给探春提亲又缓和了气氛。然而,就在探春相亲被拒之时,命运又让探春替南安郡王的女儿去和亲。这在贾家可是件大事。请看贾宝玉几个人的对话——

> 林黛玉笑道:"怎么都愁眉不展的?"宝玉含泪道:"妹妹竟不知道,出大事了。"黛玉道:"又打败了吗?"宝玉泣道:"可不是,圣上打不过人家就派人说情,说只要与海寇

联了姻就是亲戚了,仗保准打不起来了。"平儿道:"圣上竟出如此下策,要南安郡王的女儿和亲。南安郡王比咱有势力,怕自己女儿嫁到那里吃苦,就要到咱家找人替。"

接着就写南安郡王的王妃到贾府认亲、探春准备"远嫁"等过程。这与高鹗续作,让探春嫁给贾政同僚（守海疆的,姓周）的儿子不是更具批判性吗？高鹗续作,只是距离问题,探春回娘家不方便而已；而《癸酉本石头记》后28回这样处理,不只是距离的"远",更具有了政治思想意义。

三是把"探春远嫁"与清明扫墓同写,增加了悲凉氛围。探春出嫁时正赶上清明节,《癸酉本石头记》后28回把这个清明节描写得凄清悲凉：天是"阴沉沉"的,而且"下了一场雾雨"。贾家的祖坟在白杨村,"春草青青,古墓垒垒",纸钱飘飞,"贾赦、贾政率众人牵衣跪拜……贾琏以纸钱置坟头,哭声大作"。扫墓之后,探春穿着嫁衣到大观园与姐妹们告别,也是一片哭声,最后她到祠堂与祖先告别,"不觉放声大哭"。在探春登船远去之时,贾家全家出动,个个面带悲色,其父贾政已经哭得站立不住了。

四是赵姨娘的横加干涉,既造成了探春的婚姻悲剧,又强化了其偏狭、阴暗的性格。这一回虽主要写探春远嫁,但各色人物的性格都得到了刻画,尤其是赵姨娘。本来,戚公子与探春都互相有好感,她半路出来非要掺和。王熙凤怕她坏事,因而想拦住她。她不依不饶地说："我这个丫头忒瞧不起我,我还算是个娘！

姑娘是要远走高飞的人了,我养了她一场,想瞧瞧姑爷都不成?"王熙凤没有拦住她,结果就发生探春被拒的事。贾琏说,这种事也瞒不住,戚公子没福气,看他还到哪儿找更好的去。当探春登船远去和亲时,赵姨娘又一次哭闹:"怎么四丫头和林姑娘他们没有选上,偏选上探丫头了?你们欺负我心实……我只和你们要人!"贾政气得浑身乱颤,骂道:"混账婆娘,这都什么时候了还闹!探丫头是你的女儿,不是我的女儿?"这种撒泼行为延续了《红楼梦》前80回里赵姨娘的性格。

  应该说,《癸酉本石头记》后28回对探春的描写是符合《红楼梦》前80回构想的。《红楼梦》第5回"金陵十二钗"探春的判词是:"才自精明志自高,生于末世运偏消;清明涕送江边望,千里东风一梦遥。"看《癸酉本石头记》后28回探春远嫁的描写,完全符合这个判词的预测。

鸳鸯：是忠仆，还是奸细

鸳鸯是一个在《癸酉本石头记》后 28 回被写得"走了样"的人物。

鸳鸯是贾母的得力丫鬟。在《红楼梦》前 80 回，贾母的衣食住行玩，哪一样也离不了鸳鸯，而且贾母的体己钱物都由鸳鸯管理。贾家困难时，贾琏、王熙凤想在贾母那里弄点银子都得走鸳鸯的后门。这样一个漂亮、能体贴人、会管理的丫鬟，被大老爷贾赦看中，想选为"屋里人"，结果遭到鸳鸯的拒绝。《红楼梦》第 46 回"尴尬人难免尴尬事　鸳鸯女誓绝鸳鸯偶"说的就是这回事。当然，鸳鸯也知道拒绝贾赦的后果是什么，她当着众人发誓：贾母在一天就侍奉贾母一天，贾母归天了，她剪发当尼姑，大不了还有一死。

高鹗续作的后 40 回，把鸳鸯塑造成一个忠实奴仆。《红楼梦》第 111 回"鸳鸯女殉主登太虚"就写了"鸳鸯殉葬"的事。此时，虽然贾家被抄、贾赦被判刑，但贾母一死，鸳鸯仍然想："如今大老爷虽不在家，大太太（指贾赦的大老婆邢夫人，曾为丈夫讨鸳鸯做小老婆四处奔波）的这样行为我也瞧不上。……以后便乱世为王起来了。我们这些人不是要叫他们掇弄了么？谁收在屋子里,谁配小子,我是受不得这样折磨的,倒不如死了干净!"于是她走到贾母房屋的套间,在秦可卿阴魂的引领示范下,上吊自尽。贾政得知此事后,不但命人把尸体装殓了和贾母的棺材放在一起,而且带头磕头致哀,说"她是殉葬的人,不可做丫鬟论"。

应该说,高鹗续作这样处理还是符合彼时彼地的情理的。

然而,《癸酉本石头记》后28回,却把鸳鸯塑造成了一个奸细。她伺机组织除贾环、贾蓉之外的第三支叛逆队伍。该书第94回写道:"鸳鸯在园中冷眼察看多时……偷偷笼络了一伙奴仆丫鬟待机而行,等贾家灭尽就揭竿而起,占了贾家地盘自己好称主子。"她虽然没有拉起队伍,但与贾蓉等勾结制造假象,欺骗当时主持家政的林黛玉,使林黛玉做出错误决定,打死忠诚能干的小红,贾家由此一败涂地。

要说把林黛玉、薛宝钗写得走了样,还有些许"依据",但把鸳鸯写成奸细,可是一点"依据"没有;而高鹗把她写成贾母的"殉葬品"倒是在前80回里可以找到"根据",因为在贾赦要讨她做小老婆时她就如此发过誓。

小红：一个写丢了；一个有大作为

在《癸酉本石头记》后28回所塑造的人物中，小红是一个写得较为成功的人物，其形象不但没有"走样"，而且性格有所发展。

小红，原名红玉，在《红楼梦》前80回，原是贾宝玉房里的丫鬟，由于做事干练，后来被王熙凤要去使唤，攀了高枝儿。

与鸳鸯、袭人、晴雯、紫鹃等这些大丫鬟比起来，小红是个小角色，但曹雪芹却要把她写成有大作为的人。她干练、有见识，在《红楼梦》前80回已做好铺垫，但没来得及展开。在第26回"蜂腰桥设言传心事"中，畸笏叟有一句评语很重要："'狱神庙'回有茜雪、红玉一大回文字，惜迷失无稿。叹叹！"迷失的文稿是很重要的文字，讲的是贾芸、茜雪、红玉去狱神庙救宝玉的事。应该说，《癸酉本石头记》后28回圆了这件事。

按照曹雪芹的最后定稿，红玉即小红，是贾府管家林之孝的女儿。当然，也有专家考证，说最初版本中的红玉不是林之孝的女儿，但我们只以认定稿的版本为准，比如甲戌本或庚辰本，包括通行的百二十回的程甲本。小红在宝玉屋里时虽是干粗活的，却有心计、有见识。比如，宝玉病好后，贾母奖赏宝玉屋里的丫鬟,有晴雯而没有小红,佳蕙对此愤愤不平,小红就说:"也犯不着气他们。俗语说的:'千里搭长棚,没有个不散的筵席。'谁守谁一辈子呢?不过三年五载,各人干各人的去了,那时谁还管谁呢?"就在丫鬟们向宝玉争宠、贾家人沉浸在繁荣富贵、脉脉温情中时,这个做粗活的丫鬟却看到了"散席"的那一天。

很快,属于小红的机会就来了。在芒种那天,贾府的女子们都到大观园"祭饯花神",王熙凤没带丫鬟却又有件急事要办,就借用了小红一次。那事需要好记性和办事能力,小红完成得非常出色。凤姐称赞说:"这个丫头就好……听那口气就简断。"因此,她便收了小红自己使唤,还要认她为干女儿。

在《红楼梦》前80回,小红崭露头角;在《癸酉本石头记》后28回里,小红的性格沿着忠诚、干练的方向继续发展,主要表现在两个方面。一方面,受林黛玉派遣,到狱神庙救宝玉。她和贾芸、茜雪等人表现得机智、勇敢,终于把宝玉救出,茜雪为此还献出生命。当然,后来众人被冲散,宝玉被柳湘莲救出,去了紫檀堡薛宝钗家。另一方面,在保卫贾府的战斗中,林黛玉重用了她。她大展才能,组织贾家的奴仆打败匪徒的进攻。林黛玉甚至称赞她,说"这个家离了她还不行了呢"。只可惜,由于鸳鸯的"反间计",林黛玉竟把她打死了。

需要指出的是,高鹗续作的后40回,除了宝、黛、钗等几个主要人物外,许多人都被写丢了,小红就是一例,她只是被偶尔提一下,没有什么"作为"。相比之下,《癸酉本石头记》后28回的好处是大多数人都有结局。

滴血的诗文

晴雯是林黛玉的"影子",不管是性格还是模样。

两个人的遭遇同样悲惨,而作者对她们寄予的情怀比别的女孩更深沉、更浓烈,为她们写出了一诗一诔——诗即《葬花吟》;诔即《芙蓉女儿诔》。

一诗一诔,都是从作者心中滴出的血啊!

"葬花吟"借林黛玉之口吟出,当然是曹雪芹所作。

那么,林黛玉为什么要写"葬花吟"呢?

一是出于远虑。

林黛玉是《红楼梦》中最先出场的主要人物,比贾宝玉及贾家姐妹都出现得早。小说的第1回交代了书的来历、写了两个似乎是"局外人"的甄士隐和贾雨村,而第2回就提到了林黛玉。此回的标题是"贾夫人仙逝扬州城",是说幼小的林黛玉失去了母亲。这时,贾雨村因"暗结虎狼之属"而被罢官,正好做了林黛玉的家庭教师。

因丧母,林黛玉按照父亲的嘱托到外婆家寄养。没了母亲的小姑娘在那样一个大家族里生活,心理压力可想而知,但毕竟还有父亲在远方,心里也是个安慰。然而不久,她的父亲也去世了,林黛玉回扬州奔丧。成为孤儿的林黛玉再回到贾府时,为娘娘贾元春省亲建造的大观园已经竣工。随着年龄的增长,林黛玉喜欢上了表兄贾宝玉。而这时薛宝钗随着母亲住进贾府,成了林黛玉天然的"情敌",因为林黛玉虽然获得了贾宝玉的喜欢,但薛宝钗更讨贾母和王夫人(宝玉的母亲、宝钗的姨母)的欢心。

林黛玉无父无母,自己的心事不知跟谁去说,在封建社会又不能跟人说,自己的终身大事也是个大大的未知数。她和宝玉不知多少次互探心底,流了不知多少泪,闹了不知多少别扭。为此,宝玉多次摔玉,黛玉则弄出一身病。可怜少男少女的心啊!在婚姻靠"父母之命、媒妁之言"的社会,林黛玉很有可能得不到自己倾心的宝玉,嫁给一个自己不熟悉、不情愿的人。这就是"远虑"啊!

二是由于近忧。

贾元春省完亲回宫后,想到父亲肯定要把大观园关了不让人进,但这不就荒废了吗?于是,她下了一道旨意,要姐妹们搬进去住。宝玉不同于别的兄弟,因此他也同姐妹们一起搬进园去。

林黛玉的这首《葬花吟》就吟诵于众人搬进大观园之后的第一次大聚会——芒种祭花神。

作者为这首诗做了充分的铺垫。

首先,第23回描述,在桃花飘落的花阵中,宝玉偷看《西厢记》,被黛玉发现,对此两人表面羞愧,内心却欣赏书中的美句并神往崔莺莺与张生的爱情。虽然宝玉一句"我就是'多愁多病身',你就是那'倾国倾城貌'",惹得黛玉恼怒并滴下泪来;

但他们很快和好，黛玉还说出她的秘密——葬花！原来，她修了"花冢"，备了"花锄""花囊""花帚"，将落花扫了装在绢袋里埋掉，日久随土化了。"葬花"这一行为，看起来很雅，实际反映了林黛玉对"青春易逝"的感慨。

其次，黛玉听了《牡丹亭》曲文后的"心痛神痴"。黛玉在贾府众姐妹中读诗作诗都是第一的，然而对那些戏词却不怎么理会；但是当她路过"梨香院"（贾府养的戏班子）时，听到里面的戏子们在唱《牡丹亭》，细听那曲词就暗想："原来戏上也有好文章。"最拨动她心弦的是"则为你如花美眷，似水流年……"由此她又联想到古人诗句——"水流花谢两无情""流水落花春去也，天上人间""花落水流红，闲愁万种"，等等。她品着这些诗句，联想到自己的身世，不觉眼中落泪。"落花流水"，这是林黛玉这样身世、这样环境的人最敏感、最心痛的物象。

最后，受委屈而生疑虑。第26回写宝玉去看黛玉，紫鹃给宝玉斟茶，宝玉不知不觉又说了《西厢记》的一句唱词，竟把黛玉气哭了。正在宝玉劝解黛玉时，袭人传贾政的话把宝玉叫走。一日不见宝玉回来，黛玉放心不下就在晚上去看宝玉。路上，她远远看见薛宝钗进了宝玉的院子。但她敲门时，晴雯因大晚上的宝钗来访正生气，就说："都睡下了，明儿再来。"黛玉知道丫头们使气，又高声说："是我，还不开吗？"对方说："凭你是谁，二爷吩咐的，一概不许放人进来呢。"明明看见薛宝钗进去了，她却遭了"闭门羹"，这能不生气吗？她一直有寄人篱下之感，想到自己"父母双亡，无依无靠，现在他家依栖。如今认真淘气,也觉没趣"。想着想着,就悲悲戚戚地呜咽起来。作者在此甚至夸张地写到,由于林黛玉秉绝代姿容,具稀世俊美,她这一哭,惊动宿鸟栖鸦"忒楞楞"飞起远避。

做了层层铺垫后,第27回写芒种祭花神日黛玉吟诵此诗。那天,大观园里的小姐、丫鬟都出来了,就连日理万机的王熙凤也进园参加活动了,但唯独不见黛玉。宝玉、宝钗都去潇湘馆找了,也没有找到黛玉。后来,宝玉想到了他跟黛玉那天葬花的地方,就爬过小山坡去寻找,当他下坡时就听有人哽咽哭诉。那便是黛玉在哭诵"葬花吟"。

这首诗是心的呼喊!当宝玉听到"侬今葬花人笑痴,他年葬侬知是谁""一朝春尽红颜老,花落人亡两不知"时,竟悲痛得跌倒在山坡上。

《芙蓉女儿诔》是宝玉为知心丫鬟晴雯写的一篇悼词,也是一篇"滴血之文"!它之所以"滴血",是因为晴雯死得非常,也因为晴雯与宝玉的关系不一般。

在宝玉的所有丫鬟中,晴雯的地位仅次于袭人。她俩都是贾母送给宝玉的。表面看,袭人识大体、懂礼节,而晴雯则显得聪明伶俐、标致俊俏。晴雯被驱逐的罪名竟是长得漂亮!

俗话说,"木秀于林,风必摧之"。因为晴雯太聪明、太漂亮、太凌厉了,本身就遭人嫉妒,再加上宝玉偏爱,就为她种下了"祸根"。

"撕扇子做千金一笑",说的就是晴雯。有一次,晴雯换衣服不小心将扇子跌到地上,扇子骨架被摔断了。宝玉埋怨了她,话说得有些重，她就反驳宝玉："要嫌我们，就打发我们再挑好的使，好离好散的倒不好？"袭人过来劝，晴雯又戗袭人，袭人忍了性子说："好妹妹，你出去逛逛，原是我们的不是。"晴雯一听她说"我们"，冷笑道："我倒不知道'你们'是谁，别叫我替你们害臊了！……明公正道，连个姑娘还没挣上去呢，也不过和我似的，那里就称的上'我们'了！"晴雯"夹枪带棒"的反驳，弄得袭人哭了，宝玉哭了，晴雯自己也哭了。晚上，宝玉为缓和气氛，要晴雯和自己洗澡，晴雯说"我不敢惹爷"，婉拒了他，但告诉他鸳鸯（贾母第一大丫鬟）送来好些果子，已经洗好可以吃了。宝玉让晴雯一起吃，晴雯说："那里还配打发吃果子。倘或再打破了盘子，还更了不得呢。"这时，宝玉说："这些东西原不过是供人所用，你爱这样，我爱那样，各自性情不同。比如那扇子原是扇的，你要撕着玩也可以使的，只是不可生气时拿他出气。"

于是就上演了"撕扇子"一段。晴雯说"我最喜欢撕的"，宝玉就拿来许多扇子让她撕。宝玉的小丫鬟麝月（性情似袭人）看了说："少作些孽罢。"

宝玉宠着晴雯，晴雯也为宝玉拼命。第52回"勇晴雯病补雀金裘"就是一例。事情是这样的：宝玉的舅舅过生日，宝玉要去祝寿，贾母就把唯一珍藏的俄罗斯的雀金裘给了宝玉。然而他不小心用手炉将这雀金裘烧了一个洞。他怕贾母知道了伤心，就差人去街上织补，织补匠们都不敢揽这活。这可急坏了宝玉。正在感冒发着高烧的晴雯见此状，说："拿来我看看。"看后，她认定这件雀金裘是用孔雀线织的，只要用孔雀线"界"密了，就不会看出来。宝玉的丫鬟里只有晴雯能干这个活,正好又有孔雀线;晴雯就忍着头痛细细地"界",直干到寅正初刻也就是凌晨3点多才补完。她的病情因此加重了。

晴雯的灾难发生在傻大姐捡到"绣春囊"之后。"绣春囊"之事令王夫人震怒,吓得王熙凤都下跪澄清不是她遗失的。王善保家的提醒说是不是园子里的丫鬟们丢的,她顺便给丫头们上眼药,特别进晴雯的谗言,说晴雯仗着长得标致些,整天打扮得西施似的,抓尖要强。王夫人就对王熙凤说:"上次到园里,有一个水蛇腰、削肩膀,眉眼又有些像你林妹妹的,正在那里骂小丫头。"王善保家的建议把晴雯叫来,王夫人同意了。当时晴雯正身上不自在还没睡醒,听到王夫人叫她,匆忙中头发也没梳只简单绾了绾就去了。谁知这样更有"春睡捧心之遗风"。王夫人见了勾起往事,真怒攻心,斥责审讯一番,也没审出结果,就说:"去!站在这里我看不上这浪样儿。"受此侮辱,晴雯一路哭回大观园。

接着就是"抄检大观园"。晴雯是个有性格的人,别的丫鬟都任由王熙凤带的老妈子翻检自己的箱子,但到晴雯这里,只见她霍地掀开箱子,抓住箱底来个底朝天,所有之物尽情倒出。王善保家的也觉没趣。搜了半天,别人的没搜出什么,倒是在迎春的丫鬟司棋处搜出司棋与表弟潘又安的情书情物。而这个司棋正是王善保家的外孙女,真是自己打了自己的脸。

"抄检大观园"后,司棋先被"配人"了。

晴雯的厄运接踵而至。王夫人下决心要清除一批她看着不顺眼的丫头。宝玉手下的丫头，说跟宝玉"同月同日生就应是夫妻"的蕙香被领出配人，自号"耶律雄奴"的芳官（戏班子解散后分给宝玉的丫头）被干娘领走自寻女婿。当然，晴雯也躲不过去，王夫人不顾她还在生病就命人将其拖出去。王夫人"雷嗔电怒"走后，宝玉大哭："我究竟不知晴雯犯了何等滔天大罪！"袭人说："太太只嫌他生的太好了，未免轻佻些。"

宝玉放心不下晴雯，央一个老婆子领路去晴雯表哥家的茅草屋看她。晴雯睡在芦席土炕上，见是宝玉来，一把死死攥住他的手说："把那茶倒半碗我喝。渴了这半日，叫半个人也叫不着。"宝玉拭泪从那黑砂吊子里倒了"茶"。晴雯一气灌了下去，哽咽着对宝玉说："我已知道横竖不过三五日的光景，就好回去了。只是一件，我死也不甘心的：我……并没有私情密意勾引你怎样，如何一口死咬定了我是个狐狸精？……早知如此，我当日也另有个道理。"说完她伸手取了剪刀，将左手两根葱管一般的指甲齐根铰下，又伸手向被内将贴身红绫袄脱下，并指甲一起交给宝玉，说："这个你收了，以后就如见我一般。快把你的袄儿脱下来我穿。……只是担了虚名，我可也是无可如何了。"夜里宝玉做了一梦，晴雯来别他，推断她死了。

就是在这样的背景下，宝玉为晴雯写了《芙蓉女儿诔》。

宝玉写前立意："不可蹈袭前人的套头，填几字搪塞耳目之文；亦必须洒泪泣血，一字一咽，一句一啼，宁使文不足、悲有余，万不可尚文藻而反失悲切。"

宝玉的这篇诔文的确做到了"洒泪泣血"，文、悲俱足。如说"鼎炉之剩药犹存，襟泪之余痕尚渍"（物在人亡）；又说"连天衰草，岂独兼葭；匝地悲声，无非蟋蟀"（晴雯几乎是抛尸荒野）；还有"昨承严命，既趋车而远涉芳园；今犯慈威，复泣杖而忍抛孤榇"（宝玉处境：本知晴雯可能去世，却不能探看也不能说，须遵父命陪人作诗；既知晴雯已逝，又碍着母亲的慈威，不敢去吊唁）。还有一句令人惊疑："箝诐奴之口，讨岂从宽？剖悍妇之心，忿犹未释！"

对"悍妇"如何理解，颇费思量。无非两种可能，一是指王善保家的那类老婆子，是她们进谗言又将晴雯驱逐出去以致死亡。但因为骈体文应是讲究对仗的，前面说了"箝诐奴之口"，无疑说的"奴才"；后面"剖悍妇之心"的"悍妇"就不应再是奴才，而应是主子。二是指王夫人，不管是她听了谗言也好，还是自己的好恶也好，是她决策并下令驱逐晴雯的。她在向贾母汇报这件事时，贾母都很惋惜，说"这些丫头的模样爽利言谈针线多不及他"。王夫人谎称晴雯得了"女儿痨"。由此可见，"剖悍妇之心"的"悍妇"就应该是王夫人。

可话说回来了，如果是这样，那就是宝玉在斥责王夫人。《红楼梦》是曹雪芹的"自传"，这不单是"扬家丑"，而且是"骂母"啊！可见当时作者内心是多么痛苦、多么矛盾！

这是"亲情"与"人性"的巨大矛盾。历史上，南宋诗人陆游在《钗头凤·红酥手》里也谴责了他的母亲，说"东风恶，欢情薄"，那也只是说个"恶"字。而《芙蓉女儿诔》却称其母为"悍妇"而且要"剖心"，听了让人肝儿颤。

下编　知命

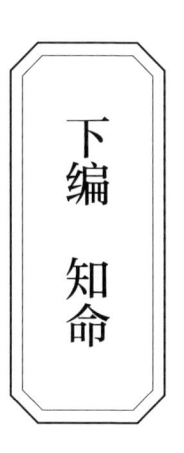

伟大的文学作品，仿佛天然生成，而非人工制作，它讲述着世界、社会和人的命运。

《红楼梦》就是在写命运的走向。这里包括贾家这个家族以及每个人物的命运走向，作者甚至在警幻仙"薄命司"的"卷册"里，就预示了书中人物的命运。

两个时空体系

《红楼梦》是充满梦幻又非常现实的小说，曹雪芹是把天上和人间对比着来写的：警幻仙境对应着世间的大观园，"薄命司"里的"金陵十二钗"对应着贾家的各位小姐。可以大胆地说，在书里曹雪芹创造了"两个时空"的叙事系统，把瑰丽的梦幻和严酷的现实融为一体。

一

《红楼梦》在整体构思上并行着两个时空体系，那就是真实的现实时空体系和虚拟的梦幻时空体系。这两个时空体系水乳交融成为一体。就这点来说，它足可与哥伦比亚作家加西亚·马尔克斯的《百年孤独》相媲美，甚至比《百年孤独》更高雅一些。

关于《红楼梦》的来源就是个神秘离奇的故事。作者开头第一句话说："列位看官，你道此书从何而来？说起根由虽近荒唐，细按则深有趣味。"接着，作者就讲了中国人妇孺皆知的"女娲补天"的神话传说。作者讲得比传说更逼真、更具体。作者说，当年女娲补天"于大荒山无稽崖炼成高经十二丈、方经二十四丈、顽石三万六千五百零一块"。又说:"娲皇氏只用了三万六千五百块,只单单剩了一块未用,便弃在此山青埂峰下。……因见众石俱得补天,独自己无才不堪入选,遂自怨自叹,日夜悲号惭愧。"你看,作者讲的女娲补天多么具体,炼了多少块石头、每块石头多宽多高,都说得一清二楚。这里,"十二""二十四""三万六千五百",都有其象征意义,尤其是剩下的一块石头,意义非凡——它既是这部大书的载体,又是作者曹雪芹的化身。

应该说,故事到这里仍可归于"神话",不过是经过作者的生发改造罢了。但是,接下来就和现实生活融合了。先是讲"一僧一道"(僧、道应该是半仙半人的角色)在青埂峰下发现了女娲补天时剩下的那块石头。这时,这块"无才补天"的石头,虽"日夜悲号惭愧",但还是一块空白的晶莹美玉,上面并无字迹。后来,经那位僧人带它到"昌明隆盛之邦,诗礼簪缨之族"经历了一番人世生活,又回到青埂峰下。这时,"石头"上已镌了字迹,内容就是《红楼梦》的故事。此时,又有一个"空空道人"路过此处,发现了这块镌了字迹的"顽石"。注意,这次"空空道人"发现它,离上次"一僧一道"发现它(没有字迹的),已经历了几世几劫。于是,"空空道人"与镌了字的石头有一番对话,主要讨论石头上镌刻的故事有没有"发表"的价值,当然这也就表明了作者曹雪芹的文艺观。讨论的结果是,"空空道人"同意将这个故事"问世传奇"。后来这个故事经几番改造,传到了曹雪芹这里。曹雪芹"批阅十载,增删五次",才完成了这部伟大作品。

你看，只是个开头，只是讲讲书的"来源"，就把神话传说跟眼前的现实生活水乳交融地融在了一起。仅仅第1回，就曲曲折折，由神话传说转到现实生活，又由现实生活转成梦境，再从梦境转到现实生活，引出了小说的几个重要人物，如甄士隐、英莲、娇杏、贾雨村、一僧一道等。不论是甄士隐梦中的"警幻仙境"，还是具体的街景，也不论是跛脚道人的《好了歌》，还是甄士隐的注以及他随着道人飘然而去的情景，所有连接处都了无痕迹，真似天书。

二

《红楼梦》的"虚拟时空体系"主要是通过梦境体现的，比如"太虚幻境"。

"太虚幻境"不像《西游记》里的"天宫"，让读者感觉就是个"神话"。"太虚幻境"是呈现在人们"梦境"里的，做完梦，人物立刻又回到现实生活中来。

"太虚幻境"似乎是个实体，它与现实中的人物命运和生活环境息息相关。

"太虚幻境"第一次是出现在甄士隐的梦中，也就是第1回，写姑苏乡宦甄士隐于炎夏午睡时做了一梦，梦见一僧一道谈论携带"一干风流冤家"投胎入世的事，其中就谈到了林黛玉的化身"绛珠草"和贾宝玉的化身"神瑛使者"的故事。甄士隐听得明白，但又不解其中之意，因此上前恳请二仙"大开顽愚"，二仙说"此乃玄机,不可泄露",只是把那块玉石给他看了,他见那上面镌着"通灵宝玉"四字,正要细看上面小字时,那道人抢了过去,转过一个"牌坊"去了。甄士隐抬头看时,石牌坊上写着四个大字:"太虚幻境"。他刚要跟上去,只听一声霹雳,把他吓醒了——原来是一场梦!

这可不是一般的梦,它是《红楼梦》"虚拟时空体系"的主要部分。从女娲补天剩下的一块石头,到一僧一道发现它,再潜入甄士隐的梦中,衔接无痕。

以上只是初步介绍"太虚幻境"。《红楼梦》借用画家的"皴染艺术"手法是非常突出的。在此后的篇章中,还多次描述"太虚幻境"。

"太虚幻境"的第二次出现是在贾宝玉的梦中,也就是在第5回。跟《百年孤独》一样,一开始作者描写的是"最纯粹的现实生活":东府的梅花盛开,尤氏请贾母及邢、王二夫人等去赏花吃酒。中午,贾宝玉有些倦怠,就在秦可卿的房间里睡午觉。这时,他就做了那场大梦!梦中,他游历了"太虚幻境"。他可不像甄士隐似的,到了"牌坊"就止住了,而是深入其中,不但遇见了警幻仙,而且看了"金陵十二钗"的正册、副册、副副册,还听了仙女们演唱的十二支"红楼梦"曲子。"金陵十二钗"簿册和"红楼梦"曲子以象征的手法预示了书中人物的悲惨命运以及贾家由盛而衰而败的发展走向。为此,有人把这一回书视为《红楼梦》的总纲。

在看完"金陵十二钗"簿册、听完"红楼梦"曲子后,警幻仙又引导贾宝玉做男女相爱之事，并说"吾所爱汝者，乃天下古今第一淫人也"。吓得宝玉忙说："仙姑差了。我因懒于读书，家父母尚每垂训饬，岂敢再冒淫字？"警幻仙说："非也。淫虽一理，意则有别。如世之好淫者，不过悦容貌，喜歌舞，调笑无厌，云雨无时，恨不能尽天下之美女，供我片时之趣兴。此皆皮肤滥淫之蠢物耳。如尔则天分中生成一段痴情，吾辈推之为'意淫'。'意淫'二字，惟心会而不可口传，可神通而不可语达。汝今独得此二字，在闺阁中固为良友，然于世道中未免迂阔怪诡，百口嘲谤，万目睚眦。"警幻仙发表一篇宏论后，就向贾宝玉密授云雨之事，并将其推入房中，与早就等在那里的仙女（秦可卿）行云雨之事。梦醒后，袭人给他穿衣时手至大腿处，只觉冰凉一片黏湿，吓得退回了手。你看，作者从幻境直逼现实！

"太虚幻境"第三次出现，是在第12回"王熙凤毒设相思局　贾天祥正照风月鉴"。不过，这次是虚写，只是提了一下，但读者明显感觉到它的存在。这一回写贾瑞（天祥）对王熙凤起了淫心，王熙凤略施小计就把这个"想吃天鹅肉"的"癞蛤蟆"整得大病一场。在生命垂危时刻，来了个跛脚道人，说是"专治冤业之症"。脂砚斋在此处批道："自甄士隐随君一去，别来无恙否？"已提示此道人非一般道人。这个跛脚道人从褡裢中掏出一面能够两面照人的镜子，告诉贾瑞："这物出自太虚幻境空灵殿上警幻仙子所制，专治邪思妄动之症，有济世保生之功。……千万不可照正面，只照他的背面，要紧，要紧！"这里明点了这面镜子（风月宝鉴）是太虚幻境的警幻仙所制。书中贾瑞先照了背面，是一副骷髅，吓得贾瑞直骂那个道人；结果又照正面，王熙凤在里面向他招手，他进去与王熙凤云雨一番出来，身下已遗了一摊精。这样三四次，便一命呜呼了，气得贾瑞的爷爷贾代儒一面破口大骂一面架火烧那"妖镜"。那跛脚道人跑来把"风月宝鉴"抢走了。当初在跛脚道人向贾瑞介绍这个"风月宝鉴"是由警幻仙所制时，脂砚斋曾批了九个字："言此书原系空虚幻设。"

"太虚幻境"第四次出现，是大观园建成，贾宝玉应对其父"试才题联"时的一闪念。那日，贾宝玉一路随其父及其幕僚游览大观园，并题匾额和对联，他在诗词方面的才华获得了贾政内心的肯定，很得意。到了正殿，见崇阁巍峨，层楼高起；青松拂檐，玉栏绕砌；金辉兽面，彩焕螭头，贾政说，"只是太富丽了些"。那些幕僚说，"虽然贵妃崇节尚俭……然今日之尊，礼仪如此，不为过也"。贾政问此处应题何文，众人说"必是'蓬莱仙境'方妙"。而一直踊跃题对的贾宝玉此时正做"白日梦"，他"见了这个所在，心中忽有所动，寻思起来，倒像那里曾见过的一般，却一时想不起那年月日的事了"。这里，脂砚斋有一句批语："仍归于葫芦一梦之太虚玄境。"

我认为，风靡世界的魔幻现实主义小说《百年孤独》把"不可思议的奇迹与最纯粹的现实"糅合起来，是硬生生的。比如鬼魂与人对话，比如俏姑娘雷麦黛丝拽着被角升天，比如奥雷连诺上校的17个儿子被画上灰十字洗不掉，比如吉卜赛人梅尔加德斯的羊皮纸手稿的预言，等等。而《红楼梦》把虚幻的东西与现实生活结合起来，往往披上了一层"梦"的面纱，包括"白日梦"，不但符合逻辑，而且显得艺术。

三

当然，《红楼梦》也有赤裸裸"硬拼"的地方，但作者的分寸拿捏得非常好。

比如，第16回写秦钟临死时的情景就足见其这方面的功力。秦钟病得不轻，贾宝玉因家里事太多（元春得到晋封，又传下来元春可以省亲并筹建大观园等），总腾不出空儿去看看他。那天，他终于摆脱家人的管制，去看秦钟。然而，此时的秦钟已昏迷几次。贾宝玉一见不禁失声，叫道："鲸兄，宝玉来了！"连叫两三声，秦钟不睬。他又叫："宝玉来了！"这时，书中写道：那秦钟早已魂魄离身，只剩一口悠悠余气在胸，正见许多鬼判持牌提索来捉他。他正在和鬼判讨价还价想多留人间几刻，处理一下没完的事，小鬼不答应。这时，听到贾宝玉叫他，他就跟鬼判们商量，请求见一见他的好朋友贾宝玉。鬼判们听了都慌了，其中一个说："我说你们放了他回去走走罢，你们断不依我的话；如今只等他请来个运旺时盛的人来才罢。"鬼判们这才放了秦钟，他醒过来跟贾宝玉说了一番永别的话。

脂砚斋对这段精彩的描写有过一番评论："《石头记》一部书中，皆尽情尽理必有之事、必有之言；又如此等荒唐不经之谈间亦有之，是作者故意游戏之笔耶？——以破色取笑，非如别书认真说鬼话也。"又评道："如闻其声。试问：谁曾见都判（'鬼判'）来？观此，则又见一都判跳出来。调侃世情固深，然游戏笔墨一至于此，真可压倒古今小说。"

这就是《红楼梦》的荒诞！

《红楼梦》表现"魔幻"的地方还有很多。比如贾宝玉的玉，这是贯穿整部作品的一个重要"道具"。为了这块玉，不知有多少次闹得全家上下人仰马翻；为了这块玉，林黛玉几番含酸弄性，贾宝玉几番摔砸丢弃。没有这块玉，估计小说三分之一的内容将无从谈起。然而，它是怎么来的呢？说来也是荒诞离奇。它是贾宝玉出娘胎时口里含着来的。这块玉不但晶莹剔透，而且上面刻着文字，还有灵性，叫"通灵宝玉"。就这一设想来说，是完全超越现实的。在生物学、科学乃至生活常理上，都是解释不通的，但在艺术上就可以解释得通，而且尽显其神妙。这和《百年孤独》中俏姑娘雷麦黛丝拽着被角升天一样，有着单纯写实所得不到的艺术效果。《红楼梦》第8回写宝玉与宝钗比看"通灵玉"与"金锁"时，作者曾说这块"通灵宝玉"就是女娲补天时剩下的那块"顽石"的幻相。

又如，在第17、第18回，写元春回贾府省亲的豪华景象——"说不尽这太平气象、富贵风流"后，作者直接出来讲话——"此时自己回想当初在大荒山中，青埂峰下，那等凄凉寂寞；若不与癞僧、跛道二人携来到此，又安能得见这般世面？本欲作一篇《灯月赋》、《省亲颂》，以志今日之事，但又恐入了别书俗套。……即不作赋赞，其豪华富丽，观者诸公亦可想而知矣。所以倒是省了这工夫纸墨,且说正经的为是。"脂砚斋评价说:"自'此时'以下,皆石头之语,真是千奇百怪之文。"

再如,在第25回"魇魔法姊弟逢五鬼 通灵玉蒙蔽遇双真"中,就写了赵姨娘贿赂马道婆弄鬼的事。马道婆教赵姨娘剪制了两个纸人,分别写上贾宝玉和王熙凤的年庚八字,然后和5个纸剪的鬼并在一起,偷放在贾宝玉和凤姐的床下。然后,马道婆作法,惹来一场大祸。先是贾宝玉中了邪,头疼得要死,且舞刀弄杖;接着王熙凤疯了,见鸡杀鸡,见狗杀狗,见人也要杀,全家上下混乱如麻;最后两个人病得奄奄一息,棺椁都准备好了,气得贾母要把做棺材的人杀了。然而,就在这时从院外传来木鱼声与和尚的祷念声,贾母要把"师傅"请进来,贾政本不信这些,但在这高墙深院里能清晰听到街上的声音,心下颇觉惊奇,也就半疑半信地请了"师傅"进来。原来,这"师傅"就是书的开头在大荒山青埂峰下发现"通灵玉"的一僧一道,也是甄士隐、贾宝玉梦中引导他们去"太虚幻境"的一僧一道,因此这一僧一道实际上就是《红楼梦》一书里虚拟时空体系的代表,他们一直跟随着现实生活中的贾宝玉。这一僧一道进了贾府后,只是对着"通灵宝玉"持诵了一番,把玷污那块玉的"声色货利"除掉,挂在卧室上槛,贾宝玉和凤姐的病就很快好了。这不就是超越现实的"魔幻"吗?

应该说,《红楼梦》的超越现实还没有魔幻现实主义大胆。在"通灵宝玉"显灵后,估计作者怕陷入民间庸俗的"迷信"里,就特意写了一段轻松的调侃文字。大意是这样的:听说宝玉和凤姐能够进食了,林黛玉不由自主地说了声"阿弥陀佛"。这时,薛宝钗"嗤"地笑出声来。惜春不解,问薛宝钗为什么笑,薛宝钗解释:"我笑如来佛比人还忙。又要讲经说法,又要普度众生;这如今宝玉、凤姐姐病了,又烧香还愿、赐福消灾;今才好些,又管林姑娘的姻缘了。你说忙的可笑不可笑?"林黛玉不觉红了脸,啐了一口,又骂了一通,摔帘子出去了。你看,这里真真假假、虚虚实实,不正是"变现实为幻想而又不失其真"吗?

《红楼梦》的夸张,也可与《百年孤独》一比。比如,《红楼梦》中写薛宝钗制作、服用的"冷香丸"就够夸张的,估计现实生活中绝无此药。薛宝钗对前来看望的周瑞家的说:"……东西药料一概都有限,只是难得'可巧'二字——要春天开的白牡丹花蕊十二两,夏天开的白荷花蕊十二两,秋天的白芙蓉蕊十二两,冬天的白梅花蕊十二两。将这四样花蕊,于次年春分这日晒干,和在药末子一处,一齐研好;又要雨水这日的雨水十二钱……"这时周瑞家的已经很惊讶了,问:"倘或雨水这日不下雨怎么办?"薛宝钗回答说,"也只好等罢了"。而且,薛宝钗说,还要"白露这日的露水十二钱,霜降这日的霜十二钱,小雪这日的雪十二钱。把这等水调匀,和了药,再加十二钱蜂蜜,十二钱白糖,丸了龙眼大的丸子,盛在旧瓷坛内,埋在花根底下"……周瑞家的笑道:"阿弥陀佛……等十年,未必有这样巧的呢!"

这种夸张,与《百年孤独》一书里全镇人都患上失眠症、健忘症,一场雨下了4年11个月零4天的描写相比,除了离奇,是否显得更艺术一些呢?

四

当然,《红楼梦》还不是严格意义上的魔幻现实主义作品,只是表现了魔幻现实主义的一些特点。要知道,曹雪芹是生活在18世纪的中国,那时西方的文学还处于"启蒙文学"的阶段,到魔幻现实主义在拉丁美洲兴起,已过去了近两个世纪,就欧美文学发展来说,中间经历了成熟的现实主义、批判现实主义,甚至超现实主义(以弗洛伊德的"潜意识"为理论基础)等阶段。

曹雪芹能在18世纪就使用类似魔幻现实主义的创作手法来创作《红楼梦》,实在了不起。然而我们的红学家几乎都没有注意到这个问题,或者对此论述得不充分。胡适是把《红楼梦》归于"自然主义"的,他对"虚幻"的那部分内容并未提起,只是蔡元培在反驳胡适批评他"任意去取、没有道理"时提了一下。蔡元培的原话是这样的:"若必事事证明而后可,则《石头记》自言著作者有石头、空空道人、孔梅溪、曹雪芹等,而胡先生所考证者惟有曹雪芹……将亦有任意去取、没有道理之诮与?"

在胡适、蔡元培之前,王国维倒是注意了那个"虚幻"部分,但他是从哲学角度来认识的,并非从创作方法的角度来阐释。王国维引用了《红楼梦》开头关于石头"自怨自艾,日夜悲哀"一段后,议论道:"可知生活之欲之先人生而存在,而人生不过此欲之发现也。"而俞平伯则把这部分内容视为"东方的浪漫",并不十分欣赏,且在批评高鹗续书时说出这一观点:"八十回内写甄士隐、贾宝玉游'幻境',已觉东方的浪漫色彩太浓厚了;但总还'不远情理'。至于高氏写通灵玉无端而去,无端而来,那竟很像圣灵显示的奇迹,与全书描写人情的风格,枘凿不相合。"

为什么我们的红学家没有注意那部分"虚幻"的内容呢?原因是那时人们关注的文学流派还多是批判现实主义,魔幻现实主义还没有那么大的影响。胡适的新红学发轫于20世纪20年代,而此时批判现实主义文学已发展了近百年,产生了一大批足可令人顶礼膜拜的文学大师,如法国的巴尔扎克、英国的查尔斯·狄更斯、俄国的列夫·托尔斯泰、美国的马克·吐温等。新中国成立后,我国文艺界提倡革命的现实主义与革命的浪漫主义相结合的创作方法。改革开放后,西方各种文学流派涌了进来,有些作家开始加以借鉴,比如当代中国作家王蒙就首先试验用"意识流"手法写作小说。直到1982年8月,哥伦比亚作家加西亚·马尔克斯因《百年孤独》而获得诺贝尔文学奖,魔幻现实主义的创作方法才引起中国人的注意。

可以说,以前人们之所以没有从魔幻现实主义这个视角去看《红楼梦》,是因为那时还没有一个适当的理论环境和话语环境。文学评论如此,创作更是如此。其实,魔幻现实主义难就难在利用民间传说甚至神鬼迷信,而又不能陷入庸俗的"迷信",正像上文说的《红楼梦》描写贾宝玉、王熙凤受赵姨娘弄鬼而得病,又因一僧一道持诵"通灵玉"而好转，如果把这当真坐实，不就太庸俗了吗？因此，作者又加了一段小调侃，告诉大家这不过是个"幽默"而已。作者心中始终关注的是现实，而且是严酷的现实！正像脂砚斋说的"非如别书认真说鬼话也"。

总之，用魔幻现实主义的视角阅读、研究《红楼梦》，应该是可行的，而且会使我们对《红楼梦》产生新的认识和新的体验。

红楼笔法

曹雪芹为什么要用荒诞离奇的手法创作《红楼梦》这种独特的"现实主义"小说呢?

对此,历来有一些评论家都把这归于当时政治统治的严酷和言论的不自由。比如,说到曹雪芹,就说清雍、乾两朝的"文字狱",因此不得不"将真事隐去,借假语村言"。作家采取荒唐、离奇、隐晦的手法,当然脱离不了当时当地的政治舆论环境,但最主要的还是文学艺术本身发展的需求。

文学是最喜创新的,但它又不能像科学那样沿着物质存在的逻辑向未知领域探索,因而只能在创作手法上求新求异。欧洲19世纪的批判现实主义作品,确实有着深厚的思想、精湛的艺术,规规矩矩反映现实社会生活。但除了研究者,普通民众没有时间去慢慢咀嚼巴尔扎克的《人间喜剧》以及列夫·托尔斯泰的三个大部头(《战争与和平》《复活》《安娜·卡列尼娜》)。还有,一个世纪一个世纪、一代人一代人,总不能只听一个模式的"故事"吧。现在流行说"审美疲劳",就是这个意思。正因如此,拉丁美洲的魔幻现实主义才引起了人们的注意。

曹雪芹那时虽然并没有什么"主义",但追求"创新"是肯定的。这在该书第1回"石头"与空空道人的对话中就能看出来。鲁迅在《中国小说的历史的变迁》中就说,"至于说到《红楼梦》的价值,可是在中国底小说中实在是不可多得的。……总之自有《红楼梦》出来以后,传统的思想和写法都打破了"。当然,鲁迅所说的"传统的思想和写法都打破了",指的并不是《红楼梦》类似魔幻现实主义的手法,说的是它的写实手法。鲁迅在《中国小说史略》中说,"盖叙述皆存本真,闻见悉所亲历,正因写实,转成新鲜"。

其实,在曹雪芹之前已有很成熟的、想象力非常丰富的神话小说《西游记》,也有在话本的基础上发展起来的《三国演义》《水浒传》,还有吴敬梓独创的现实主义小说《儒林外史》,同时代还有"搜神""谈鬼"的小说《聊斋志异》,而曹雪芹没走这些小说的路子。除了鲁迅说的"写实",曹雪芹还把"最纯粹"的现实生活和"荒诞"的梦幻、传说融为一体,使《红楼梦》别开生面。

由此观之,用荒诞离奇的手法创作独特的现实主义小说,并非完全出于避免政治的"高压",还有文学艺术本身创新的需要。

曹雪芹能够采取把梦幻、荒诞与纯粹的现实生活融为一体的形式来创作,除了文学艺术本身发展的需求,还有他的哲学思想和对宇宙、对人、对社会的深刻认识。

天、地、人为"三才",这是中国哲学的重要命题。《易经·说卦》:"是以立天之道,曰阴曰阳;立地之道,曰柔曰刚;立人之道,曰仁曰义;兼三才而两之,故《易》六画而成卦。"

这种把天、地、人融为一体的哲学思想，对曹雪芹来说是深入骨髓、融入血液的，想来在他构思写作《红楼梦》时必有影响。举个例子，在第2回"冷子兴演说荣国府"一节中，曹雪芹借贾雨村之口长篇大论地讲了一通天地生人的哲学。

贾雨村讲道："天地生人，除大仁大恶两种，余者皆无大异。若大仁者，则应运而生；大恶者，则应劫而生。运生世治，劫生世危。……清明灵秀，天地之正气，仁者之所秉也。残忍乖僻，天地之邪气，恶者之所秉也。今当运隆祚永之朝，太平无为之世，清明灵秀之气所秉者，上至朝廷，下至草野，比比皆是。所余之秀气，漫无所归，遂为甘露、为和风，洽然溉及四海。彼残忍乖僻之邪气，不能荡溢于光天化日之中，遂凝结充塞于深沟大壑之内，偶因风荡或被云摧，略有摇动感发之意，一丝半缕误而泄出者，偶值灵秀之气适过，正不容邪，邪复妒正，两不肯下，亦如风水雷电，地中既遇，既不能消，又不能让，必致搏击掀发后始尽。故其气亦必赋人，发泄一尽始散。使男女偶秉此气而生者，在上则不能成仁人君子，下亦不能为大凶大恶；置之于万万人中，其聪俊灵秀之气则在万万人之上；其乖僻邪谬不近人情之态又在万万人之下。若生于公侯富贵之家，则为情痴情种；若生于诗书清贫之族，则为逸士高人；纵再偶生于薄祚寒门，断不能为走卒健仆甘遭庸人驱制驾驭，必为奇优名倡……"

贾雨村的这段高论无疑是在为贾宝玉这一类人画像，而这幅画像不是现实中的贾宝玉，而是天地之间存在的一种"气"，是"溉及四海"的秀气与"深沟大壑之内"的邪气搏击后的逸气。

秉持这种"气"的男女，或为情痴情种，或为逸士高人，或为奇优名倡；反正是平常人中的"奇人"，既聪明又乖僻，不合俗流。这正是《红楼梦》后来所描述的贾宝玉。

曹雪芹就是把不可思议的天地之"气"，与现实生活中的"人"交融在一起，因而阅读《红楼梦》会使我们的思维更加深广。

又向荒唐演大荒

《红楼梦》第 8 回 "比通灵金莺微露意"一节，写贾宝玉与薛宝钗互比"通灵玉"和"金锁"，并附了一首诗：

女娲炼石已荒唐，又向荒唐演大荒。\ 失去幽灵真境界，幻来亲就臭皮囊。\ 好知运败金无彩，堪叹时乖玉不光。\ 白骨如山忘姓氏，无非公子与红妆。

那么，以上这首诗的首联"女娲炼石已荒唐，又向荒唐演大荒"意味着什么呢？

一

《红楼梦》第 1 回作者讲书的来源时引入了中国神话故事——女娲补天。

女娲补天应该是中国人的创世说。故事分别记载在《淮南子·览冥训》《列子·汤问》《论衡·谈天篇》《竹书纪年》等中国古典文献中。

上古时期，中国祖先处在"洪荒"时代，他们经历了火与水的磨难。《淮南子·览冥训》说："往古之时，四极废，九州裂，天不兼覆，地不周载。火爁焱而不灭，水浩洋而不息。猛兽食颛民，鸷鸟攫老弱。于是女娲炼五色石以补苍天，断鳌足以立四极，杀黑龙以济冀州，积芦灰以止淫水。"从这段话的描写来看，估计当时遇到了大级别的地震；地震之后，又遇上火山喷发、洪水泛滥，这可能是地震的次生灾害；后来又有猛兽进攻、鸷鸟侵袭，我们的先祖已无法生存。这时，女娲炼五色石补天，修复天地和生存环境。

当然，上述这个故事是西汉人记载的前人传说，几近"神话"。因此，曹雪芹说"女娲炼石已荒唐"。

《红楼梦》在使用这个"神话"时进行了再创作。女娲炼石补天，用了多少块石头、每块石头长宽高多少，都有具体的数目。作者立意的关键，是女娲补天剩下的一块"石头"，这就是这部大书的来源，也是作者和作品主人公的自喻。这块剩下的"石头"被弃在大荒山青埂峰下。

想一想，那真是一片史前洪荒景象。

然而，作者笔锋一转，就将这块"顽石"带到了"温柔富贵乡"。它是以什么形式出现的呢？是以"变相"的形式，由新生儿贾宝玉出生时口含而出的。由于此事非凡，贾家把这块"石头"（通灵玉）视为"宝贝"，宝玉也就优于其他弟兄，起码在贾母那里是这样。第8回以前，或暗或明写了几次这块"石头"，先是冷子兴演说荣国府提了一下；林黛玉初来贾府见宝玉颈上戴的"通灵玉",又一现,宝玉问黛玉有没有玉,黛玉说没有,宝玉摘下"通灵玉"又摔又砸;然后就是这一次,借宝玉看望宝钗,这块"通灵玉"再一次"现身"。

以上就是此诗"首联"的背景。然而,红学家周汝昌关心的则是这首诗的"尾联"——"白骨如山忘姓氏,无非公子与红妆。"

周汝昌在《谁知脂砚是湘云》一书中说:"多少年来,我每一读它便觉十分奇怪,奇怪不在前六句,而是最后的'结联'('尾联'):因为,'白骨如山'如果指的是'人生短暂、终归于尽',那么,人人在劫难逃,怎么会是'无非公子与红妆'呢?"周汝昌为此做了许多考证,但"不管怎样去寻找史例,却从无如山的白骨都是公子与红妆的尸骸"。后来,他从周振甫"这首诗是政治诗"的说法中受到启发,联想到清朝雍正皇帝对政敌"家眷"的残酷处置,又想到了现实中雍正对李煦家(跟曹雪芹家是近亲)的处置结果。而这个李煦家,就是《红楼梦》中史湘云家,也就是贾母的娘家。据周汝昌考证,李煦被抄家时有个清单,抄的家具、古玩之类寥寥无几,而抄没的人口除李煦义养的孤儿、孤女数十名之外,加上女眷竟有百余人,雍正命令就地售卖为奴。周汝昌还根据《红楼梦》中的海棠诗,推测史湘云即脂砚斋亦即现实中的那位李小姐,"落难后,为保护自己的节操,不为邪恶所辱,曾将衣服密缝,不可解卸"。

在周汝昌考证成果的基础上,我对这两句诗有两点新的认识。

一是造成"公子与红妆""白骨如山"的原因，并非都如周先生所说，是雍正残酷处置"政敌"家眷的结果；还应包括那些出于种种原因，主要是主子对奴隶的压迫或为殉情而死的年轻生命。这是作品本身就能证明的。曹雪芹的前 80 回写到包括前 5 回预示的就有几十人死亡，只有贾敬勉强算"寿终正寝"（年纪足够老，但实际是"中毒"而亡），其他都属"夭折"。此外，在曹雪芹的构思（可从第 5 回警幻仙的"簿册"中看出）中，黛玉、宝钗、迎春、元春等，都是"夭折"而死，只是作者还没写到。

二是曹雪芹也许因此而想到那个人迹罕至的"大荒"世界。这里的"白骨如山""公子与红妆"，与第 5 回警幻仙境里一些物件的独特命名（隐喻）是一脉相承的，比如存放女子簿册的房间叫"薄命司"，焚的香叫"群芳髓"（众多女子的骨髓），喝的茶叫"千红一窟"（窟即哭也），饮的酒叫"万艳同杯"（杯即悲也）。大家知道，康熙朝曹雪芹家受到恩惠（因曹雪芹的曾祖母做过康熙的奶妈），而雍正上台后为巩固统治对自己的兄弟及一些老臣进行了无情打击，曹家也因此受到牵连。这些政治斗争没有对错、是非、忠奸之分。这种失去价值判断标准的争斗，在幼小的曹雪芹看来是无法理解的。长大后，他又看到种种社会现象，更是不能理解。在他看来，这些斗争都是无聊荒唐的，正如《红楼梦》第 1 回《好了歌》注所说："乱哄哄，你方唱罢我登场，反认他乡是故乡。甚荒唐，到头来都是为他人作嫁衣裳！"因此，他希望死后不要托生为人（贾宝玉语，其实就是曹雪芹的想法）。这才有了此诗第一联"女娲炼石已荒唐，又向荒唐演大荒"的说法。

二

"比通灵金莺微露意"这一回,应该是一段平常得不能再平常的温馨而含情的小儿小女的家庭趣事。但是,作者在这里面埋下了一个巨大的"荒唐"因子。前文分析了,一方面"通灵玉"属于神话的"荒唐";另一方面是"白骨如山""公子与红妆"属于人间的一种"荒唐"。

然而,作者却把这种"荒唐"与眼前的"现实"水乳交融地糅合起来。

这一回书是从尤氏请贾母等去宁府看戏开始的。贾母上午看了半天戏,睡过午觉后就懒了没过去。宝玉也不想看戏了,就想去梨香院看望生病的薛宝钗。这一段有点"自然主义"的描写,很像新闻特写,比如薛姨妈打点针黹的形态、宝玉请安的神态、宝钗的穿戴及坐在炕上做针线的情景,都栩栩如生,现场感极强。描写宝玉的肖像,当写到"项上挂着长命锁、记名符,另外有一块落草时衔下来的宝玉"时,宝钗笑道:"成日家说你的这玉,究竟未曾细细的赏鉴,我今儿倒要瞧瞧。"宝玉从项上摘了下来,递在宝钗手内。"只见大如雀卵,灿若明霞,莹润如酥,五色花纹缠护——这就是大荒山中青埂峰下的那块顽石的幻相"。这时,作者引出了那首"女娲炼石已荒唐,又向荒唐演大荒"的诗。接下来,通过宝钗赏鉴"通灵玉",作者对"通灵玉"进一步描写:正面镌刻着12个字,分别是"通灵宝玉""莫失莫忘""仙寿恒昌";背面镌刻三句话,分别是"一除邪祟""二疗冤疾""三知祸福"。文字是篆体,邓遂夫校订的《脂砚斋重评石头记庚辰本》还影印了原图。正在宝钗把玩时,丫鬟金莺嘻嘻笑说:"我听这两句话,倒像和姑娘的项圈上的两句话是一对儿。"宝玉听了,就央求宝钗拿出项圈来看看。宝钗解了排扣,从里面大红袄上将那锁掏出来。果然,那锁上也用篆字镌刻了八个字:"不离不弃""芳龄永继"。金莺还说宝钗的锁是个和尚送的。

探究这一回对"通灵玉"的描写,有这样几个特点。

一是逼真的现场感和"荒唐"的传说融为一体,产生奇妙的艺术效果。《红楼梦》第5回的警幻仙境也写得很逼真,但读者绝不会跟现实混淆,因为那一节是以梦境的形式出现的。而本回是写实性的,谁也不怀疑宝玉、宝钗、薛姨妈、金莺的真实性,甚至不怀疑"通灵玉"和"金锁"的真实性。但细想,"女娲补天",就如"后羿射日"一样,是先祖们的一种想象。曹雪芹将神话与现实融为一炉,笔法老到。这种"似真似假,似有似无"的境界,最耐人寻味。

二是隐含深意,为之后的情节做铺垫。作者用这样一大篇来写贾宝玉的"通灵玉"和薛宝钗的"金锁",是有深意的。除了"通灵玉"要突出"演大荒"的主题,"通灵玉"与"金锁"上镌刻的文字,也预示着宝玉与宝钗的婚事。当然,因为《红楼梦》未完,曹雪芹没有写到宝玉、宝钗两人结婚,但前80回也涉及了一些感情的纠葛。就在本回,上半回通过金莺的提醒,已经暗示了金玉将来有结"百年之好"的可能;下半回就写了"探宝钗黛玉半含酸"。因此说，宝玉与宝钗互比"通灵玉"和"金锁"，为后来的情节做了铺垫。应该说，在这点上高鹗续的40回大体上遵循了前80回的"暗示"。

三是"两个时空体系"水乳交融的一次充分展现。在前80回这种"亦真亦幻"的描写还有很多，分寸把握得非常好。这需要高超的手段，一些续作在这方面就立显拙劣了。比如，高鹗续本在林黛玉死后大观园"闹鬼"，先把王熙凤吓病了（其实是秦氏的鬼魂，并非黛玉的鬼魂），又使尤氏得病，因此请毛半仙除妖，最后封园；《癸酉本石头记》后28回的"鬼"闹得更凶，青天白日死去的金钏竟从湖里出来把王夫人拖入水中淹个半死，被人救上来很快病死。裕瑞在《枣窗闲笔》里批判的那些续本，更是不着边际，他们让死去的人又复活过来，做出种种"壮举"或丑态，比如"黛玉掌心雷、芳官分身法、晴雯满空乱跑"等，正如裕瑞所说"种种胡言皆令雪芹痛哭流涕者"。

三

"又向荒唐演大荒"的"大荒"有无实指呢？

我以为应该有的。

《红楼梦》不只是"备极风月繁华之盛"，最后可能要写出"火燚焱而不灭，水浩洋而不息"的洪荒景象。

这是有迹可循的。

《红楼梦》第2回就开始点点滴滴透出衰败荒凉的信息。作为黛玉家庭教师的贾雨村，因林夫人去世、黛玉患病而去郊外闲游，他走进一个"墙垣朽败"的破庙，见一"即聋即昏、齿落舌钝"的老僧，所答非所问。有评论认为，这位老僧就是甄士隐、贾宝玉后来的写照；这且不论，周汝昌在《红楼梦新证》中"索隐"，说曹雪芹的好友敦诚曾住南村（大概在北京郊区吧），附近就有一"废寺"，内有一"枯僧"，"既老且聋"。这是当时的真实生活。

第36回，宝玉与袭人谈论何为"死得其所"，宝玉说"比如我此时若果有造化，该死于此时的，如今趁你们在，我就死了，再能够你们哭我的眼泪流成大河，把我的尸首漂起来，送到那鸦雀不到的幽僻之处，随风化了，自此再不要托生为人，就是我死的得时了。"这里的"鸦雀不到的幽僻之处"不就是"大荒"吗？这使人体会两点：一是作者（也就是作品中的宝玉）对现实社会已彻底失望，进而不想"为人"；二是因对社会不满，甚至向往人迹鸟迹不至的空荒之地。

第5回的"红楼梦曲"是《红楼梦》全书的灵魂，其最后说："看破的，遁入空门。痴迷的，枉送了性命。好一似食尽鸟投林，落了片白茫茫大地真干净！"这里也讲的是"大荒"啊！

曹雪芹未能完成《红楼梦》，因而我们不知他将怎样结尾，但一定会出乎一般人的想象。

高鹗续本的结尾，写到了宝玉出家，提到了"青埂峰""白茫茫大地""大荒"等字眼，以照应开头；但同时写到"沐皇恩贾家延世泽"，并借甄士隐之口，说贾府"将来兰桂齐芳，家道复初",拖了一个"光明"的尾巴。这正是红学家们大加挞伐的。其实,想来贾府也够"悲凉"的。当时,贾政与贾蓉乘船扶贾母灵柩,带着秦氏、凤姐、鸳鸯、黛玉的棺木去金陵和苏州(黛玉在苏州下葬)安葬。宝玉和侄子贾兰共赴考场,王夫人既担心又抱有希望。谁知爷儿俩考完出场,宝玉转瞬失踪了,几路人马再也找不到,王夫人、宝钗、袭人为此哭得死去活来。榜单下来,宝玉、贾兰都中了举人。这更使王夫人伤心。此时,贾政已将五口棺材安葬完毕,突然接到家书,看到宝玉、贾兰都中了举人,心中高兴;又看到宝玉失踪,不免担心沮丧起来。他急于返京。那天傍晚,天飘着小雪花,船到常州,贾政命众人上岸投帖,船上只剩他和一个小厮。他正在写家书,忽见船头有人影晃动。原来是宝玉光头光脚披着大红猩猩毡斗篷,向他拜了四拜。贾政忙追出去,宝玉已与一僧一道飘然而去了,并且作歌曰:"我所居兮,青埂之峰;我所游兮,鸿蒙太空……渺渺茫茫兮,归彼大荒!"待贾政举目望去,竟是"白茫茫一片旷野"。

  过去,红学家们批评高鹗让宝玉中了举人再出家,是嫌"败落"得不够彻底。其实,宝玉出家已表明他的意志,跟他中不中举人没关系。高鹗的构思描写已经够"悲凉"了。问题是,他将这一事件仅仅作为呼应前文的因素,因此只把它写成宝玉的个人行为,而且是命里注定的,正像贾政在宝玉出家后说的——"……岂知宝玉是下凡历劫的,竟哄了老太太十九年!"更大的问题是,高鹗将宝玉出家这件事裹在了"沐皇恩贾家延世泽"的喜庆里,大大消减了作品的悲剧氛围。

近年出版的《癸酉本石头记》后28回，它的结尾确实写得很荒凉：宝玉被劫持又被救出后当了和尚，后来看到和尚也不纯净（盗与淫）就还俗成为流浪汉。一个雪夜，他在湘江边遇到已成乞丐的史湘云，两人相依为命。最后，史湘云死于湘江边、葬于湘江边，宝玉孤身一人向东流浪。到了大海边，他发现一只小船，就乘船漂入大海。在太阳升起的时候，他翻身投入大海之中。应该说，《癸酉本石头记》后28回的这个结局还是不错的。就宝玉个人来说，不但出家当了和尚，而且连性命也了结了。文中还对封建官僚及时世进行了批判，只是批得太生硬了。

说到"大荒"，总让人脑际萦绕着三幅图像：一是前文引的《淮南子·览冥训》在叙述女娲补天时对天崩地裂、火山爆发、洪水泛滥的史前"洪荒"的描写；二是马尔克斯的《百年孤独》结尾，当奥雷连诺·布恩蒂亚最终破译了吉卜赛人的羊皮纸手稿时，洞悉了自己家族和自己的最终命运，他知道已走不出这个房间了，因为一场飓风正在袭来，他和这个村庄将被从地球上抹掉，而且"遭受百年孤独的家族"不会第二次出现；三是宝玉与袭人大讲自己对"死"的看法，说"自此再不要托生为人"。这是对人——准确说是对"文明人"——的绝望。

由以上三点可以猜想，曹雪芹是否也会像马尔克斯似的，来一场"天灾"把那个逼得人不想再"托生为人"的社会一扫而光，将人类再退回到"洪荒"时代？当然，曹雪芹不必用"飓风"，可用《淮南子·览冥训》说的"四极废，九州裂，天不兼覆，地不周载。火爁焱而不灭，水浩洋而不息"的灭顶之灾。

一面人生哲学之"镜"

《红楼梦》中的"风月宝鉴"可以说是一面"魔镜",它寄托着曹雪芹对人生的哲学思考。

一

"风月宝鉴"这面"魔镜",出现在《红楼梦》的第12回。是贾瑞受了王熙凤设的"相思局"之后,卧病在床,奄奄一息时跛脚道人送来的一面镜子。此镜为太虚幻境警幻仙所制,专治思邪妄动之症。其正面是年轻漂亮的王熙凤,背面则是一具骷髅。贾瑞由于不听道士的话,因一味地照正面而死。

这一细节给读者留下许多思考的空间。其中,它会让人产生对于"人生短暂"的慨叹。

不错,这个"魔镜"是具有象征意义的,正如脂砚斋的评论所说,提醒我们"不要看这书正面,方是会看"。但也让人悟到:在无穷无尽的时空中,在漫漫的历史长河中,一个人从生到死简直就是一瞬。你看,"魔镜"正面的王熙凤还是风流漂亮的,翻个面就成骷髅了。说到底,任何人都逃不脱这个结果。因此,才有林黛玉的葬花和《葬花吟》，才有贾宝玉的感叹："试想林黛玉的花颜月貌，将来亦有到无可寻觅之时，宁不心碎肠断？"

有一首俄罗斯小诗，题目就是《短》：

"一天很短，／短得来不及拥抱清晨，／就已经手握黄昏。／一年很短，／短得来不及细品初春殷红窦绿，／就要打点素裹秋霜。／一生很短，／短得来不及享用美好年华，／就已经身处迟暮。／总是经过的太快，／领悟的太晚，／我们要学会珍惜。"

在中国的诗歌中，有更多感叹人生短暂的篇章。比如李白的《将进酒》中就说，"君不见，高堂明镜悲白发，朝如青丝暮成雪"。

这些诗作感叹人生的短暂，多么像曹雪芹创作的"魔镜"！但领悟有所不同：俄罗斯的小诗《短》从人生的短暂中领悟了"珍惜"；李白的《将进酒》领悟的是"人生得意须尽欢，莫使金樽空对月"，是"钟鼓馔玉不足贵，但愿长醉不愿醒"，是"呼儿将出换美酒，与尔同销万古愁"；而曹雪芹创作的"魔镜"，恐怕隐含更多的是关于生死的哲学——从美女变骷髅只在"转瞬"之间——此乃万古不易之理。

二

"风月宝鉴"这块"魔镜"蕴含着中国哲学"两极"统一的

意涵。

在中国哲学中,"阳"与"阴"虽是两个对立的方面,却浑然一体。《红楼梦》第31回写湘云跟翠缕的谈话就专讲了这个问题。两人从贾府的荷花是楼子花(一茎生两花)谈起。湘云说:"天地间都赋阴阳二气所生,或正或邪,或奇或怪,千变万化,都是阴阳顺逆。多少一生出来,人罕见的就奇,究竟理还是一样。"翠缕道:"这么说起来,从古至今,开天辟地,都是些阴阳了?"湘云道:"糊涂东西,越说越放屁。什么'都是些阴阳',难道还有两个阴阳不成?'阴阳'两个字还只是一个字,阳尽了就成阴,阴尽了就成阳;不是阴尽了又有个阳生出来,阳尽了又有个阴出来。"翠缕道:"这糊涂死了我!……我只问姑娘,这阴阳是怎么个样儿?"湘云道:"阴阳有什么样儿?不过是个气(不是现代科学讲的空气),器物赋了成形。比如天是阳,地就是阴;水是阴,火就是阳;日是阳,月就是阴。"翠缕道:"这些大东西有阴阳也罢了,难道那些蚊子、跳蚤、蠓虫儿、花儿、草儿、瓦片儿、砖头儿也有阴阳不成?"湘云道:"怎么有没阴阳的呢?比如那一个树叶儿还分阴阳呢,那边向上朝阳的便是阳,这边背阴覆下的便是阴。"翠缕看到湘云宫绦上系的金麒麟笑道:"姑娘,这个难道也有阴阳?"湘云道:"走兽飞禽,雄为阳,雌为阴;牝为阴,牡为阳。怎么没有呢?"翠缕道:"这也罢了,怎么东西都有阴阳,咱们人倒没有阴阳呢?"湘云照脸啐了一口道:"下流东西,好生走罢!越问越问出好的来了!"翠缕笑道:"这有什么不告诉我的呢?我也知道了,不用难我。"湘云笑道："你知道什么？"翠缕道："姑娘是阳，我就是阴。"湘云以扇掩面，呵呵笑起来。翠缕进一步说："人规矩，主子为阳，奴才为阴，我连这个也不懂的？"

翠缕很聪明，避开了少女羞于口的"男的为阳，女的为阴"，而是拿主仆说事。其实，这一段是用金麒麟暗示宝玉与湘云的朦胧的爱情关系，因为就在湘云和翠缕边走边讨论阴阳问题时，史湘云捡到了贾宝玉丢失的玉麒麟。这是题外话了。

湘云和翠缕这段有趣的"哲学对话"，充分说明中国哲学的阴阳是两面一体的。

曹雪芹创作的风月宝鉴"魔镜"难道不也是这样的吗？漂亮的凤姐和丑陋的骷髅统一在一面镜子的两面，正是美与丑、生与死的辩证统一。

其实，《红楼梦》中许多人物都是一体两面的。比如王熙凤，一方面能力出众，属"裙钗一二可齐家"之列；另一方面心狠手辣，是包揽诉讼、收受贿赂、克扣下人的主儿。又如林黛玉，一方面锦心绣口，可以说是十二钗中的"诗魁"；另一方面又小性、尖刻、不容人。再如薛宝钗，一方面敦厚平实，赢得贾母等人的喜爱；另一方面又虚伪逢迎，有时还嫁祸于人。

宇宙、世界、人类、动物界，都是对立统一的，有美才有丑，有生才有死。没有无丑之美，也没有无死之生。因此，不能用"非黑即白"的方式看待世界和阅读文学作品。《红楼梦》第1回的《好了歌》及注，就反映了这种"祸兮福所倚，福兮祸所伏"的哲理。比如"陋室空堂，当年笏满床；衰草枯杨，曾为歌舞场"即如是。

三

"风月宝鉴"这面"魔镜"在《红楼梦》里至少有两种作用：一是隐喻提示作用；二是讽劝警示作用。

先说隐喻提示作用。贾瑞遭凤姐"毒设相思局"病重后，无药可医，听到街上有道士口称"专治冤业之症"，就伸着脖子喊："快请那位菩萨来救我。"那道士进来说："你这病非药可医。我有个宝贝与你，你天天看时，此命可保矣。"说着从褡裢里取出那面"魔镜"——风月宝鉴，并告诉贾瑞："这物出自太虚幻境空灵殿上警幻仙子所制，专治邪思妄动之症，有济世保生之功。……千万不可照正面，只照他的背面，要紧，要紧！"就在这句旁边，脂砚斋有两段批语：一是"观者记之！不要看这书的正面，方是会看"；二是"谁人识得此句"。

脂砚斋评的并非指这一句，而指的是《红楼梦》全书。这是在教我们怎样阅读《红楼梦》。从"风月宝鉴"正面是漂亮美人、背面是可怖骷髅来看，它隐喻的是整个贾府表面温柔富贵，底里却肮脏丑陋。比如，秦氏及尤氏二姐妹都是陷贾府于"麀聚之乱"的人。其实，在第7回中焦大趁着酒兴已把贾府"爬灰的爬灰，养小叔子的养小叔子"的家丑骂出来了。这表现的正是"魔镜"的背面。

再说讽劝警示作用。跛脚道人明明告诉贾瑞，"千万不可照正面，只照他的背面"，可贾瑞就是不听，偏偏要照正面，因为正面是漂亮的王熙凤，他可以进去和王熙凤亲热（当然是精神的）。结果，要了性命。这不就是讽劝警示那些有"邪思妄动之症"的人吗？

贾家最后败落的两种"表达"

贾家败落的趋势，凡是看过《红楼梦》前80回的人都知道，因为曹雪芹从书的一开始就明说了，并在书中时时提醒，且在前80回已经写出了贾家败落的迹象。

过去，大家认为贾家是"由盛而衰"。许多专家还为哪时盛哪时衰争论不休。比如，胡适为圆他的"自传说"，为让曹雪芹赶上曹家繁盛时期，不惜让曹雪芹"早生"几年；而"新自传说"创始人周汝昌则直言："曹家的繁华，我以为雪芹确实未曾赶上。"

其实，光看作品也能感到，贾宝玉的生活时代已经不是贾家的鼎盛时期了，或者说早已从顶峰滑落下来了，虽然为了元春"省亲"建了"大观园"，但已现"捉襟见肘"之状，这同赵嬷嬷形容的贾家先辈为皇帝接驾的盛况简直无法相比。可以说，整部《红楼梦》描写的就是这个"滑落"过程的最后一段。

但是，真正使贾家败落的最后一击是什么呢？或者说，贾家败落的直接导火索是什么呢？这就必须看《红楼梦》的续作，因为曹雪芹的书没有完成（或者可能是完成了没传下来），他的前80回只写了贾家败落的一些征兆。

这里我们比较一下两个都声称是曹雪芹原作的本子：一个是《癸酉本石头记》后28回；另一个是高鹗续作的《红楼梦》后40回。

据《癸酉本石头记》后28回的描写，促使贾家败落的最后一击，或者说"导火索"，是贾元春被判通敌并执行死刑。这是对贾府的最沉重打击。因为这，不但贾府被抄家，许多埋在"正常生活"下的违法事实也被揭了出来。比如，贾琏因在国孝家孝期间逼良民退婚、强娶民女、停妻再娶三重罪，被打入死牢。其实，这三重罪就是一件事——偷娶尤二姐，当时是王熙凤用的手腕，先告官再退诉，教训一下贾琏。这在曹雪芹的前80回都充分表现了，这会儿折腾出来了，成了大罪。又如，贾赦因霸占石呆子的古扇和买官被上了枷杠收审。最后，贾赦、贾琏、贾珍、尤氏、邢德全、邢岫烟等都获了重罪，而贾政因藏匿甄家的东西被撤职。从抄家开始，贾家急速败落，家内又跑进了两股匪徒攻击贾家。王夫人、邢夫人相继去世，贾政被亲生儿子贾环（匪头）刺死，只剩林黛玉支撑局面，最终她也上吊自尽。贾家从此一败涂地、家破人亡，极其惨烈。贾环刺死亲生父亲那一节，对贾家家风及封建教育的批判也是足够狠的。

再看高鹗续作是怎样选择"贾家败落"的导火索的吧。

前文说了，第94回在高鹗续作里是"贾家败落"的转折点，也就是闹"花妖"和宝玉"失玉"两个环节。但是，真正"败落"的原因还是抄家。不过，在这里抄家的原因不是"元春获罪"，因为在高鹗续作里元春是病死的，死后还被封为"贤淑贵妃"。在这个本子中,贾家被抄是因为"奴才"倪二的告发,而且是因为一件微末小事而引起的。第104回"醉金刚小鳅掀大浪"说的就是这事:一次,贾雨村坐轿回府,喝醉了的倪二躺在大街上不给让路,结果被捆进官府关押起来。倪二妻女求贾芸帮助说情,因为在前80回曾写到倪二借钱给贾芸贿赂王熙凤,谋了个在大观园植树的差事。这时,贾芸很痛快就答应了倪二妻女的请求,说贾雨村的官职还是贾政帮助得到的,这点小事只要贾府的人说句话就行了。虽说贾芸是贾府本家,但支脉已远,进贾府大门也不容易,这次他连贾府的门都没进去,此事也就没办成,倪家还是求别人才得以释放。于是,倪二就恨上贾芸了。为了报复贾家,他把以前在狱中遇见的张华(尤二姐原来的未婚夫)被逼退婚的事抖搂出来,牵涉到宁、荣二府的不少人,比如贾琏、王熙凤、贾珍等。尤二姐不但被逼退婚,还被王熙凤用软刀子折磨得吞金而死。在官场,贾家也得罪了一些人,两位御史在找倪二核实后,参了贾家一本。于是,皇帝下旨抄家,不仅革去贾家的世袭待遇,好几个人还被判了刑。

但是,高鹗续作留了一个光明的尾巴——后来皇帝又归还了贾家大部分财产,而且把贾赦承袭的世职转给了贾政。

以上两个版本的构思有天大的差别,都是"抄家",前者惨烈,后者温和。这两个本子都写到北静王执行圣旨抄家,但在《癸酉本石头记》后28回里他铁面无私、落井下石;而在高鹗续作里他温情脉脉、于心不忍,临走还嘱咐贾政"请放心",也确实是他上奏皇帝后贾家才得到从宽处理的。

从大的构思方面，应该是前者更接近曹雪芹的原意——贾家败得惨烈、彻底，而且涉政太多，涉及社会的动乱、家庭的内讧、皇帝的昏庸（和亲的事）、外族的入侵，有不少地方明显有反清思想，但艺术上太差了，语言贫乏，叙事生硬；而后者——高鹗续作离曹雪芹思想较远，他不仅留了一个光明的尾巴，也没敢涉及那么多敏感的政治问题。他还是同情封建社会女子的悲苦命运的。他能较好地完成宝黛钗的爱情悲剧，就说明他有那个思想高度，其最大的优点是艺术水平高于《癸酉本石头记》，如写紫鹃见黛玉痰中带血，想掩饰又掩饰不住，回答黛玉的话"竟是鼻中酸楚之音"，描写黛玉吐的痰——"痰中一缕紫血，簌簌乱跳"，描写病中黛玉黄昏时的心情是"千愁万绪堆上心来"，"堆"字简直就是炼字了。《癸酉本石头记》就没有这种出神入化的描写。

"树倒猢狲散"之"树"

《红楼梦》第13回秦可卿给王熙凤托梦说:"如今我们家赫赫扬扬已将百载,一日倘或乐极悲生,若应了那句'树倒猢狲散'的俗语,岂不虚称了一世的诗书旧族了?"

秦可卿的这句话是很有"深意"和预见性的。最终秦可卿一语成谶,因为《红楼梦》第5回"红楼梦曲"的最后一句话就暗示——"好一似食尽鸟投林,落了一片白茫茫大地真干净!"这实际是"倒叙",故事还没展开,先把结果告诉读者了。也就是说,为"猢狲"们遮风避雨的大树终于倒了。

那么,谁是这棵荫庇"猢狲"的大树呢?对此,我们可以从书内和书外两个视域考察。

一

《红楼梦》前80回写贾府的"繁荣",是显而易见的,许多红学家也承认这点。以胡适为代表的"旧自传说"和以周汝昌为代表的"新自传说",二者的重要分歧就是曹雪芹在曹家被抄时年龄有多大,胡适希望曹雪芹早生几年以便赶上曹家被抄前的繁荣,而周汝昌说曹雪芹根本就没赶上抄家前的繁荣,他7岁时曹家就被抄了,因此《红楼梦》里描写的"繁荣"是乾隆为纠正雍正时的一些"错误"而赐给曹家的又一次"繁荣"。总之,大家都认为《红楼梦》前80回是写"繁荣"的(只是"繁荣"的时期不一样),其"衰败"则是后30回或后40回的事,而且都认为"衰败"的原因是贾府被抄家。

实际上,《红楼梦》从一开始就写"衰败"了。而且,如果是写实,曹家被抄是在雍正朝,到乾隆朝曹家复兴而又一次"衰败",鲁迅和周汝昌都认识到了这一点,但是何原因"衰败"并不知道。其实,除了政治原因,就是那样的旧族的自身沉沦,正像胡适说的"只是老老实实的描写这一个'坐吃山空''树倒猢狲散'的自然趋势"。

为什么说《红楼梦》从一开始就写"衰败"了呢?举个例子就清楚了。

《红楼梦》写贾府的第一件实质性的大事,应该是"秦可卿淫丧天香楼"。当然,遵照长辈的意见,作者把"真相"隐去了。但事实还在那儿。《红楼梦曲·好事终》说"家事消亡首罪宁",指的就是这件事。宁府的日常管理也非常混乱。王熙凤协理秦可卿丧事时盘算:"头一件,是人口混杂,遗失东西;第二件,事无专执,临期推委;第三件,需用过费,滥支冒领;第四件,任无大小,苦乐不均;第五件,家人豪纵,有脸者不服钤束,无脸者不能上进。此五件实是宁国府中风俗。"批书人读完这五件事竟"失声大哭"。

这些难道不是"衰败"的征兆吗?

为什么要讨论贾府的"荣枯"问题?因为这牵涉到本文的主题——谁是那棵荫庇"猢狲"的大树。

二

在《红楼梦》中,贾母和王熙凤祖孙俩是荣府的灵魂式人物,而王熙凤又借着贾母的权威,因此可以说贾母就是贾府荫庇"猢狲"的大树。有她在,贾府的秩序就会"井然";她若不在,贾府就会"混乱"。

说到贾府由"盛"转"衰",《红楼梦》第53回透出信息:写乌进孝"进贡"和贾珍嫌东西少以及贾蓉谈贾琏、凤姐、鸳鸯合伙"偷"老太太金银器卖钱救急;第55回露出征兆:写凤姐"下血"病重,王夫人委托探春等临时管家,探春虽有心改革但无力回天。

然而,真正写"转衰"应从贾母离开贾府去参加一位老太妃的葬礼开始。此事在第58回,贾母、王夫人一走,王熙凤一病,因老太妃去世全国禁止娱乐,贾府解散戏班,将那些自由惯了的戏子分到各屋做丫鬟,这乱子就来了,接连出现"嗔莺咤燕"之事、"茉莉粉换蔷薇硝"事件、"玫瑰露"失窃事件,直到贾母回府,这股"乱象"都无法制止,最后贾母以迅雷不及掩耳之势老辣地处理了几个夜间值班赌博的头家,先刹住了赌博歪风。然而就在此时,傻大姐捡了一个绣春囊,引发了"抄检大观园"事件，激化了矛盾。之后，就是晴雯被撵、病逝，贾宝玉痛悼。书到此就没了下文，"芹为泪尽而逝"。

由此可见，贾母应该就是贾府的"大树"。她在，贾府就可以正常运转，还能显示表面的繁荣；她不在，就乱象丛生。

试想，如果贾府没了贾母，那些"猢狲"还能聚拢在一起吗？想来贾府四分五裂是在情理之中的事。政治事件（如"抄家"）只是贾府衰败的最后一击。"坐吃山空"及贾母死后的"混乱""内斗"，才是贾府"衰败"的内因。

三

《红楼梦》作者曹雪芹家的"荣枯"是跟政治有直接关系的。

这一点，红学家们给我们考证清楚了。曹雪芹太爷那辈就跟皇家搭上了关系，还不是一般的关系。据周汝昌考证，曹雪芹的曾祖母曾为"圣祖（康熙）保姆"，而曹雪芹的爷爷曹寅曾"侍帝读"。后一条的证据没有凿实，这个信息是周汝昌亲耳听邓文如先生讲的，但邓先生却把书名忘了，说在北大图书馆，周汝昌就到北大图书馆大搜，却无结果。但周汝昌是坚信不疑的。

不管曹寅是否陪康熙读过书，但其母孙氏当过康熙保姆这件事，应该是可以落实的。其实，曹寅的爷爷曹振彦就被顺治皇帝看中，曾被"诰命"表彰。到了曹寅的父辈曹玺就一直任江宁织造监造。这一职务，顺治时先是一年一换，后来三年一换，到了康熙时就委以曹玺"久任"了。而且，康熙六次南巡就有几次住在曹玺的"织造署"内。曹玺去世后,有几年是别人任职"江宁织造",但很快又转到曹寅手上。这一下,就是曹家独揽了。曹寅去世由他的儿子曹颙任职,曹颙死了由曹寅的过继儿子曹頫(就是曹雪芹的父亲)任职。直到康熙去世、雍正继位,曹家还管着"江宁织造"。

由此可见,曹家的"繁荣"是靠着与皇帝的特殊关系这棵"政治大树"的荫庇,而它的"衰败"也和这棵"政治大树"有关。

稍微了解一点清史的人都知道,雍正皇帝继承皇位的"合法性"存在争议。康熙皇帝由于废太子伤了心,所以一直不立"太子",但他对在前线战斗的十四阿哥允禵更加信任。这是大家公认的。而被称为"富贵闲人"的四阿哥胤禛,并不被看好。然而,康熙因一次感冒而驾崩,他的贴身近臣隆科多宣布雍亲王胤禛继承大位。这时,连胤禛的生母都不敢相信。这里有个重要原因是,在康熙得病前,胤禛曾跟隆科多一起共事——在北京检查粮仓。

由于雍正皇位的"合法性"受到质疑,因此他对威胁其皇位的所有兄弟都进行了残酷打击,许多康熙器重的大臣也受到了牵连。曹家也应属受牵连这一类。表面上,是由于曹家管理的"江宁织造"出现巨大亏空,实际上是曹家跟雍正的一些政敌走得近了些。在曹家被抄后,负责抄家的隋赫德曾给雍正写了一个奏折,说:"窃奴才查得江宁织造衙门左侧万寿庵内有藏贮镀金狮子一对,本身连座共高五尺六寸。奴才细查原因,系塞思赫(满语'猪'的意思,是雍正给皇九子允禟起的名字)于康熙五十五年遣护卫常德到江宁铸就，后因铸得不好，交与曹頫，寄顿庙中。今奴才查出，不知原铸何意，并不敢隐匿，谨具折奏闻，或送京呈览，或就地毁销，均乞圣裁，以便遵行，奴才不胜惶悚仰切之至，谨奏。"从这可以看出，曹家是与雍正的政敌有联系的，这是重大的政治问题。允禟（塞思赫）是雍正的同父异母兄弟，被雍正活活整死。先是全家外迁西宁，后来命塞思赫（雍正眼中的"猪"）单独赴京，却在半路的保定大牢中被关死，时年44岁。雍正美其名曰"冥诛"，意思是老天爷要杀他。允禟死后头7天，没有一个人敢到灵前哭泣，等他家属从西宁赶来才出殡。之后，他的妻子被逐回娘家，长子弘晟被禁锢了50年，直到乾隆时才被释放。曹雪芹父亲竟然藏着允禟当年铸造的金狮子，这个罪过说多大有多大。但曹家并没遭到想象中的打击，只是被抄家了。周汝昌怀疑"有拯曹家未致一败涂地者"。那年曹雪芹5岁，全家从南京搬到北京。

曹家的兴衰跟政治有直接关系，真是"兴也皇家，衰也皇家"。曹家虽然受到雍正的打击，可是乾隆刚一上台就恢复了曹家的地位。首先，他发布"诰命"追封曹家的老祖宗曹振彦为资政大夫；其次，起用曹雪芹的父亲曹頫为内务府员外郎。此外，曹家的亲戚福彭、傅鼐都得到了重用。这也就是曹雪芹赶上的曹家的中兴。按周汝昌的考证，此时曹雪芹也就十三四岁。而且，周汝昌认为，《红楼梦》中写的元妃省亲，就在乾隆元年。

然而，政治有时很险恶。据周汝昌考证，到乾隆十年的时候，"曹氏遭巨变，家已顿落"。是什么原因，不清楚。鲁迅在

《中国小说史略》里也说"不知何因"。

总之,曹家的"荣枯"因皇帝这棵"政治大树"而变。

事实上,曹家真有一棵令人敬仰的大树,那就是曹玺手植的——楝树!

由于这棵楝树,又是修亭,又是作画,曹玺的儿子曹寅给自己起的字号就是"楝亭",并有《楝亭诗抄》《楝亭诗别集》等诗集传世。为了纪念父亲手植的这棵树,曹寅请当时的名流绘图、吟诗、作赋、记事。周汝昌《红楼梦新证》用大量篇幅摘录保留了这些诗词赋序,粗略统计了一下,有50多位名人,包括纳兰性德、尤侗、朱彝尊、费文伟、高士奇等给这棵楝树题词作序,有的还不止题一次,比如尤侗就题了多次,由此可见当年曹家的势力与人脉。

邀请了那么多名人贵胄大歌大颂一棵树的曹寅,就是当初说"树倒猢狲散"的那个人。据清代施瑮在《隋村先生遗集·病中杂赋》诗末自注里说,"树倒猢狲散"是曹寅当年"拈佛语对坐客"所说的。而《脂砚斋重评石头记甲戌校本》第13回在秦可卿临终托梦王熙凤说:"若应了那句'树倒猢狲散'的俗语,岂不虚称了一世诗书旧族了?"此处有眉批说:"'树倒猢狲散'之语,余犹在耳,屈指三十五年矣。哀哉伤哉,宁不恸杀!"

曹寅对父亲手植的楝树情有独钟,还说过"树倒猢狲散"的话,批书人又为此大发感慨,说明封建社会的贵族是有一定"依附"心理的,他们害怕所依附的"大树"倒下。

四

《红楼梦》中秦可卿的"托言"和批书者的"眉批",是有双重意义的,那就是"政治的意义"和"治家的意义"。

所谓"政治的意义",就是前文说的"依附"心理。秦氏说:"若应了那句'树倒猢狲散'的俗语,岂不虚称了一世诗书旧族了?"那么,这棵树指的是什么呢?此前分析贾母是贾家的"树",这只就文学作品的象征意义说的。秦氏指的恐怕不是这个,她是指这个封建大家族依靠的"政治背景"。如果他们所依靠的"政治大树"倒了,家也就完了。当时王熙凤还有些不解,秦氏说:"婶子好痴也!否极泰来,荣辱自古周而复始,岂人力能可保常的?但如今能于荣时筹划下将来衰时的世业,亦可谓常保永全了。"这里讲得很哲学,但秦氏讲的"人力"不能为之事,多半指的就是所依靠的"政治大树"的倒下。因此,曾经历过被抄家的批书者看到"树倒猢狲散"这句话,直呼"哀哉伤哉,宁不恸杀"。

所谓"治家的意义",这在作品中表现得很明显。秦氏给王熙凤出的主意就是,"趁今日富贵,将祖茔附近多置田庄、房舍、地亩",一是可以祭祀永继,二是"便败落下来,子孙回家读书、务农,也有个退步"。秦氏还说,"便是有了罪,凡物可入官,这祭祀产业,连官也不入的"。这大概是现实中曹家被抄家得出的经验吧。然而,曹家并没有一个像秦氏这样有远见的人,以致到曹雪芹这一代竟沦落到"举家食粥酒常赊"的地步。因此，批书人失声痛哭地批道："三十年前，作书人在何处耶？"看来，现实中的曹家并没有像秦氏所说的那样做，于是曹家"政治"大树一倒，子孙便衣食无着、穷困潦倒了。

总而言之，《红楼梦》中"树倒猢狲散"的两重意义，结合到一点，就是作者塑造的贾母的形象。贾母在作品中是灵魂，是那棵遮阳避雨的大树。这棵"大树"一倒，贾家的"猢狲"也就散了。

从一个新观念想到的……

武汉大学教授冯天瑜于 2006 年出版《"封建"考论》一书，提出了一个颠覆人们认知的新观念，就是认为中国秦汉至清末的社会不是封建社会，而应是宗法地主专制社会。这一新观念，很容易使人联想到被称为中国封建社会百科全书的《红楼梦》。

都说《红楼梦》反映的是中国封建社会的文学作品，但按照冯天瑜教授的说法，中国秦至清末的社会不是真正意义上的封建社会。真正的封建社会是充满着人身依附关系的，而中国的地主与农民是雇佣关系。

但是，《红楼梦》反映地主与农民关系的描写很少，却充分描写了独特的"奴仆"现象。

一

《红楼梦》里描写的丫鬟、小厮、老妈子、管家等众多的"奴才"，其实是分为两种不同身份的。

第一种是家生子。所谓家生子，就是贾府的老奴生的子女，自然仍是奴仆；如若没有特殊情况，这些人是世代为奴的。《红楼梦》描写的这类奴仆占整个奴仆队伍的大多数。比如，敢于对主子抗婚的贾母大丫鬟鸳鸯、精明能干让王熙凤称赞的红玉、被王夫人责骂而投井自尽的金钏等。这些人对贾府的"人身依附"关系非常紧密。他们从生到死，吃喝穿住都由主子提供，比如第46回贾赦想收鸳鸯为妾，鸳鸯不从，贾赦就让贾琏到南京找鸳鸯的父亲金彩，贾琏说"金彩已经得了痰迷心窍，那边连棺材银子都赏了"。这说明，奴才死后的发丧钱都是由主子出的。但是，这一切是以牺牲"人身自由"为代价的。奴隶完全依附于主人，好像是主人的一个"物件"，人生的一切大事都要由主子决定，婚姻大事也不例外。又如，《红楼梦》第70回就描写林之孝开列到婚娶年龄的"家生子"小厮名单，要凤姐找适当的"家生子"丫头匹配。这时，凤姐盘算：鸳鸯早就发誓不嫁，也不好强求；琥珀和彩云都有病；只有李纨和凤姐屋里的粗使丫头可以，其余的就让他们到外头自娶了。由此可见，不但女仆由主子配小厮，家生子的小子也必须由主子决定，只有得到主子同意才能到"外头自娶"。

第二种是买来的奴仆。如袭人和那12个戏子等。买来的奴仆和家生子在身份上有很大差别。从本质上说，买卖含有一种"契约精神"，是要签订"卖身契"的。应该说，买来的丫头要比"家生子"身份高一些。因为，到一定年头或卖家有足够的资金了，是可以赎回的。比如，《红楼梦》第19回，宝玉去郊外看回家过年的袭人，回大观园后对袭人夸赞袭人的表妹，说："……我因为见他实在好的很，怎么也得他在咱们家就好了。"袭人冷笑道:"我一个人是奴才命罢了,难道连我的亲戚都是奴才命不成?"宝玉连忙做解释。后来,袭人提出她也要回家的事,宝玉大惊问:"怎么,你如今要回去了?"袭人说:"我今儿听见我妈和哥哥商议,叫我再耐烦一年,明年他们上来,就赎我出去的呢。"宝玉越发怔了,问:"为什么要赎你?"袭人说:"这话奇了!我又比不得是你这里的家生子儿,一家子都在别处,独我一个人在这里,怎么是个了局?"其实,袭人的"卖身契"是"死契",按常理是不能赎回的。那为什么袭人说她要被赎出呢?原来,她回家"过年"时,她的母兄说想赎她出去,她并不愿,因为这时她已是"准姨太太"了。《红楼梦》是这样解释"死契"为什么还能"被赎出"的:"仗着贾宅是慈善宽厚之家,不过求一求,只怕身价银一并赏了还是有的事呢。"

由上可知,买来的奴仆与家生子的身份是不同的。一般来说,买来的奴仆要比家生子"待遇"优越一些。比如,第55回"辱亲女愚妾争闲气"一节,写赵姨娘的兄弟死了要赏钱,吴新登家的故意不说话,让临时执政的探春(赵姨娘亲女)决策。探春问共同"执政"的李纨,李纨就拿不久前袭人母亲死了赏银四十两为例,也赏赵姨娘弟弟四十两。探春敏感,怕下人"使套",就要他们查"旧例"。结果,"外面的"(指买来的奴仆,包括已是姨太太的)赏得多,是四十两;"家里的"(家生子)赏二十两,因此探春要下人赏她舅舅家二十两,这才引起赵姨娘大闹"议事厅""辱亲女""争闲气"。由此可见,买来的奴仆要比家生子有脸一些。这跟出身有关,家生子的上代、上上代就是奴才,又加上是自家奴才所生，因此待遇低一些；买来的奴仆，上一代是自由民（准确说是农民），有些"客情"在里面，因此待遇要高一些。

二

《红楼梦》描写了贵族家庭各个层次的人物。与其他古典小说相比，曹雪芹的突出贡献是塑造了封建贵族家庭里的奴隶者群像。据粗略统计，《红楼梦》共出现大约340人，而真正的主子不过二十几个人，其余都是侍候主子的奴仆。这些奴仆并非田间劳作的农奴，更不是欧洲封建社会的奴隶——"会说话的牲口"。除了具有"依附性"和没有太大的人身自由，他们还是有思想、有性格、有追求甚至敢反抗的。

曾有评论说贾府是"黑暗王国"，是"奴婢的地狱"，但它毕竟还披着温情脉脉的面纱。有些奴才甚至受到主子的赏识和"重用"。比如，第39回写几个主子评论几个大丫头。李纨对平儿（也是奴婢，但已成半个主子）说："有个凤丫头，就有个你。你就是你奶奶的一把总钥匙……"又说："大小都有个天理。比如老太太屋里，要没那个鸳鸯，如何使得？"贾宝玉说："太太屋里的彩霞，是个老实人。"探春说："外头老实，心里有数儿。太太是那么佛爷似的，事情上不留心，他都知道。凡百一应事，都是他提着太太行。"李纨指着宝玉："这一个小爷，屋里要不是袭人，你们度量到什么田地？"这里表扬的几个奴才——平儿、鸳鸯、彩霞、袭人，都当着半个主子的"家"。她们靠的是什么？

我想应是忠诚与能干。这正是欧洲封建社会领主与附庸"臣服"关系的表现。中国贵族大家族里的主奴关系也是如此。

不管是家生子还是买来的，贾府的奴仆都有些思想性格，是有血有肉的人，并不是会说话的牲口。选几个实例——

一是看得透、有追求的红玉（又叫小红）。红玉是林之孝（管家）的女儿，是个家生子奴仆，先在宝玉屋里做粗活，后来因精明能干攀了高枝儿——被王熙凤要去使唤。她看得开，也看得远。比如，宝玉、凤姐遭赵姨娘和马道婆用"魇魔法"致病又康复后，贾母奖励侍候的下人，宝玉屋里的有袭人、晴雯、绮霞等都得到奖励。小丫头佳蕙不服气，对红玉说："……可气晴雯、绮霞他们这几个，都算在上等里去，仗着老子娘的脸面，众人到捧着他去。你说可气不可气？"这时，红玉说了一番有远见的话："也不犯着气他们。俗话说的好：'千里搭长棚，没有个不散的筵席。'谁守谁一辈子呢？不过三年五载，各人干各人的去了，那时谁还管谁呢？"在别人还沉溺在"温柔富贵乡"里的时候，红玉却预见了"千里搭长棚，没有个不散的筵席"。这点比其他的主仆都看得远。她暗中看上了贾芸，就用"手帕"传情，得到了"爱情"。后来，还是她在狱神庙解救了落魄后的宝玉。不过，后一点只是在畸笏叟评语中透露的，流传下来的前80回《红楼梦》并没有这个情节。

二是有性格、敢笑敢骂的晴雯。晴雯是作者浓墨重彩描写的奴仆，排在"金陵十二钗"副册的第一位，评价是"心比天高，身为下贱，风流灵巧招人怨。寿夭多因诽谤生，多情公子空挂念"。晴雯性格非常有棱角：不畏主子的淫威，讥讽阿谀逢迎的"奴性"（尽管她也是奴才），嫉恶如仇且我行我素。可以说，虽为奴才却没有一点奴性。举几件她的"行状"就可看出其性格：因跌断扇子骨被宝玉"批评"，她就"顶撞"宝玉，宝玉让她撕扇子作乐；宝玉不小心将俄罗斯进口的雀金裘烧了一个洞，第二天还要穿，怎么办？所有丫头包括袭人都不会补，只有晴雯能揽这个"瓷器活"，于是，感冒卧床的她带病足足用一个寒夜补好了雀金裘，然而病更重了；坠儿偷了凤姐的镯子，晴雯知道后就用簪子戳坠儿的手，说"要这爪子作什么？……眼皮子又浅，爪子又轻，打嘴现世的，不如戳烂了"；借秋纹在王夫人那里得了些衣物，她鼓动丫头们讽刺袭人，说袭人是"西洋花点子的哈巴儿"，并直接揭穿袭人的"伪善"，说"你们别和我装神弄鬼的，什么事我不知道"；抄检大观园时先查怡红院，袭人恭恭敬敬打开箱子让查，其他丫头也不敢不恭。此时晴雯患病在屋里没有打开箱子，王善保家的问："是谁的，怎不开了让搜？"只见晴雯绾着头发闯进来，"豁"的一声将箱子掀开，两手捉着底子朝天，往地下尽情一倒，将所有之物尽都倒出。王善保家的弄了个没趣。这就是晴雯！哪里有半点"奴性"？

三是敢对主子"逼婚"说"不"的鸳鸯。正像上文引用李纨的话说的——"老太太屋里，要没那个鸳鸯，如何使得？"实际上，鸳鸯既是贾母的贴身丫鬟，又是贾母的"管家"，贾琏、王熙凤管家时资金周转不开，想拿贾母的金银器换钱，还要找鸳鸯帮忙。鸳鸯是家生子，父母都在南京看房子。她能得贾母喜爱，一定方方面面都很出色，不论是模样、为人、能力，都是上乘的。贾母选人不但看德、才，还看长相。正因如此，贾赦看上了鸳鸯，要纳她为妾。贾赦的大老婆邢夫人先找王熙凤说这事，又直接找鸳鸯谈，再找鸳鸯哥嫂说。鸳鸯誓死不从，她骂她的嫂子："怪道成日家羡慕人家女儿作了小老婆了，一家子都仗着他横行霸道的，一家子都成了小老婆了。看的眼热了，也把我送在火坑里去。我若得脸呢，你们外头横行霸道，自己就封了自己是舅爷了。我若不得脸败了时，你们把忘八脖子一缩，生死由我去。"最后，鸳鸯将这事闹到贾母那里，拿着剪子要剪掉头发"出家"，贾母命人制止鸳鸯的行动，大骂儿子、儿媳，贾赦也不敢怎样了，但还威胁鸳鸯除非不嫁人，否则逃不出他的手心。鸳鸯说，有老太太一日，她侍候一日；老太太归天了，她就"出家"，再不还有一死。

四是能忍让、顾大局、外"愚"内"精"的袭人。袭人也是个有思想的人，但她更多的是维护封建礼教。为什么一个奴仆要维护封建礼教呢？这就是马克思主义认为的，统治思想就是统治阶级的思想。也就是说，被统治的人也要受当时统治思想的影响。上文说了，袭人是买来的奴隶，而且是"死契"。她是贾母送给宝玉的大丫头。也正如上文提到李纨的评价，宝玉屋里若没有了袭人，真不知怎样。在宝玉屋里，袭人的确能罩得住，也拢得住人，原因是她能忍让、顾大局。比如，宝玉将元妃赏赐的糖蒸酥酪留给袭人吃，却被李嬷嬷吃了；袭人怕宝玉找李嬷嬷算账，就说自己不爱吃酥酪，爱吃风干栗子，让宝玉给她剥栗子吃。息事宁人、为人低调，是袭人的思想和做事的风格。最突出的，是她对"男女之大防"的坚守。有一次宝玉和林黛玉拌嘴，黛玉走了，袭人来叫宝玉，宝玉沉迷其中，竟错把袭人当成了黛玉，说了些情话。这引起袭人的警觉。于是，袭人向王夫人建议："怎么变了法儿，以后竟还教二爷搬出园外来住就好了……如今二爷大了，姑娘们也大了。倘或不防，前后错了一点半点，不论真假，人多口杂，若要叫人说出一个不好字来，我们不用说粉身碎骨，二爷一生的品行名声岂不完了！"王夫人听了这番话如雷轰电掣一般，说："我的儿，你竟有这个心胸……"由此，袭人就获得了"准姨娘"的待遇，所需费用从王夫人的例钱里划拨。袭人的这个"担心"不无道理，但自己为什么先跟宝玉"云雨"了呢？再加上第5回对她的判语"堪羡优伶有福，谁知公子无缘"，所以评家都认为她"虚伪"。

五是想自己主张命运的司棋。司棋也是个家生子，是迎春的大丫鬟，父母是侍候贾赦一家的奴仆，也是老奴王善保家的（抄检大观园的干将）的外孙女，跟鸳鸯是"耳鬓厮磨"的伙伴儿。司棋给人印象最深的有三件事：一是砸厨房。有一次她要吃鸡蛋羹，打发小丫头莲花到厨房让柳嫂做，柳嫂说没有鸡蛋不能做，结果被莲花翻出鸡蛋。莲花回去向司棋汇报，司棋带着人把厨房的菜和肉都扔了。问题来了：一个奴才怎么会有这么大的胆子？细思也有道理，因为奴才也是分等级、分层次的。司棋虽是奴才，但地位要高于做饭的柳嫂。当然，这里也有柳嫂想让女儿进怡红院偏向宝玉那一派的缘故——晴雯要吃芦蒿，她就做好屁颠屁颠给送去。二是与表兄潘又安私订终身且在大观园幽会,并被鸳鸯撞见。"私订终身"、与意中人"幽会",这些连主子都不敢想的事,这个奴婢却敢想敢做!这件事如被揭出,他们的小命可能难保。因此,他们被鸳鸯撞上后,"磕头如捣蒜",哭道:"我们的性命都在姐姐身上,只求姐姐超生要紧!"鸳鸯说:"你放心,我横竖不告诉一个人就是了。"三是抄检大观园时她"私订终身"事露,遂被逐。抄检大观园表面看是王夫人决策、王熙凤执行的,其实根子却在长房贾赦那一支儿。起因是傻大姐捡的那个"绣春囊"。又是谁将"绣春囊"丢在大观园的呢?只要稍加思索就知道,很有可能是司棋和表兄私会时丢掉的。这应该是曹雪芹埋下的一个伏笔,因书没写完也就没揭示出来,但《癸酉本石头记》却把这盆污水泼到了薛宝钗头上。其实,发现傻大姐玩弄"绣春囊"并将此交给王夫人的是邢夫人(贾赦之妻),而王善保家的是抄检大观园的前锋和干将。这正中了"搬起石头砸自己的脚"的老话,全园都没查出"问题",唯独在司棋的箱子里搜出了潘又安给她的信物和求情信。王熙凤暗中高兴,倒要看看王善保家的怎样处理,羞得王善保家的自打嘴巴,说"现世现报"。由于搜出了"违禁物",另一派周瑞家的向王夫人建议驱逐了司棋。

《红楼梦》里描写的奴隶群体是一个被压迫的,却有着鲜明个性的群体,这里只是举几个例子。此外还有,如被王夫人撵出而跳井自杀的金钏、为姐姐的死耿耿于怀又接受宝玉盛情亲尝"莲叶羹"的玉钏、有第二袭人之称的麝月、企盼"自由"的春燕和她的母亲、雨中"画蔷"并将贾蔷特意为她花重金买来的小鸟放飞的龄官；还有敢骂主子的焦大、已进入上流社会的贾府管家赖大及儿子赖尚荣、贾府庄园的管理者乌进孝，以及那些奶妈等，各有各的面目神情。

如果说《红楼梦》只写宝黛钗爱情或仅写贾家由盛而衰的命运，那就有些简单了。那么多活生生的各色奴隶的群像，也是作者非常着力的地方，好多奴仆如平儿、鸳鸯、袭人、晴雯、麝月、紫鹃、金莺、金钏、红玉、司棋等，都是作为主要人物来用心写作的。不少奴婢的名字是上了回目的，也就是说那一回书里她就是"主角"。

然而，许多分析《红楼梦》的文章都忘记了这群人，他们分析的多是黛玉、湘云、宝钗等主子；而红学所关注的就更不是这些人了，甚至连那些主子都很少关注，关注的是作者神秘的家史，扩大一点是相关的清宫秘史，有的甚至不惜"捕风捉影"。

应该说，《红楼梦》里描写的奴隶群体是"抱团"的、有"阶层意识"的，因为他们有着一样的处境和人生。比如，当鸳鸯被"逼婚"时，袭人、平儿等主动聚在一起商量对策，共同对付鸳鸯的嫂子。当然她们也各有各的心思，不会有什么共同行动的，不过是同情罢了，因为，有的已攀上了"统治阶层"，成了准姨太太或姨太太。尽管这样，但"兔死狐悲"，同类的人还是最容易激发同情心的。

三

当然,《红楼梦》描写的奴隶群像及他们的生活,既不是中国典型的奴隶社会的状况,也不是地主与农民的生活状况,而是一种特殊的奴隶制残余。

为什么这样说呢?因为,就当时整个中国来说,占主流的还是一般地主与雇佣农民的关系。一般地主的土地是由买卖而得的,而那些贵族的土地则是朝廷封赏的,当然也一定会有购置的土地。《红楼梦》第13回,秦可卿临死时给王熙凤托梦就说:"……莫若依我定见,趁今日富贵,将祖茔附近多置田庄、房舍、地亩,以备祭祀供给之费,皆出自此处;将家塾亦设于此。"由此可见,即使贾府那样的贵族除了原有的庄园,也还要再买土地。秦可卿算计得更好:"便是有了罪,凡物皆可入官,这祭祀产业连官也不入的。便败落下来,子孙回家读书务农,也有个退步,祭祀又可永继。"

欧洲或北美的封建社会,领主和农奴是构成社会的主要成分;而在中国封建社会(冯天瑜称"宗法地主专制社会")构成社会主要成分的是地主和农民,而奴隶(包括奴仆)只作为分封制的残余存在。孙中山说:"欧洲两百多年以前还是在封建时代……中国两千多年以前,便打破了封建制度。"孙中山这里说的"封建制度"指的是商周时的"分封制",而并非秦汉以后的"封建制"。

关于这个问题,武汉大学冯天瑜教授在《"封建"考论》一书中有详细的论述。

应该说,标准的封建社会(欧洲的封建社会或中国夏商周分封制的封建社会)是以人与人的"依附关系"为主要特征的。这一点,法国史学大师马克·布洛赫在《封建社会》一书中有过充分论述。他说:"在关于封建主义的词汇中,任何词汇都不会比从属于他人之'人'这个词的使用范围更广,意义更泛。"他还说:"封建制度意味着一群卑微的人对少数豪强严格的经济从属。"

何谓"依附关系"?何谓"经济从属"?其实就是一种"臣服"关系。

在欧洲的封建社会里普遍流行一种"臣服礼",经过"臣服礼"地位较高的一方是"领主",而地位较低的一方就属于领主的"人"(或者叫"附庸")。附庸必须效忠领主,当然领主也有义务保护附庸,主要是赐给附庸土地(通过战争掠夺来的土地),这些土地就是"采邑";而在"采邑"里,这些附庸又成了领主,而为他耕种劳作的人就是"农奴"。这些土地是受赏得来,而且是世袭的。当然,奴隶一般也是世代为奴的。

中国秦至清末的社会,虽然也被称为"封建社会",但与欧洲的封建社会迥然不同。最主要的区别就在人与人的"依附关系"和土地的获得方式上。中国秦代以后的主流社会,在社会管理上实行"郡县制",除了皇帝一人,理论上其他官员都不是"世袭"的;一般地主的土地是买来的,并非靠"赏赐"而来。因此,人与人也没有欧洲封建社会那样普遍的"依附关系"。正像冯天瑜在《"封建"考论》中说的,"就总体言之,这是土地可以买卖、农人有一定程度身份自由的时代。秦汉以下的农人，虽然深受剥削压迫，但其一般并未负荷法定的人身依附枷锁，改事他业、迁移住地在法律上不成问题，这与欧洲中世纪的农奴颇有差异"。所以，冯教授把秦汉至清末的社会形态命名为"宗法地主专制社会"（简称"地主社会"）。

当然，这只是一个方面。秦朝是坚决实行"郡县制"的，却二世而亡，因此自汉以后就在"郡县制"的基础上又实行了部分的"分封制"。为什么会这样呢？因为秦末的农民大起义，使后来的统治者更惧怕下层人民的反抗，所以将自己的儿子们包括重要的亲戚和有功的大臣封为"封国"（国中之国、大朝廷下的小朝廷），以便"有事"时互相照应。这就造成奴隶制残余像个"尾巴"一样伴随着整个封建社会（冯天瑜教授称之为"地主社会"）而存在，特别是清朝贵族进关之初曾进行"跑马占圈"式的圈地运动。此项运动从顺治年间到康熙年间进行了20多年，最后由康熙宣布结束。那其实就是清朝统治者给贵族的赏赐。

那些被抢去土地的农民，就成了贵族庄园里的农奴。《红楼梦》里给贾府送年货的黑山村的乌进孝，老远把各种年货送到京城贾府，但主子贾珍却很不满意，说"这真真别让人过年了"。乌进孝是庄头，在庄园里劳作的农人怎样，书中没写，有可能就是"失地"农民变成的农奴，当然也会有被雇佣或者租地的农民。不说那些农民，单说那些"农奴"和为贾府服务的几百口子男女奴仆，这是中国封建社会（或曰"宗法地主专制社会"）奴隶制残余的一个缩影。与冯天瑜教授说的"改事他业、迁移住地在法律上不成问题"的农民相反,这些奴仆是不能随便"迁移"的。《大清律·刑律》就规定,奴隶"背主私逃",要"杖四十,面上刺字,交与本主人";还规定,"凡奴仆首告家长者,虽所告皆实,亦必将首告之奴仆照律从重治罪"。其实,那些奴仆也没处逃,他们最怕被主人撵走,金钏、晴雯不都是被王夫人撵走后死掉的吗?这都是因为这些奴仆没有生存手段,除了依附主人只有死路一条。

上述就是《红楼梦》表现出的"奴隶制"残余。因为除了这些贵族家庭还残存着人身依附关系的奴隶制外,当时中国大部分地方实行的则是"宗法地主专制"制度。

附录

读经典小说，要做到"见著知微"。不少人阅读的时候，只顾看故事、图热闹，而忽视了那些似现非现的细节。

其实，那些细节才是作者努力思考与经营的，因为它往往是故事的起因，又是故事发展的线索。比如，《红楼梦》描写的"蔷薇硝"事件，起源于湘云脸痒擦"蔷薇硝"，发展到后来引起赵姨娘大闹怡红院的风波；而小小的"绣春囊"却引来"抄检大观园"的狂风巨浪。

细节,小说中的"微循环"

"微循环",是医学名词,是指通过毛细血管和微动脉、微静脉进行的血液循环,以此维持生命的健康和活力。

小说中的细节描写,就好像是人体的"微循环"。如果小说没有好的细节描写,那么这部小说也就没有血肉了,只剩下一副单薄的"故事"架子。那么,再好的主题思想也不会表达好。

《红楼梦》的细节描写是很出色的。

一

通灵玉,可以说是《红楼梦》全书的灵魂。首先,它来历不凡,是女娲补天剩下的一块"顽石",又经过几世几劫修炼,被一僧一道带到凡间投胎,正好就投到贾府,因此贾宝玉衔玉而生;其次,整部《红楼梦》就刻在女娲补天的那块"顽石"上,所以它的化身——宝玉从娘胎里带来的通灵玉——也就承载了这部奇书;最后,它既是宝玉佩戴的饰物,又是宝玉免灾辟邪的灵物,还是男女婚姻大事的一种信物的象征。

通灵玉在《红楼梦》第1回首先提出,标题就是"甄士隐梦幻识通灵"。这块玉是作为全书整体构思的一个关键细节来"使用"的。作者在动笔之前可能就有了关于"通灵玉"的构思。在这一回里，先是由作者直接叙述，接着又通过甄士隐的梦来描写，内容非常丰富，预示了后文的许多人与事。

通灵玉在第2回又被冷子兴提及。贾雨村在姑苏做林黛玉的家庭教师期间，有一次与冷子兴聊起贾家的事，冷子兴说："不想次年又生了一位公子，说来更奇——一落胎胞，嘴里便衔下一块五彩晶莹的玉来，上面还有许多字迹——就取名叫作宝玉。"

经过两番铺垫，通灵玉第一次正式"露面"是在第3回。黛玉因母亲仙逝而随贾雨村乘船由苏州北上"神京"。到了贾府，黛玉见了众姐妹后见宝玉，宝玉亮出通灵玉并问黛玉有没有玉，黛玉说"那玉是稀罕物，岂能人人都有"，听了这话宝玉就大摔通灵玉。这是曹雪芹第一次描写通灵玉，写的就是"摔玉"。后面的章节多次描写宝玉"摔玉"，都是因为宝黛互探心底时黛玉把通灵玉作为信物象征引起的，因为宝钗有个金锁，暗指"金玉良缘"。

集中细致描写通灵玉是在第8回"比通灵金莺微露意"。书里说的是宝钗病了，宝玉去看她，开始聊些家常，后来宝钗说："成日家说你的这玉，究竟未曾细细的赏鉴，我今儿倒要瞧瞧。"宝玉就摘下来。作者这样描写："只见大如雀卵，灿若明霞，莹润如酥，五色花纹缠护——这就是大荒山中青埂峰下的那块顽石的幻相。"作者特意为此赋诗一首，即"女娲炼石已荒唐，又向荒唐演大荒"云云。作者还详细地描写了通灵玉正、反两面的题字，并用毛笔写出篆字图样。可谓逼真。

至此，作者已经多次渲染：第1回作者直叙并通过甄士隐的梦描摹；第2回从冷子兴的口中提起，这都是"虚写"，作铺垫；第3回宝玉见黛玉，通灵玉"露面"，是实写，但还看不太清；第8回与宝钗比金锁，实写，近镜头特写。

在后来的章节中，作者还多次描写通灵玉。比如——

作为见证者出现。第17、第18回在描写贾元春省亲的宏大场面后，作者突然加了这样一段话："此时自己回想当初在大荒山中，青埂峰下，那等凄凉寂寞；若不亏癞僧、跛道二人携来到此，又安能得见这般世面？"作者在尽心尽力描写元春出宫的势派、贾家上下忙乱又肃静、万众瞩目的场面后，怎么突然就想起写了这两句话？粗心的读者不会注意到它，可能还会嫌它多余。其实，这正是作者缜密的地方。

遭难时刻显灵。第25回"魇魔法姊弟逢五鬼　红楼梦通灵遇双真"就讲了这件事。赵姨娘为了害宝玉和王熙凤，伙同马道婆用纸人纸马邪招暗中施法，结果使宝玉、熙凤都疯了，最后水米不进，贾母悲痛不已。赵姨娘还来劝贾母趁早给他们准备后事，被贾母啐了一脸。下人说两副棺材做好了，贾母叫把做棺材的人打死。就在一片混乱之中，忽从街上传来隐隐的木鱼声。原来是将通灵玉带到世间的那一僧一道来了。那僧对贾政说："你那里知道那物的妙用？只因它如今被声色货利所迷，故不灵验了。你近且取他出来，待我们持诵持诵，只怕就好了。"经过那和尚、老道一番持诵，通灵玉显灵了，宝玉、熙凤的病渐渐好起来。

以后，通灵玉在作品中仍时不时被提起，有时宝玉因跟黛玉误会而"摔玉"，有时不小心弄丢，闹得人仰马翻。直到高鹗续后40回时，还不断"使用"这块通灵玉。这些也许写得有点离谱，因而被俞平伯批评为"东方的浪漫"。

二

对薛宝钗金锁的描写也在第8回。当宝玉摘下通灵玉看时，宝钗口中念着上面的字"莫失莫忘，仙寿恒昌"，丫鬟金莺就说，"我听这两句话，倒像和姑娘的项圈的两句话是一对儿"。经宝玉央求，宝钗从怀里掏出"珠宝晶莹、黄金灿烂的璎珞"。宝玉托着那锁看时，果然有八个字："不离不弃，芳龄永继。"据金莺说，这个金锁也是个癞和尚送的。这是集中描写金锁一节，以后经常出现在黛玉的口里，一方面讽刺宝玉，一方面内心嫉妒痛恨——所谓"金玉良缘"嘛。

史湘云的麒麟是在第31回"因麒麟伏白首双星"里提到的。湘云从凤姐那里出来去大观园，路上她和丫鬟翠缕讨论起中国哲学的一个重要问题——阴阳问题，翠缕把能想到的死物活物、动物植物问了个遍，湘云都做了圆满的回答。忽然，她看到湘云腰间挂着的麒麟，就问："这个麒麟有阴阳吗？"湘云说："走兽飞禽，雄为阳，雌为阴。"这样说着，翠缕发现了蔷薇架下有一个金光闪闪的东西，原来是宝玉丢的金麒麟。这个金麒麟正是贾母率众家人去清虚观打醮时,那张道士送给宝玉的。此事在第29回。张道士稀罕宝玉的通灵玉,就在贾母的允许下放在托盘里端着给小道士们看,转了一圈却转回了一盘子的宝贝,都是小道士们敬献的。宝玉不想要这些东西,贾母就挑了一个赤金点翠的麒麟给宝玉。这时宝钗说湘云也有一个麒麟。宝玉听了这话,急忙把这个金麒麟揣在怀里,还用眼瞟着别人,怕人家发现他的心事。周汝昌根据这些描写,再加上其他的考证,认为最后宝玉与湘云结婚,而且认为前面描写黛玉、宝钗都是铺垫,最终要写的是湘云。他在《谁知脂砚是湘云》一书中说,《石头记》改了多次,但"因麒麟伏白首双星"这八个字始终没改。在周汝昌校订批点本《石头记》第31回的评点中他甚至说,《石头记》不妨再加一个异名,即《双麟记》。

三

细节,有时是小物件、小东西,有时则是特意安排的小动作。比如,第30回描写芳官"雨中画蔷"就是如此。晴空赤日,宝玉从王夫人那里回大观园,途中见蔷薇架下有个女孩子在用簪子"挖土",以为她是"东施效颦"学黛玉葬花,但细看时原来她是在地上画字。宝玉就跟着她的笔画猜想是个什么字,原来是"蔷"字。那个女孩子画了一个又一个,不知画了多少个"蔷"字。她画得痴迷,宝玉也看得发痴,竟不知天下起了暴雨,被淋成个落汤鸡。

原来,"画蔷"的女孩是戏班的戏子,她画的"蔷"就是贾蔷。

这个细节上承第16回,元春省亲在建大观园的同时还成立了戏班子,而贾蔷走了贾琏、王熙凤的后门讨得采买和管理戏班子的美差。这个"画蔷"的女孩就是戏班里的芳官,她对贾蔷产生了爱情。这个细节还下启第36回"识定分情语梨香院"。宝玉在女人堆儿里长大,且受到黛钗云的爱恋,还受到袭人、晴雯等有品位、有姿色的丫鬟的羡慕,因此就以为年轻女子都会追捧他。然而到了梨香院,见到"画蔷"的芳官,觉得很熟就让她唱一段《牡丹亭》的曲子,芳官推托"嗓子哑了",就是不唱。宝玉从来没受过这样的"被人弃厌",就悻悻而去。宝官告诉他"蔷二爷来了叫他唱,是必唱的"。原来,贾蔷为哄芳官玩去街上买了雀儿来,芳官却抢白了贾蔷,说"你分明是弄了他来打趣形容我们"。贾蔷听了这话就把花二两银子买的雀儿放飞了。两个人又说些体贴的话。

这时书中写道:"宝玉见了这般景况,不觉痴了,这才领会了画'蔷'深意。"回到怡红院,他对袭人说:"昨夜说你们的眼泪单葬我,这就错了。我竟不能全得了,从此只是各人各得眼泪罢了。"这就叫"识定分"。

你看,"画蔷"这个细节,像一根无形的线,把相隔甚远的第16回、第30回、第36回中的三个点连接了起来。如果你只看故事、看热闹而没看明白这个细节,那就没理解作者的用心,就没读懂《红楼梦》。

四

"蔷薇硝"事件和"玫瑰露"事件这两组细节是套着写的,牵扯了四回书,反映了赵姨娘和贾环一派的浅薄无礼、宝玉和平儿一派的宽厚大度、探春有才而无奈的不同人性和复杂的人际关系。

"蔷薇硝"事件是由史湘云觉得脸痒向薛宝钗要蔷薇硝擦脸而引起的。宝钗的蔷薇硝已经用完,就派丫鬟去潇湘馆黛玉那里去拿。丫鬟去的路上发生的一系列事件就不说了。问题是,宝钗的丫鬟蕊官(戏班解散后分给宝钗的戏子)要宝玉的丫鬟春燕给芳官(戏班解散后分给宝玉的戏子)带些"蔷薇硝"去;当春燕将蔷薇硝交给芳官时,正好被来看宝玉的贾环看见,于是贾环就向宝玉提出要一半;宝玉答应了。芳官不愿把蕊官送她的东西给别人,就说再拿些新的去。然而一时又找不到,麝月就对芳官说:"你不管拿些什么给他们,他们那里看得出来?"于是,芳官就将"茉莉粉"包了一包给了贾环。

贾环乐颠颠地拿去送自己喜欢的丫鬟彩云。此时,彩云正跟赵姨娘闲谈。打开贾环拿来的纸包,说:"这是他们哄你这乡佬呢。这不是硝,这是茉莉粉。"赵姨娘听了就撺掇贾环"去照脸上摔给他去"。贾环不敢去,赵姨娘就骂贾环"没刚性""被那起屄崽子耍弄"。说不动贾环,赵姨娘就亲自出马直打到怡红院。正好宝玉去黛玉那里,赵姨娘打了芳官两个耳刮子。戏班的人不同一般的丫鬟，她们一是有些野性，二是抱团儿。听说芳官受了欺负，各屋的戏子丫鬟都来助阵。豆官一头差点将赵姨娘撞一个跟头。接着，蕊官、藕官、葵官、豆官抱住赵姨娘。这事很快惊动了"上方"，尤氏、李纨、探春来了，喝止了四人。后来，探春批评了亲生母亲赵姨娘，又暗中查访是谁在这里添油加醋。

上述就是蔷薇硝换茉莉粉引起的风波。

至于"玫瑰露"引起的风波，高潮在第61回已经过去，作者在第62回又做了收拾。余波写得非常好，思想内容又有新拓展，更深刻地反映了不同的人性：一是写赵姨娘知道"玫瑰露"是彩云从王夫人那里拿来的，担心被查出。但彩云说："宝玉应了，从此无事。"赵姨娘放了心，贾环却吃了心，把彩云私赠的东西朝她脸上摔去，说："你不和宝玉好，他如何肯替你应。"彩云急得哭了，怎么解释贾环都不信。二是写探春特意为平儿过生日。这一天是贾宝玉、薛宝琴的生日，很凑巧，也是平儿的生日。平儿是王熙凤从娘家带来的大丫鬟，而且已经被贾琏收为屋里人，但毕竟是丫鬟出身，所以不曾公开，平日只是自己偷偷地过。探春知道这天也是平儿的生日后，就说："今儿倒要替你过个生日，我心里才过得去。"于是，专门为平儿办了生日酒席。这是探春报答平儿的"情权"——为不伤她这个好人而放过赵姨娘。平儿处理"玫瑰露"事件，充分体现了她的宽宏大量、顾全大局和灵活决策的人品，探春特意为平儿过生日，也反映了她的知恩图报。这些与贾环、赵姨娘的龌龊形成了鲜明对比。

五

《红楼梦》对"绣春囊"事件的描写是最典型、最全面的。它可以分为伏笔、初显、高潮、余波、后续影响等,起码牵涉到六回书。

就说"伏笔"吧,在第71回,读者若不认真想一想是根本看不出来的,因为作者在这一回只字未提"绣春囊"的事。从这一回的标题"嫌隙人有心生嫌隙 鸳鸯女无意遇鸳鸯"可以看出,前半回主要写邢夫人觍着脸向贾母要鸳鸯当自己丈夫贾赦的小老婆,遭到贾母的嘲讽和鸳鸯的坚决抵制,鸳鸯为疏解内心郁闷就到大观园找姐妹们宽心;后半回写晚上鸳鸯回贾母处,因内急要小便,在湖山石后大桂树下发现一对男女私会,原来是司棋和她的表兄。司棋给鸳鸯磕头要她替他们保密。鸳鸯答应她了。

这里并没有提"绣春囊"的事,却是作者留下的伏笔。因为曹雪芹没有完成《红楼梦》,在前80回看不出来。这一定又是个"伏笔千里"的悬念。《癸酉本石头记》后28回把丢"绣春囊"的事栽赃在薛宝钗的头上,实在是不合情理。其实,这应该是司棋与表兄幽会时不小心丢的。

第73回正式写"绣春囊",是这一事件初显。由于管理松懈,大观园出了一些事,贾母趁大家给她请早安的机会,研究严查夜间值班脱岗、赌博的事。中午休息时,邢夫人想到大观园里散散心。谁知半路遇上做粗活的傻大姐拿着个"花红柳绿"的东西嬉笑着玩。那就是"绣春囊",上面绣着一对裸体男女盘腿相抱。邢夫人见了这个吓了一跳,赶忙抢过来收起并嘱咐傻大姐不要往外说。

第 74 回,是这一事件的高潮,因为"绣春囊"而抄检大观园。这一事件应该是贾府败落的转折点。

第 75 回,是这一事件的余波。余波一,是尤氏说一些闲话表示对"抄检"之事不满。她跑了一上午,到李纨那里洗把脸。她坐在炕沿上,小丫鬟炒豆儿端着脸盆猫腰站着侍候,就被另一个小丫鬟说不懂礼,炒豆儿就急忙跪下举着脸盆让尤氏洗。尤氏就借着这个机会发泄对抄检大观园的不满:"我们家下大小的人,只会讲外面的假礼假体面,究竟作出来的事都够使的了。"余波二,是探春主动劝薛宝钗搬出大观园(因为是亲戚,抄检大观园时没有搜宝钗的住处),并对尤氏说:"咱们倒是一家子亲骨肉呢,一个个不像乌眼鸡,恨不得你吃了我、我吃了你?"这些事都发生在"抄检大观园"的第二天。

第 77、第 78 回,是"绣春囊"事件的后续影响,主要写晴雯被逐后,宝玉去看望;晴雯死后,宝玉深情撰写《芙蓉女儿诔》。

总之,"玫瑰露""绣春囊"这两个细节的底层逻辑是非常清晰的,阅读《红楼梦》时千万不要只看各种人物的表演,而忽视了这些有形无形的细节、线索。

"诸回梗概"选

我在读《红楼梦》时曾做过前79回的"诸回梗概"（分故事梗概、本回出现的人物、感悟三部分）。现在以其中几个细节描写为线索选一些回目，与诸位读者分享。

通灵玉：贯穿全书

第1回　甄士隐梦幻识通灵　贾雨村风尘怀闺秀

这一回讲了三个故事。

第一，讲了此书的来源。作者自言，此书来源"荒唐"，是女娲补天时剩下的一块石头，弃在大荒山青埂峰下。那石头经过"锻炼"，已通"灵性"，见别的石头都去"补天"，独自己无才不得录用，日夜悲哀。后有一僧一道路过此山发现这块石头，带它到"花柳繁华地，温柔富贵乡"经历了一番，并镌刻了文字，又回到青埂峰下。又过了几世几劫，有个"空空道人"访仙求道，在青埂峰下发现那块刻了文字的石头，于是与石头有一番对话，主要讨论是否将石上刻的故事"问世传奇"。这里阐述了作者曹雪芹的文艺观：以一生亲见亲历的几个女子为蓝本，一反历来"野史小说",写一部拔世超群的作品。最后,空空道人同意将这部作品"问世传奇"。

第二,讲了甄士隐的故事。那块神奇的石头上到底刻了什么故事呢?作品并没有直接写贾家,更写不到贾宝玉和林黛玉,而是落笔千里之外的姑苏乡宦甄士隐。他"秉性恬淡",有着"神仙一流的人品"。炎夏午睡,甄士隐做了一梦,梦见了在青埂峰下发现"通灵玉"的那一僧一道正在议论为"一干风流冤家"投胎人世的事。其中,就含有贾宝玉的化身"神瑛侍者"和林黛玉的化身"绛珠草",而且讲了"绛珠草"要为"神瑛侍者"还泪的奇谈。此回一波三折写了甄士隐的一生。他梦醒后抱着独生女英莲(《脂砚斋重评石头记甲戌校本》为"英莲";《脂砚斋重评石头记庚辰校本》为"英菊")看街景,刚好遇到梦中的一僧一道指斥他"抱着这有命无运之物做甚"。后因正月十五元宵节,仆人抱着英莲看花灯去解手,竟把小英莲丢了。此为后文埋下了伏笔。到了三月十五,庙里炸供逸火烧了大半条街,甄士隐的家也被烧了个精光,他本来想搬到田庄上去,但因近年"水旱不收",就变卖田产投奔老岳丈家了。生活十分艰难。那天,他在街上散心,又一个道人过来,并唱了那首著名的《好了歌》。这首歌醒人耳目,特别是那句"世人都晓神仙好,惟有功名忘不了;古来将相在何方?荒冢一堆草没了",直接表现了严酷的现实。接着,甄士隐又对《好了歌》进行了注解,第一句就是"陋室空堂,当年笏满床;衰草枯杨,曾为歌舞场"。暗示了后来贾府的命运。甄士隐注解了《好了歌》,就随道人飘然而去,出家了。

第三，讲了贾雨村的故事。此人乃一介进京赶考的"穷儒"，那时暂住在甄士隐家旁的寺庙里。甄士隐经常接济他。就在那天跛脚道人指斥甄士隐怀中的英莲为"有命无运之物"时，贾雨村就在旁边。道士走后，甄士隐就请贾雨村到家中小坐，可巧甄士隐要接待来客，贾雨村就在书房边等待边翻书。这时他发现了正在后花园摘花的丫鬟娇杏，娇杏也发现了他，而且不自觉地看了贾雨村两眼，贾雨村就以为是遇到风尘中的知己，记在了心上。这就是"风尘怀闺秀"，为后文埋下伏笔。后来，贾雨村在甄士隐的资助下进京赶考，中了进士，并做了本地的长官。

此回出现的人物： 石头（通灵宝玉）、一僧一道、空空道人、孔梅溪、曹雪芹、甄士隐、封氏（甄士隐之妻）、英莲（甄士隐之女）、封肃（甄士隐岳父）、贾雨村、娇杏。

感悟： 这个开头既荒诞又真实。作者利用中国神话——女娲补天的故事，并加以改造，说女娲补天剩下了一块石头；这块石头经过了几番"锻炼"，成为"鲜明莹洁的美玉"，并缩成扇坠大小，可拿可佩。那上面就刻着《红楼梦》的故事。这是作者对通灵玉的直接描写。

接着，这块通灵玉就来到甄士隐的梦中，是一个和尚想带着它到人世间经历一番，一僧一道在议论它；还提到神瑛侍者为绛珠草"浇水"，绛珠草为神瑛侍者"还泪"的事。

如果是第一次或者第二次读《红楼梦》，你可能只感到神秘甚至荒唐，但当你多次阅读并知道曹雪芹的背景之后，读到这些地方就会不禁落泪。要知道，曹雪芹胸中早已有后面宝黛爱情的悲剧故事，且黛玉的生活原型已经为爱情而死。他是在怀念旧日恋人时而写下这些文字的。

《红楼梦》在整体构思上并行着两个"时空体系"——虚拟的梦幻时空体系和真实的现实时空体系。在这一回中，这两个时空体系得到了很好的表现——女娲补天、甄士隐的梦，是何等荒诞；而甄士隐的人生和贾雨村的现实生活又是多么真实！

第2回 贾夫人仙逝扬州城 冷子兴演说荣国府

这一回上半节了结了上回留下的"悬念"：新来的太爷贾雨村把封肃（甄士隐的岳父）"请"到衙门，问他甄士隐的事，老人如实告知，说甄士隐两三年前就出家了，英莲也失踪了。贾雨村为之伤感，答应帮助寻找英莲下落（这为后文表现他虚伪奸诈埋下伏笔），又给了封肃二两银子，还想讨娇杏做二房。作者又写了贾雨村恃才傲物、贪酷为性，被同僚奏了一本而革职。这时，他把妻小送回湖州老家，自己却"担风袖月"，游历四方。很快，经人介绍，做了盐政林如海家的西宾，成了林黛玉的老师。碰巧，林如海的夫人贾氏病逝，林黛玉暂时停课，贾雨村就到郊外观光。

这一回的下半节主要写贾雨村到郊外游玩，遇到老友冷子兴，打听城中可有"新闻"否，冷子兴就讲起了贾府的历史与现状。在冷子兴介绍贾宝玉的特殊来历（主要是"衔玉而生"）时，贾雨村关于大仁、大恶及兼秉秀气与邪气者的特立独行之论，真乃博大之哲思。

此回出现的人物：贾雨村、封肃、娇杏、林如海、贾敏（贾母的女儿、林如海的妻子、林黛玉的母亲）、林黛玉、龙钟老僧、冷子兴。

感悟：前两回的故事好像与小说的主体贾府的故事没什么关系，仿佛是在讲别人的故事。其实，写甄士隐家是为后来的贾府立个照，正如脂砚斋所说"士隐家一段小荣枯，至此结住。所谓'真不去，假焉来'也"。再者，失踪的英莲在后来的故事中还是重要角色，贾雨村也与贾府如影随形；说不定80回后甄士隐还有作用。另外，此书在写作上有个特点，即由远而近，由疏至亲，因此开头写了与贾家关系不大的甄士隐和贾雨村。应该说，甄士隐有晚年曹雪芹的影子。

这一回有两处需要说明或商榷：一是关于贾府的位置。书中贾雨村对冷子兴说："去岁我到金陵地界，因欲游览六朝遗迹……从他家（指贾府）老宅门前经过。街东是宁国府，街西是荣国府，二宅相连，竟将大半条街占了。"这个贾府是在南京，可后来写的贾府是在北京。也许，作者是按照自己的生活原样描写——先在南京后在北京，但小说没有交代，要靠读者体会：宝玉挨打那一节，贾母说要回南京；贾赦要收鸳鸯为妾时鸳鸯父母正在南京看房子。二是关于元春和宝玉的年龄。书中写冷子兴向贾雨村介绍贾府历史及现状，当介绍贾政时先说"第二胎生了一位小姐，生在大年初一，这就奇了；不想次年又生了一位公子"，这里宝玉比元春只小一岁；又说宝玉"如今八九岁了，淘气异常"；接着又说"政老爹的长女，名元春，现因贤孝才德选入宫中作女史去了"。如果按元春比宝玉大一岁来计算的话，难道十来岁的女孩子就入宫做女史吗？再者，从后面的描写，元春也不止比宝玉大一岁。这也许是冷子兴的酒话，不那么准确。

"通灵玉"上一回出现在甄士隐的梦中，这一回由冷子兴口中再一次提到。

第3回　贾雨村夤缘复旧职　林黛玉抛父进都京

紧接上回，贾雨村与冷子兴喝酒聊贾府时，遇上了同时被革职的同僚张如圭，告诉他朝廷要起复旧员。贾雨村听后请求林如海帮忙跟在京城做官的贾政说说。林如海说，他正准备送女儿林黛玉进京投靠外祖母家，可以顺便给内兄写了推荐信，一起随船进京谋求复职。于是，贾雨村随黛玉进京，在贾政的帮助下很快官复原职。

这一回主要写了林黛玉初入荣国府的情景。通过林黛玉的眼睛，细致精准地描写了荣国府的布局、景致；栩栩如生地描写了从贾母、王熙凤、邢王二夫人，到迎探惜三姐妹、贾宝玉等。

这一回的主角是林黛玉，但描写得最生动的却是王熙凤和贾宝玉。王熙凤人还未到笑声先到，说："我来迟了，不曾迎接远客！"黛玉纳闷："这些人个个皆敛声屏气，恭肃严整如此，这来者系谁，这样放诞无礼？"宝玉与黛玉见面，作者对两人有较详细的肖像描写，还给宝玉赋了一首《西江月》，描述宝玉"行状"。宝玉见到黛玉第一句话是"这个妹妹我曾见过的"。当宝玉问黛玉有无通灵玉时，黛玉说没有，宝玉大摔通灵玉。

这是通灵玉第一次真实"现身"。

此回出现的人物：贾雨村、张如圭、冷子兴、林如海、林黛玉、贾母、贾迎春、贾探春、贾惜春、王熙凤、王夫人、邢夫人、贾宝玉、王嬷嬷（黛玉自幼奶娘）、雪雁（黛玉从苏州带来的小丫鬟）、鹦哥（贾母送给黛玉的丫鬟）、袭人（宝玉的丫鬟，贾母送的）。

感悟：这一回真正写到了贾府，完全是从林黛玉的眼中描写的。总的来看，此回还是给人物活动搭建平台，人物也就是"走走场"。

这一回有个值得商榷的地方：据书中描写，林黛玉是从苏州乘船到北京（书中叫"神京"）来的，弃船登岸时，荣府派了轿子和拉行李的车去接的；但到晚上安排住处时，贾母则说："……同我在套间里面，把你林姑娘暂安置碧纱橱里。等过了残冬，春天再与他们收拾房屋……"要知道，残冬的运河北京段还没有开冻，怎么渡船？

这一回宝黛第一次见面，宝玉说"这个妹妹我曾见过的"。这暗合了第一回甄士隐梦中和尚讲的"神瑛侍者"（宝玉）浇灌"绛珠草"（黛玉）的故事。宝玉摔玉也表现了"木石前盟"的不得如愿。

这一回，通灵玉在人世间第一次现了真相。

第8回　比通灵金莺微露意　探宝钗黛玉半含酸

此回开头用两百多字既了结了上回甩下的"包袱"，又开启了新的话题，并叙述了尤氏请贾母去东府看戏，贾母携王夫人、黛玉、宝玉等过去,响午贾母回荣国府休息,王夫人喜静也回来了,于是凤姐坐了首席尽欢至晚。这种笔法真可谓"疏可走马"。

下午,宝玉也不想回东府看戏了,而是想去看看患病的薛宝钗,于是到了梨香院。见面寒暄后,宝钗好奇想看看宝玉自娘胎里带来的"通灵玉"。宝玉摘下来,宝钗托于掌上,"只见大如雀卵,灿若明霞,莹润如酥,五色花纹缠护——这就是大荒山中青埂峰下的那块顽石的幻相。后人有诗嘲云:女娲炼石已荒唐,又向荒唐演大荒……"接着,又看通灵玉上刻的字。宝钗念叨着,丫鬟莺儿(金莺)说:"我听这两句话,倒像和姑娘的项圈上的两句话是一对儿。"那么,通灵玉的字是什么,宝钗项圈上的字又是什么呢?通灵玉正面的字是:莫失莫忘,仙寿恒昌;反面的字为:一除邪祟,二疗冤疾,三知祸福。宝钗项圈正面的字是:不离不弃;反面的字是:芳龄永继。宝玉看了后说:"姐姐,这八个字倒真与我的是一对。"

正在他们鉴赏"通灵玉"和"金项圈"时,林黛玉也来了。一见面就显示了她思维的迅捷和语言的凌厉。这时,屋外下起了小雪。薛姨妈摆下精致茶果并准备晚餐。为了宝玉喝酒的事,李嬷嬷、薛姨妈、黛玉、宝钗、宝玉等展现了各自的性格。薛姨妈说要烫了酒再喝;宝玉说不用烫了只喝冷酒;宝钗讲了喝冷酒的害处和喝热酒的好处后劝宝玉不要喝冷酒;李嬷嬷则坚持不让宝玉喝酒。最后,宝玉还是喝了烫的酒。黛玉听着这些只是"抿着嘴笑"。恰在此时,雪雁给黛玉送手炉来,黛玉问:"谁叫你送来的?那里就冷死了我。"雪雁说是紫鹃(黛玉的大丫鬟)让送的,黛玉说:"我平日说的,全当耳旁风;怎么他说了你就依,比圣旨还快些?"宝玉知是在奚落他,但无回复之词;宝钗素知黛玉性格,也不理睬。

那天,宝玉喝多了,回到自己房间,见笔墨在案,问早晨写的那三个字哪儿去了。晴雯说:"你头里过那府里,嘱咐贴在门斗上,我怕别人贴坏了,亲自登梯贴上,现在手还僵冷的呢。"宝玉马上替晴雯暖手。大家仰头看那三个字是:"绛云轩"。

宝玉问起早晨特意给晴雯留的豆腐皮的包子,晴雯说让李奶奶拿给她孙子吃了;又问放在那里的一碗枫露茶,茜雪说李奶奶给吃了。本来在薛姨妈家李嬷嬷就一再阻拦他喝酒,气已不顺,再叠加这些事,借着酒兴,宝玉"呼啦"一下把茶杯打了个粉碎,泼了茜雪一裙子,而且大嚷着要把李嬷嬷赶出去。贾母闻讯派人来问怎么了,袭人忙回说:"我才倒茶来,被雪滑倒了,失手砸了钟子。"又对宝玉说:"你立意要撵他,也好……不如趁势连我们一齐撵了。"闹了一通,他们服侍宝玉睡了。第二天,秦钟来见贾母,准备与宝玉一起去家塾上学。

此回出现的人物:贾母、王夫人、凤姐、宝玉、黛玉、詹光、单聘仁(后二位是贾政的清客)、吴新登(贾府银库总领)、戴良(仓上头目)、钱华(贾府买办,以上几人是宝玉去梨香院路上碰到的,向他求字)、薛姨妈、薛宝钗、莺儿、李嬷嬷(宝玉奶妈)、雪雁、紫鹃(黛玉的大丫鬟)、晴雯(宝玉的丫鬟)、茜雪、袭人、秦钟、秦业(秦钟的父亲、秦可卿的继父)。

感悟:这一回只讲了同一天上、下午发生的两件事。前一件

"疏可走马"，讲了贾母应尤氏之邀带王夫人、黛玉、宝玉等去宁国府看戏的事；后一件"密不透风"，描写了宝玉、黛玉前后脚去看望宝钗的情景。这一回的结尾处讲到第二天秦钟来见贾母，是为下一回开头。

此回第一次正面实写钗黛相遇，两人性格明显不同：宝钗宽容、博学；黛玉尖刻、真挚。宝钗好像对宝玉无意，要不就是藏而不露；黛玉则明显表现出深爱着宝玉，但又不能公开说，只能用看似尖刻实则因爱而嫉妒的话语刺激宝玉并提醒宝钗。这一回初写黛玉对宝玉动心的情景，为以后写她为爱焦虑、敏感直至献出生命做了铺垫。

此回第一次也是唯一一次将宝玉的"通灵玉"与宝钗的金项圈做比较。通灵玉已经一描（青埂峰下被一僧一道发现）、二描（青埂峰下再被空空道人发现）、三描（冷子兴口中一提）、四描（黛玉初进荣国府时一现并被摔），直到这一回才现了真身，进行了细致描写，并与宝钗的金项圈作比。《红楼梦》像魔幻现实主义一样，把"梦幻"和"现实"水乳交融地糅合起来，产生奇特的艺术效果。这一回糅合得最好，通灵玉（女娲造的）、金项圈（和尚给的）都来历不凡；黛玉虽无玉无金，却是灵河岸边的绛珠草。这样荒唐的物与人，却活灵活现、有血有肉地呈现在"现实"中。

第25回 魇魔法姊弟逢五鬼 红楼梦通灵遇双真

此回先了结了上回留下的"悬念"：贾芸要拉红玉，红玉回身被门槛绊了一跤。到这回才知那是红玉的一场梦。接着，写大观园的姑娘、丫鬟们晨妆的景象。宝玉屋里的喷壶未收回,袭人叫红玉去黛玉那里借一下。红玉走到翠烟桥,见山坡上已拦上帷幕。贾芸已带人进园。

此回主要写赵姨娘"弄鬼"和凤姐、宝玉"中邪"的事。这事前几回已做过铺垫,此回是从贾环存心害宝玉、赵姨娘受责开始的。这天是王子腾生日,请王夫人,因贾母身体不舒服,王夫人没去;薛姨妈和凤姐并贾家几个姐妹、宝钗、宝玉都去了。可巧王夫人见贾环下学,就叫他抄《金刚咒》。贾环拿腔作势,叫彩云倒茶、玉钏剪蜡花,埋怨玉钏挡灯影。只有彩霞跟他合得来。这时,宝玉回来了,王夫人对宝玉亲昵爱抚(这对贾环也是一种刺激),又怕他"闹上酒来"就叫他"倒一会子"。宝玉躺下,叫彩霞替他拍着,并主动跟彩霞说话;彩霞不理,拿眼睛看着贾环;宝玉说"好姐姐,你也理我一理",又去拉她的手;彩霞说"再闹,我就嚷了"。贾环本来就对宝玉有怨毒,看到听到这些,按捺不住就顺手将蜡灯一推,滚烫的蜡油倒在宝玉的脸上。这下全屋人都乱了。凤姐一个箭步到炕边替宝玉收拾,边说:"老三还是毛脚鸡似的,赵姨娘也不教导教导!"这下提醒了王夫人,就把赵姨娘叫过来骂道:"养出这样黑心不知道理下流种子来,也不管管!"赵姨娘本就不忿凤姐、宝玉两个人,这会儿挨了骂却还要替宝玉收拾。王夫人正想着明日怎样向贾母交代,宝玉说:"明儿就说我自己烫的。"凤姐说:"那也要骂人(指贾母心疼宝玉要骂人),为什么不小心看着?横竖有一场气生!"凤姐这样说实际也是在"种毒",更遭赵姨娘的恨。黛玉等陆续去看宝玉。

这日，宝玉的寄名干妈马道婆进荣国府请安，见了脸上敷着药的宝玉吓了一跳，又向贾母建议多做"因果善事"，并告知说到底是"供奉菩萨"。贾母问怎样供奉，她说："不过除香烛供奉之外，一天多添几斤香油，点上个大海灯。"贾母问需要多少油，她就从王妃到侯爵不等说了一遍，最后对贾母说："大则7斤，小则5斤。"贾母说，那就一日5斤。说完这事，马道婆辞了贾母又各院走走，来到赵姨娘房内，她向赵姨娘讨要做鞋的零碎绸缎。说话间，赵姨娘提起生活的艰难，马道婆就劝她："将来熬的环哥儿大了，得个一官半职……"赵姨娘鼻子里笑了一声说："再别说起，如今这个样儿，我们娘儿们跟的上这屋里那一个？……我只不伏这个主儿——"于是伸出两个指头。马道婆问："可是琏二奶奶？"这一问吓得赵姨娘忙掀门帘往外看了看，见没人又回来说："提起这个主儿，这一份家私要不都教他搬到娘家去，我也不是个人。"于是，两个人商量起整治凤姐和宝玉的法子来。赵姨娘说："你若果然法子灵验，把他两个绝了……"赵姨娘给马道婆写了五百两的欠契，还给了她一些体己钱。马道婆向裤腰里掏了半晌，掏出十个纸铰的青面鬼并两个纸人（脂砚斋评：如此现成，想贼婆所害之人，岂止宝玉、凤姐二人哉），递给赵姨娘，告诉她把凤姐、宝玉的年庚八字写上，掖在各人床上，就等结果吧。结果是，凤姐和宝玉都"中邪"了，胡言乱语，胡打乱杀，全家因此混乱如麻。后来，两人都烧得火炭似的，奄奄一息了。贾政说："儿女之数，皆由天命。"家里已经准备后事。赵姨娘内心得意，对贾母说："哥儿已是不中用了，不如把哥儿的衣服穿好，让他早些回去，也免些苦。"贾母啐了她一口："烂了舌头的混账老婆！"接着痛骂一顿。贾政喝退赵姨娘。可巧这时有人报告两口棺椁做齐了，贾母又骂着要把做棺椁的人打死。

这时，街上传来木鱼声，又听说——"有那人口不利、家宅颠倾，或逢凶险、或中邪祟者，我们能医治。"贾母、王夫人忙命人请进来。原来是一僧一道，贾政问他们有何符水，那道人说"你家现有稀世珍奇"。贾政从宝玉颈上摘下"通灵玉"交给和尚，那和尚说："青埂峰一别，辗眼已过十三载矣！"（此时宝玉13岁）接着，他又念了几句颇具佛家色彩的诗句，说了些"疯话"，摩弄一回，还给贾政，叫他将"通灵玉"挂在卧室上槛，告知33日后病就退了。果然，很快两人就能进食了。这时，李纨带着贾府三艳及黛玉、宝钗、平儿、袭人等都在外间听消息，听到两人能进食了，黛玉不由得说："阿弥陀佛！"宝钗"嗤"的一声笑了，惜春问为什么笑，宝钗说："我笑如来佛比人还忙。又要讲经说法，又要普度众生；这如今宝玉、凤姐病了，又烧香还愿，赐福消灾；今才好些，又管林姑娘的婚缘了。你说忙的可笑不可笑？"黛玉红了脸，啐一口，说："你们这起人不是好人，不知怎么死！"一面说，一面摔帘子出去了。

此回出现的人物：红玉、宝玉、碧痕、袭人、贾芸、王子腾、贾母、王夫人、薛姨妈、凤姐、宝钗、贾环、彩云、玉钏、金钏、彩霞、赵姨娘、黛玉、马道婆、李纨、周姨娘、平儿、丰儿、薛蟠、香菱、邢夫人、贾政、贾赦、贾琏、和尚、道人、迎春、探春、惜春。

感悟：读此回，有这样四点感想。

一是虚拟时空体系的又一表现。《红楼梦》在整体构思上并行着两个时空体系，那就是现实时空体系和梦幻时空体系。这一回就是这两个"时空体系"的又一次表现。

二是通灵玉第五次"现真身"。在写到一僧一道摩弄贾政递给的"通灵玉"，除其"声色利货"时，脂砚斋评论道："通灵玉除邪，全部百回只此一见。"但是，这里它已是第五次"现真身"了，并不算平时摘下来藏在枕下或示人，比如去袭人家给她家人看等。所谓"现真身"，第一次当然是在青埂峰下，第二次是宝黛相见时宝玉"摔玉"，第三次是贾府迎接贾元春省亲时石头自语，第四次是宝玉拿通灵玉与宝钗的金锁相比较，第五次就是这次"遇邪"显灵。这之外还有两次"虚写"，即在甄士隐的梦中和冷子兴的口中。这些其实就是虚拟时空体系的表现。

三是凤姐半开玩笑的话，加重了宝黛的爱情悲剧色彩。宝玉烫了脸，大家都来看望。那天，李纨、凤姐、宝钗、黛玉都来了。话题就是凤姐送茶事。她送的是暹罗（泰国）进贡的茶，大家都说一般（因为淡），黛玉倒喜欢。凤姐就说让人再送一些去，并说有件事求黛玉。黛玉说："吃了他们家一点子茶叶，就来使唤了。"凤姐说："……你既吃了我们家的茶，怎么还不给我们家作媳妇？"在此，脂砚斋点评"贾府上下……皆为无疑"。这句话虽使宝黛爱情的不确定性又消除了一点点，却使宝黛爱情悲剧色彩又加重了一层。所谓感觉中关系越牢固，现实中一旦崩溃就越痛苦。

四是忙里偷闲,大手笔。宝玉、凤姐中邪,全家陷入一片混乱。薛蟠更比诸人忙,又恐薛姨妈被人挤倒,又恐宝钗被人瞧见,又恐香菱（就是甄士隐的小女儿英莲,后来卖给人贩子,薛蟠为了抢她而打死了人,只因贾雨村枉法才放了他,现在香菱是薛蟠的妾）被人臊皮——知道贾珍等是在女人身上做功夫的……忽一眼瞥见了黛玉的风流婉转,已酥倒在那里。脂砚斋因而评论道：忙中写闲。真大手笔,大章法。

预示婚姻的小物件：金锁、金麒麟、麒麟

第29回　享福人福深还祷福　痴情女情重愈斟情

这一回的"享福人"指的应是贾母,"痴情女"指的则是林黛玉。显然,上半回的"祷福",是为下半回的"斟情"做铺垫的。

接应上回元妃（元春）的嘱托"在清虚观打三天的平安醮",王熙凤就张罗这件事。为了显示这件事并非重大事件,先就有两个人婉拒了王熙凤的邀请。一个是薛宝钗,说"怪热的。什么没看过的戏（凤姐答应打醮时要唱戏）,我就不去了"。另一个是王夫人,一则身体不好,二则预备元春有人出来,早就说不去了。恰在此时,贾母提出来要去（也许是支持王熙凤的工作吧）,而且劝宝钗也去,邀请薛姨妈也去,乘乘凉、看看戏、闲散闲散。这样一来就成大事了,贾家几十口子都要去。光是轿子、车马就"乌压压的占了一街"。一冷一热,显示了贾母的权威。

打醮的细节就不说了，给我印象深刻的有四处：一是小道士被打。刚到清虚观时，一个剪灯花的小道士慌跑撞到王熙凤的怀里，被王熙凤一巴掌打了一个跟头，起来像个没头苍蝇似的乱撞，贾母叫来安慰他，他还跪在地上乱战。二是通灵玉示人。张道士用茶盘托着宝玉的通灵玉向道士们展示，竟收回来一盘珍珠宝贝，贾母为宝玉拣了一个赤金点翠的麒麟，宝玉听宝钗说史湘云也有个麒麟，就满怀深意地收起来了。三是贾蓉被辱。贾珍正在指挥管家干事，突然问："贾蓉怎么没来？"贾蓉闻声从钟楼里出来，贾珍说："我这里还没热，他倒乘凉去了！"说着，叫小厮往贾蓉脸上啐唾沫，又命小厮问："爷还不怕热，哥儿怎么先乘凉去了？"贾蓉垂着手一声不吭。四是给宝玉提亲。张道士夸宝玉长得像荣国公。贾母说，自己的儿孙中只有宝玉像他爷爷。张道士提起一家姑娘长得好模样，根基、家当也配得上，就想给宝玉提亲。贾母说："不管他根基富贵，只要模样配的上就好，来告诉我。"

　　下半回主要讲宝玉、黛玉拌嘴的故事。起因就是张道士要给宝玉提亲的事。宝玉为这事心里一直很烦，但看黛玉的表现很平淡，就觉得黛玉心里没有他，因此用话试探黛玉。那黛玉也如宝玉一般是个有些痴病的人，常用假情来试探宝玉。你将真心瞒了，我也将真心瞒了，两"假"相遇，难免有口角之争。宝玉想：别人不知我的心，难道你就不想我的心里只有你？黛玉想：如何我一提"金玉"你就着急？可知你心里时时有"金玉"。本来，两个人是一个心，但都多生了枝叶，反弄成两个心了。这次两人又杠上了。黛玉说："我知道，昨日张道士说亲，你怕阻了你的好姻缘，你心里生气，来拿我煞性子。"宝玉听了这话，赌气扯下通灵玉，咬牙狠命一摔，但玉却纹丝未动；于是就找东西砸。黛玉见状哭了起来，说："何苦来，你摔砸那哑巴物件。有砸他的，不如来砸我。"一时，紫鹃、雪雁上来夺下。袭人见宝玉脸都气黄了，说："……倘或砸坏了，叫他（指黛玉）心里脸上怎么过的去？"黛玉一听这个，觉得宝玉还不如袭人，越发大哭起来，加上天热，竟吐了出来，手绢都湿了。紫鹃说："才吃了药好些，这会子因和宝二爷拌嘴，又吐出来。倘或犯了病，宝二爷怎么过的去呢？"宝玉觉得，黛玉还不如紫鹃，不觉也滴下泪来。就这样，大家的情绪相互感染，四人竟无言对泣。后来老婆子告诉了贾母，贾母、王夫人都进园来，骂了袭人、紫鹃一顿，将宝玉带走才平服。

此回出现的人物：宝玉、黛玉、凤姐、宝钗、王夫人、贾母、薛姨妈、李纨、迎春、探春、惜春、鸳鸯、鹦鹉、琥珀、珍珠（后4个为贾母的丫鬟）、紫鹃、雪雁、春纤（黛玉的丫鬟）、莺儿、文杏（宝钗的丫鬟）、司棋、绣桔（迎春的丫鬟）、侍书、翠墨（探春的丫鬟）、入画、彩屏（惜春的丫鬟）、同喜、同贵（薛姨妈的丫鬟）、素云、碧月（李纨的丫鬟）、平儿、丰儿、小红（凤姐的丫鬟）、金钏、彩云（王夫人的丫鬟）、大姐儿、巧姐儿、香菱、臻儿（香菱的丫鬟）、周瑞家的、张法官、贾珍、小道士、林之孝、贾蓉、贾芸、贾萍、贾芹、贾璜、贾瑞、贾琼、张道士。

感悟：这一回写宝黛冲突，与此前相比是最激烈的了。这是宝玉第二次"砸玉",且气得脸色变黄;黛玉也气得大哭且呕吐。之所以这样,为的都是表白自己的心同时试探对方的心。过去,我们评判宝黛爱情悲剧总说是中国封建社会制度造成的。然而,造成这一爱情悲剧的,不单单是封建制度,还有由这种制度培育的潜意识。按说,到了这一回宝黛之间心底都已经探到了,但两人仍在不断用隐蔽的方式探求,不能大胆说出"爱"。宝钗也是如此,她明知元妃给她和宝玉的礼品异于众人,含义不一般,却庆幸宝玉被黛玉缠绵着,等于让黛玉当"灯泡"。每谈到婚姻话题,不管是黛玉,还是宝钗,抑或是其他女孩子,都会说"好没意思"。本来是有意思的事,偏要说成是没意思。

这一回还有一个令人深思的细节,那就是贾珍对贾蓉的粗暴教育。这为后来的"宝玉挨打"埋下了伏笔。这也是有中国封建社会特色的。贾珍对贾蓉还不像贾政对宝玉只是"打",而是"侮辱"——让下人啐他,而此时贾蓉已是娶了第二个媳妇的人了。这也不仅仅是"制度"问题,更是"文化"和"潜意识"的问题。

此回有个错误应该注意:"奶子抱着大姐儿、带着巧姐儿另在一车。"从行文看,大姐儿、巧姐儿是两人。这是明显的笔误或抄写的错误。因为,第42回写到巧姐儿的名字是刘姥姥给起的,大姐儿、巧姐儿是一个人。

宝玉为什么要死命地摔通灵玉?就是因为有"金玉良缘"的说法,宝玉有玉、宝钗有金(金锁),而黛玉没有,但宝黛双方心里又都有对方。

第31回 撕扇子作千金一笑 因麒麟伏白首双星

此回主角是晴雯和史湘云。接上回，写袭人被踢后宝玉张罗着医治，又写袭人灰了心；继而写大家都觉得"无趣"。宝玉闷闷不乐，回房长吁短叹。此时，晴雯换衣服失手把扇子骨儿跌折了。宝玉叹道："蠢材！蠢材！明日你自己当家立事，难道也是这么顾前不顾后的？"晴雯就"分证"起来："要嫌我们，就打发我们再挑好的使，好离好散的倒不好？"宝玉气得浑身乱战，说："将来有散的日子！"袭人见事情不妙就过来劝，也被晴雯冷嘲热讽，但还是忍着性子说："好妹妹，你出去逛逛，原是我们的不是。"晴雯一听这话就冷笑几声说："我倒不知道'你们'是谁，别叫我替你们害臊了！……公明正道，连个姑娘还没挣上去呢，也不过和我似的，那里就称上'我们'了！"两人又争执一阵子，宝玉说："不如回太太，打发你去吧。"说着就要走。袭人跪下死劝，丫鬟们也都跪下来求情。宝玉、袭人以及晴雯都在哭。黛玉进来说："大节下，怎么好好的哭起来了？难道是为争粽子吃争恼了不成？"大家一笑而过。

宝玉被人叫出去喝酒，晚上回来他拉着晴雯的手又提起那件事，晴雯说："拉拉扯扯作什么！""让我洗澡去。"宝玉说："咱们两个洗。"晴雯说："我不敢惹爷，水果洗好了，你先吃水果吧。"宝玉叫她把水果端过来一起吃，晴雯说："再打破盘子，更了不得呢。"由此，宝玉发了一通宏论：东西原不过供人所用。比如那扇子原是扇的，你要撕着玩也可以，只是不可在生气时拿它出气。晴雯笑道："既这么说，你就拿了扇子来我撕。"宝玉递给她，她就撕了起来……

次日，王夫人等人正在贾母房间待着，有人报："史大姑娘来了！"大家见面后，通过宝钗、黛玉、周奶娘等的述说，补写了史湘云的许多趣事，刻画了湘云"假小子"的性格。刚开始见面，黛玉就提金麒麟的事，说："你哥哥得了好东西，等着你呢。"黛玉当初就敏感地看到宝玉从张道士端来的珠宝盘中挑了那个金麒麟。

说了会儿话，贾母让湘云去园里看看。一路上，丫鬟翠缕一直在向湘云请教中国哲学中的阴阳问题。不觉来到蔷薇架下，湘云说："你瞧那是谁掉的首饰？"翠缕赶忙拾起攥着，笑道："可分出阴阳来了。"湘云拿过来一看，原是文彩辉煌的金麒麟。这时，宝玉从那边过来，湘云忙把金麒麟藏起，大家一起进了怡红院。宝玉说："你该早来，我得了一件好东西，专等你呢。"然而，往身上掏摸半天竟没了，问袭人；袭人反问是什么东西。宝玉说："前儿得的麒麟。"湘云见这个样子，张开手说："你瞧瞧，是这个不是？"宝玉一见非常欢喜。

此回出现的人物：袭人、宝玉、王济仁（太医）、王夫人、薛姨妈、宝钗、黛玉、凤姐、迎春、探春、惜春、晴雯、碧痕、秋纹、麝月、佳慧、贾母、鸳鸯、史湘云、周奶娘、李纨、翠缕（湘云的丫鬟）。

感悟：晴雯撕扇子取乐和湘云偶拾宝玉丢失的金麒麟，这都是大关节。

晴雯撕扇子取乐，充分体现了她骨子里那种桀骜不驯的性格。这也把她和袭人、麝月等明显区别开来。比如,宝玉命麝月把盛扇的匣子拿来,让晴雯撕扇,麝月说:"我可不造这孽。"晴雯的这种性格为她后来的被逐并因此病故做了铺垫,也使她后来的死更令人瞩目。宝玉鼓动、支持"撕扇"的言行反映了他一贯的哲学思想,即看本质而不看现象,物为人用而非人被物困。

湘云自来到贾府就遇到"金麒麟"问题,黛玉提醒(暗示宝玉给她留了个麒麟)、翠缕比喻(问湘云佩戴的金麒麟是阴还是阳),最后湘云又拾到宝玉丢失的金麒麟。这就像小红遗帕贾芸捡起、两人暗换手帕终成眷属一样,据周汝昌考证,宝玉最后与湘云结婚,并说多种版本的这个标题都没改,另据进一步考证,书中的湘云就是现实中的批书人脂砚斋(李府大小姐)。别的书多写三角恋爱,《红楼梦》却写了"四角之情"——宝、黛、钗、湘,然而除黛玉外,其他人说不上是死去活来的恋爱,只是小"情"微露,若即若离。当然,周汝昌认为,宝湘爱情才是主要的,其他都是配角。曹雪芹与脂砚斋(湘云)结婚也许是现实,但小说毕竟是小说,不能等同现实。

"雨中画蔷"

第30回　宝钗借扇机带双敲　椿灵画蔷痴及局外

此回的上半回写了宝玉的两次"造次",刻画了黛玉、宝钗不同的心性;还写了金钏被逐。

接上回宝黛斗气写来，宝玉在袭人的劝说下主动找黛玉道歉。但黛玉说："你也不用哄我。从今以后，我也不敢亲近二爷，二爷也全当我去了。"宝玉说："我跟了你去。"黛玉说："我死了。"宝玉说："你死了，我做和尚。"黛玉又恼怒哭泣起来。宝玉自觉"造次"也滚下泪来，欲擦泪方才发觉忘带手帕，黛玉将自己的帕子摔给了他。两人泪未止，心已和好。奉贾母之命来探看的凤姐见此景说："好了！"于是拉着宝黛出园到贾母处。

此时，宝钗也来到贾母处。宝玉问她为什么没去看戏，宝钗说："我怕热，看了两出。"宝玉搭讪道："怪不得他们拿姐姐比杨妃，原来也体丰怯热。"宝钗大怒，要怎样又不好怎样。这时，小丫头靛儿因不见了扇子问宝钗："必是宝姑娘藏了我的。好姑娘，赏我罢。"宝钗对她说："你要仔细！我和你顽过你再疑我。和你素日嬉皮笑脸的那些姑娘们跟前，你该问他们去。"靛儿跑了，宝玉自知又把话说"造次"了。宝钗又用"负荆请罪"的戏名暗讽了宝黛。宝钗、凤姐走了后，黛玉对宝玉说："你也试着比我利害的人了。"

宝玉听后自觉没趣，就从贾母处到王夫人处来。时值盛夏午休时间，王夫人正在睡午觉，丫鬟金钏给她捶腿。金钏示意宝玉出去，宝玉不但不走，还说："我明日和太太讨你，咱们在一处罢。"金钏推他一把，笑道："你忙什么！'金簪子掉在井里头，有你的只是有你的'……我倒告诉你个巧宗儿，你往东小院子里拿环哥儿同彩云去。"王夫人突然起来，照金钏的脸上打了个嘴巴子，痛骂一顿叫她的妈妈领走。金钏再三央求无果，只能含羞忍辱出去。

下半回写宝玉观察女孩画蔷，又写宝玉误踢袭人。

王夫人午觉醒来打了金钏，宝玉就溜回了大观园。走到蔷薇架下听到哭泣声，细看原来是个长得像林黛玉的女孩子在用簪子挖地，当初宝玉还以为是"葬花"，心想你再"葬花"就是"东施效颦"了。没想到那女孩子在画字，他数了数十八画，在手心里摹写，是个"蔷"字。天空突然下起雨来，宝玉喊那女孩子："不用写了。你看下大雨了，身上都湿了。"那女孩还以为宝玉是哪房的丫头，就说："谢谢姐姐！你不也淋着吗？"宝玉一看，自己衣服湿透了，转头往怡红院跑去。

端阳节戏班放假，宝官、玉官来怡红院玩，和丫鬟们一起把水沟堵了，把禽鸟翅膀绑了放了赶着玩。宝玉来敲门，女孩们嘻嘻哈哈根本听不到。袭人顺着游廊走到门前，从门缝一看，门外的宝玉被淋得落汤鸡似的。她急忙开了门，说："哪里知道是爷来了。"宝玉也没看出是袭人，一肚子气没处撒，抬脚就踢了一脚。袭人"哎哟"一声蹲到了地上。宝玉从没踢过人，第一次却踢了袭人，且当着那么多人的面，又羞又气又疼，一时置身无地。宝玉一个劲地解释。雨停了，其他人走了，袭人自觉肋下疼得心里发闹。晚间，脱了衣服见肋上青了碗大一块。夜间，梦中还"哎哟"直喊。宝玉知是踢重了，秉灯查看，袭人吐出一口痰来，一看一口鲜血在地。宝玉慌了。袭人的心凉了半截。

此回出现的人物： 椿灵（标题出现，文中未点名）、黛玉、宝玉、紫鹃、凤姐、贾母、靛儿（贾母的小丫鬟）、王夫人、金钏、贾环、彩云、玉钏、白老媳妇（金钏妈）、宝官、玉官、袭人、麝月、晴雯。

感悟：本回写宝玉连续经历的五件事，这在他的心灵上激起了不同的浪花。

一是写宝玉对黛玉的"造次"，引起两人"误解"：一个大哭而呕吐，一个砸玉而饮泣。从两人刚见面时宝玉"砸玉"，到两人"分证"，再到宝玉续南华经、做偈语，直到搬进大观园宝玉读《西厢记》，用戏词比黛玉（两次），所谓"造次"了一回，气得黛玉不知哭了多少次，并以"葬花"和"葬花吟"发其悲情；这回宝玉再"造次"（她说死，他说当和尚），引发"感情风暴"。但有一条，宝玉对黛玉的"造次"为的都是"爱"。黛玉生气，也是因为"爱"。

二是写宝玉对宝钗的"造次"，引起宝钗的不满和冷对抗。宝玉说宝钗像杨贵妃，言其胖，宝钗大怒想发作又忍下，但借靛儿索扇之机，旁敲侧击讽刺宝玉和黛玉。同是"造次"，钗黛表现完全不同。黛玉是哭，还能劝；宝钗是拒人千里之外，让你不能还口。正像第20回史湘云将黛玉的军，敢不敢"挑"宝钗，黛玉也只含糊而过，可见宝钗"正而冷"。当然，这次宝玉玩笑开大了，说了人家的"短处"。

三是写金钏被逐为后面的大事件埋了伏笔：因受辱，金钏投井自杀！因金钏，又牵涉到宝玉，由于贾环造谣说宝玉强奸金钏而造成金钏投井，才引来"宝玉挨打"一场大戏。这是后话。

四是写椿灵画蔷表现两个"情痴"的"痴"。书里从头至尾也没点女孩的名,但她画的"蔷"字指的就是当初跟贾蔷和凤姐要了管戏班的贾蔷。这个细节上追第16回贾府为迎接元春省亲而买戏子、建戏班,下连第36回"识定分情语梨香院",使宝玉的认知提高、情知开窍。

这里有一个问题需要说明,即标题"椿灵画蔷"的"椿灵",是叫"椿灵",还是叫"龄官"?邓遂夫在校订《脂砚斋重评石头记庚辰校本》时参照了多种版本,但在这个问题上竟未加考证并且也未作说明。但是,同一件"画蔷"之事,在同一本书的第36回里明确说是"龄官"干的,两回对照来看,"椿灵"与"龄官"应该是一个人。周汝昌校订批点本(参照了十多种版本)就统称"龄官";而冯其庸纂校订定的《八家评批红楼梦》参照了9种版本,他在这一回的标题也是"椿灵画蔷"。对此正确的认识应该是,"椿灵"与"龄官"是同一个人。

五是写袭人被踢,这应该寄托了作者的复杂心情。

第36回　绣鸳鸯梦兆绛云轩　识定分情语梨香院

此回开始写了些所谓"闲言":宝玉痊愈;贾母高兴,不让宝玉再待客。宝玉乐为诸丫鬟充役,闲消日月。宝钗寻机导劝,惹宝玉生气,说:"一个清净洁白女儿,也学的沽名钓誉,入了国贼禄鬼之流。"唯黛玉不曾劝他立身扬名,所以他深敬黛玉。

书归正传后,先从凤姐意外接到家仆的贿赂写起。凤姐纳闷儿,问平儿。平儿告诉她,金钏(王夫人的大丫头,月钱一两,是小丫头的好几倍)死了,这些人都是冲着谋这个缺来的。凤姐说:"他们送就收,我心里有数。"

那日午间,薛姨妈母女和黛玉都在王夫人处吃西瓜。凤姐找到王夫人说,金钏死了,太太屋里少个人,应该补上。王夫人说:"什么是例,必定四五个人,够用的就罢了。要不,把钱领来给玉钏吧。"突然,王夫人问:"赵姨娘、周姨娘的例钱是多少?"凤姐答道:"她们都是每月二两,赵姨娘还有环儿的二两,共四两,外加四吊钱。"王夫人说:"都是按数发吗?"凤姐见问得奇怪,忙问:"怎么不按数给?"王夫人说:"前儿有人抱怨说短了一吊钱。"凤姐说:"外面议定的,姨娘的丫头每人减半吊钱,两个丫头可不减一吊吗?"王夫人又问贾母现在用几个丫头。凤姐说:"八个,袭人在宝玉屋里头,实际是七个。"王夫人想了半日说:"再挑一个好的补给老太太。从我的月例二十两里拿出二两给袭人,以后凡是有赵姨娘、周姨娘的都有袭人一份,但都从我的那份里出。"凤姐推一把薛姨妈说:"今儿果然应了我的话。"薛姨妈说:"早该如此。模样是不必说的,说话见人和气里头带着刚硬要强,实在难得。"王夫人含泪道:"你们哪里知道袭人那孩子的好处?比我的宝玉强十倍!"凤姐撺掇马上给袭人开了脸,王夫人说那样不好,等两三年再说。从王夫人屋里出来,凤姐又骂街了:"……糊涂油蒙了心,烂了舌头不得好死的下作东西,别作娘的春梦!明儿一裹脑子扣的日子还有呢。"

吃完西瓜,黛玉回房洗澡,宝钗曲折来到怡红院。盛夏午间,鸦雀无声。宝玉在床上睡觉,袭人坐在身旁做针线。宝钗悄悄走过来,见袭人做的是白绫红里的兜肚,正在刺绣鸳鸯戏荷的图案。宝钗问："这是谁的，也值得费这么大的功夫？"袭人向床上努嘴儿。宝钗笑道："这么大了，还带这个？"袭人说："哄他带上，就是夜里盖不严，也不怕了。"说着，袭人说脖子酸出去走走，宝钗就坐了她的位置刺绣起来。过了会儿，黛玉和湘云过来。黛玉见宝钗坐在宝玉身旁刺绣，就招呼湘云来看。湘云想宝钗对她常日厚道，不想打趣宝钗，就拉黛玉走了。宝钗全然不知，认真刺绣，忽然听宝玉在梦中喊骂："和尚道士的话如何信得？什么金玉良缘？我偏说是木石姻缘！"宝钗听了不觉怔了。

晚间，袭人"准姨娘"的事已经大白了。宝玉与袭人闲聊竟谈到了"死"，认为"文谏死，武战死"皆非正死，都是沽名；还说："若我现在死了，你们的眼泪流成大河，把我的尸首漂起来，送到鸟雀不到之地，随风化了，不再托生为人，就死的得时了……"

一日，宝玉来到梨香院，想让龄官（雨中画蔷者，又叫"椿灵"）唱一段《西厢记》，但龄官说自己病了，不唱。宝官过来说："只略等一等，蔷二爷来了叫他唱，是必唱的。"一会儿，贾蔷回来了，还提个带小戏台的鸟笼子，里面的玉顶金豆鸟能"衔旗串戏台"。宝玉问多少钱买的，贾蔷说："一两八钱银子。"贾蔷本想哄龄官，谁知龄官说："你分明是弄了他来打趣形容我们，还问我好不好。"贾蔷听了，将那鸟放飞、鸟笼拆了，就要给龄官请医生去。龄官说："大毒日头的，你去请了，我也不瞧。"于是，贾蔷又站住了。

宝玉看痴了，领会了龄官画蔷的深意。他突然醒悟：人生情缘，各有分定。回到怡红院跟袭人说："昨天说你们的眼泪葬我，错了；从此只是各人各得眼泪罢了。"

此回出现的人物：贾母、凤姐、平儿、薛姨妈、宝钗、黛玉、王夫人、袭人、宝玉、湘云、龄官、宝官、贾蔷。

感悟：本回又是用细节来作标题，尤其是前半回，不懂《红楼梦》读法的读者可能会一头雾水。请看其脉络：仆人贿赂凤姐（欲补金钏之缺）——由金钏谈到月例——由谈月例谈袭人待遇——袭人绣鸳鸯——宝钗代袭人刺绣——宝玉梦语。盛夏静日、佳人美妾、公子梦语，很美。但宝玉的梦语没有两句话，文中连"绛云轩"三字都没出现。为什么把宝玉的梦语作为标题？我想，还是为宝黛悲剧埋下伏笔。文中虽没出现"绛云轩"，但宝玉梦中说"我偏说是木石姻缘"，是对第一回甄士隐梦中绛珠草和神瑛侍者故事的回应。这梦语是这一回的"眼"，虽然字数少却是重点，所以作者以此命题。

值得一提的是，王夫人问王熙凤各屋例钱，包括姨娘和各层次丫头的例钱，当然是想将袭人收在宝玉屋里做妾，但暂时又不想公开，就从自己的例钱里拨出一部分给袭人。这里各等次主人用多少丫鬟、应该多少例钱，都有具体细致的描写。

下半回写贾蔷为龄官买鸟又放飞，与宝玉鼓励晴雯"撕扇作笑"一样，有异曲同工之妙。但在宝玉对"情"的看法上是个升华，叫"识定分"。贾蔷、龄官都是千里伏线，本回才接应。贾蔷是在第16回元妃刚有消息省亲时，向贾琏、凤姐讨了一个购买并管理戏子的差事；龄官是第30回"雨中画蔷"的那个小戏子，那时看呆了同在雨中的宝玉。"草蛇灰线，千里设伏"，这是《红楼梦》的又一叙事特点。

"蔷薇硝"与"玫瑰露"

第59回 柳叶渚边嗔莺咤燕 绛芸轩里召将飞符

此回是上回的延续，也是对探春改革的呼应，主要写莺儿采柳、何婆打骂女儿春燕、春燕逃到怡红院求助等事。

一开始，续写贾母他们为给老太妃守灵在外住着，丫鬟们打点所用之物送去。

这日早起，湘云因脸发痒向宝钗要蔷薇硝。宝钗用完了，就打发莺儿去黛玉那里取，解散戏班时分给宝钗的小旦蕊官也要跟去。路上，莺儿问蕊官会不会用柳条编东西。蕊官问编什么。莺儿说什么都可以编，比如编个花篮，采些花放里可好玩。说着，莺儿就采了些嫩柳条，边走边编。一会儿，一个玲珑小篮子编成，又放了些花朵，甚是好看。莺儿说："这一个咱们送林姑娘，回来咱们再多采些，编几个大家顽。"黛玉见了篮子很高兴。莺儿又问候了薛姨妈（贾母走后姨妈就住在黛玉这里了，此是作品的细微处）。黛玉给了莺儿蔷薇硝，并让她转告宝钗不用过来给姨妈问安了，一会儿她和姨妈一起去她那里吃饭。紫鹃要藕官包了餐具跟莺儿、蕊官先过去。三人来到柳堤上，莺儿又采了些柳条坐在山石上编起来，叫蕊官、藕官先把蔷薇硝和餐具送回去再来。正在莺儿编篮子的时候,春燕来了。蕊官、藕官也返回了。春燕问藕官:"前儿你到底烧什么纸?被我姨妈看见了,要告你没告成,倒被宝玉赖了他一大堆不是,气的他一五一十告诉我妈。"藕官说了那些老妈子占他们便宜的事,春燕也批评了她妈和姨妈,说她妈每次都让她洗了脸再让文官洗,那天她觉得不好意思坚决不洗,她妈就让她妹妹小鸠先洗,结果文官闹起来。春燕说:"怨不得宝玉说:'女孩儿未出嫁,是颗无价之宝珠;出了嫁……是颗死珠了;再老了……竟是鱼眼睛了……'这话虽是混话,倒也有些不差。别人不知道,只说我妈和姨妈,他老姊妹两个,如今越老了越把钱看的真了。……这一带地上的东西都是我姑娘管着……一根草也不许人动。你还掐这些花儿,又折他的树,他们即刻就来,仔细他们抱怨。"莺儿说:"别人能管,我不能管。每次她给各屋送花,我们都不要,今天她不好意思说我。"

正说着,春燕的姨妈来了,她看莺儿采柳条编篮子心疼得不行,又不好意思说,就责备春燕贪玩不回家。莺儿也开玩笑,说春燕折来柳条让她编篮子,不顾回家了。那婆子正好有了话柄,就用拐棍子打春燕,边打边骂。莺儿承认是开玩笑,劝她别打,她说:"难道为姑娘在这里,不许我管孩子不成?"莺儿赌气冷笑道:"你老人家要管,那一刻管不得,偏我说了一句顽话就管他了?"这时,春燕妈来了,骂得更难听且暗指莺儿。莺儿忙说:"……你老别指桑骂槐。"那婆子最恨袭人、晴雯一干人,包括莺儿。她见春燕往怡红院跑,就追过去。

春燕抱住袭人说:"我娘又打我呢。"袭人见何婆追过来,就说:"三日两头儿打了干的打亲的,还是卖弄你女儿多?还是认真不知王法?"那婆子说:"姑娘你不知道,别管我们闲事。"她还是追打,正在晾衣服的麝月给春燕使个眼色,春燕会意就跑到宝玉那里。麝月说:"难道这些人的脸面,和你讨个情还讨不下来不成?"春燕在宝玉那里一面哭一面说了莺儿的事。宝玉说:"你们在这里闹也罢了,怎么连亲戚都得罪起来?"麝月说:"我们管不了,找个能管的人管管。"于是打发小丫头去请平儿。平儿正有事,问了情况,说:"既这样,且撵他出去。"那婆子听了这话,又哭天抹泪地求饶。宝玉见她可怜就留下了她,警告她不许再闹。平儿处理完事来了,袭人说事情已经过去了。平儿说:"得饶人处且饶人。"平儿又说这几天四处都在闹事。袭人说:"我只说我们这里反了,原来还有几处?"平儿说:"你这里是极小的,算不起数儿来。还有大的可气可笑之事。"

此回出现的人物: 宝玉、鸳鸯、琥珀、翡翠、玻璃(以上4人为贾母丫鬟)、玉钏、彩云、彩霞(以上3人为王夫人丫鬟)、贾母、王夫人、蓉妻(贾蓉第二任妻子,始终未写其姓名)、贾珍、薛姨妈、尤氏、贾琏、贾赦、邢夫人、赖大、林之孝之妻、宝钗、湘云、莺儿、蕊官、黛玉、紫鹃、藕官、何婆(春燕妈)、春燕、小鸠(春燕妹妹)、春燕姨妈、袭人、麝月、晴雯、平儿。

感悟: 题中"嗔莺咤燕",是指何婆姊妹因莺儿折柳而打骂春燕,殃及莺儿;所谓"召将飞符",是指春燕妈追打春燕引来麝月等向平儿告状,平儿传令打40板撵走。还有,最容易被读者忽略的是,开头湘云因脸痒向宝钗要"蔷薇硝"的事,虽然微小却在后面的叙事中引出大冲突。

本回和上回一样仍然突出个"闹"字。上回写清明节藕官为菂官烧纸，引来春燕姨妈的纠缠吵闹，以及芳官因不公向春燕妈抗争而导致吵闹；这回写莺儿折柳编篮及春燕在旁观看而引起春燕妈和姨妈打骂春燕。最主要的是，此回结尾处，平儿透露"能去了几日？只听各处大小人儿都作起反来了，一处不了又一处"，说明贾母离开贾府这些日子，由于管理松懈，平日积累的矛盾暴露出来。这进一步表现出贾府向衰的迹象。这个衰败的过程，往远处可以追溯到元妃省亲建大观园时，那是极盛也是衰败的开始；继而是旧历年贾珍的哀叹和贾蓉的旁敲（道出王熙凤想偷贾母的东西换钱）；然后就是凤姐生病、探春等理财发现漏洞进行改革，招来赵姨娘大闹"议事厅"；再有就是老太妃逝世、贾母等守灵离府，引来下人的"作反"。总之，无序日重、败象丛生。由此可想，一旦贾母撒手人寰，凤姐失去依靠，这个大家族的崩溃是必然的！

本回对莺儿进行第三次集中描写。第一次是宝钗在梨香院住着时，宝玉去看宝钗，莺儿提醒宝玉的"通灵玉"与宝钗的金锁有相同之处；第二次是宝玉挨打后在家养病时，求莺儿打络子；第三次就是这次的折柳编篮。三次集中描写，显示了莺儿心灵手巧的性格特征。

值得注意的是，本回开始作者好像随意写了史湘云说脸痒向宝钗索要蔷薇硝，宝钗没了就派人去黛玉处去取。之后闹出的事就是丫鬟在路上引起的，作者的意图是呼应前面描写的探春的改革。

一般读者很容易忽略开头湘云要蔷薇硝的事，因为这事在这一回里不是主要事件，但它却是以后一连串事件的导火索。

第 60 回　茉莉粉替去蔷薇硝　玫瑰露引来茯苓霜

这一回的前半回写芳官用茉莉粉代替蔷薇硝给贾环，引起赵姨娘大闹怡红院；后半回写芳官给柳五送玫瑰露，柳五妈拿去送给娘家，柳五舅母又回送一些茯苓霜，埋下闹事的伏笔，中间含有柳五求职于怡红院的隐意。

上回，因湘云脸痒要抹蔷薇硝，宝钗就叫莺儿去黛玉那里取，引出诸多事故。事件平息后，宝玉叫春燕和她妈一起去给莺儿、蕊官道个歉。路上，春燕对她妈说，宝玉说将来都放她们出去呢，高兴得春燕妈直念佛。

春燕娘儿俩道完歉刚要走，蕊官追上来托她们给芳官带一些蔷薇硝去。到了怡红院，春燕将蔷薇硝交给芳官。这时，来问候宝玉的贾环看见了，就向宝玉请求要一半。宝玉答应了。芳官因这一包是蕊官送的，不想给，就说另拿一些。没想到打开箱子发现原来剩下的不见了。她急着找，但麝月想快快打发贾环走，就说不论拿点什么给贾环，他们未必认识。芳官就拿了包茉莉粉给贾环了。

贾环想拿蔷薇硝取悦彩云，笑嘻嘻地说："你常说，蔷薇硝擦癣，比外头的银硝强。你且看看，可是这个？"彩云一看，嗤地笑了："你是和谁要的？"贾环说了实话。彩云笑道："他们哄你这乡佬呢。这不是硝，这是茉莉粉。"在旁的赵姨娘说："有好的给你！……依我，拿了去照脸摔给他去，趁着这回子……吵一出子……也算报仇。莫不是两个月之后，还找出这个碴儿来问你不成？"无论怎样激将，贾环也不敢去。无奈，赵姨娘亲自去了怡红院。路上，遇上夏婆又添油加醋，赵姨娘胆子更壮了。可巧，宝玉这时正去宝钗那里凑热闹。见赵姨娘来了，袭人、芳官都给她让座。赵姨娘也不搭话，将粉照着芳官的脸上撒去，骂道："小淫妇！你是我银子钱买来学戏的，不过娼妇粉头之流！"芳官哪里禁得住这话，哭着也戗了赵姨娘几句。赵姨娘上来打了她两个耳刮子。芳官便撞在她怀里叫打。袭人在旁劝阻，晴雯说"别管他们"。

此时，葵官（分给湘云的）和豆官（分给宝琴的）得知芳官被打，就拉着正在玩耍的藕官、蕊官，一起来到怡红院给芳官助阵。大花脸豆官一头撞去，几乎将赵姨娘撞了一跤。另外三人一拥而上，把赵姨娘团团裹住。袭人拉起这个，跑了那个，急着说："你们要死！有委屈只好说，这没理如何使得？"赵姨娘反没了主意。正没开交，晴雯早遣春燕报告了探春。于是，尤氏、李纨、探春、平儿等都来了，将四人喝住。问了情况后，探春叹息赵姨娘有失体统，又暗中查访是谁在挑唆，也没个结果。艾官悄悄回探春："都是夏妈和我们素日不对，每每的造言生事。前儿赖藕官烧纸，幸亏……宝玉自己应了，他才没话。"探春听了，料定她们是一党，也不肯据此为实。

原来，夏婆的外孙女蝉姐儿就在探春处当役。那天，翠墨打发蝉姐儿去买糕，蝉姐儿顺便向夏婆透露了从翠墨那里听到的艾官告状的事。夏婆要去找艾官算账，被蝉姐儿拦住了，说只留心就行了。

芳官到厨房请柳家媳妇给宝玉做些酸凉的素菜，柳家媳妇答应了。这时，一个婆子托着一块糕过来，芳官开玩笑说"尝一块"。蝉姐儿说是她的，没让芳官尝。柳家媳妇说，她那里有，就端了一盘给芳官。芳官反掰着喂鸟了，还说了讽刺蝉姐儿的话。蝉姐儿冷笑道："雷公老爷也有眼睛，怎不打这作孽的？"众媳妇怕又生事，都走了。柳家媳妇乘机问芳官她家五儿的事怎样了。原来，五儿是柳家第五个孩子，生得与平、袭、紫、鸳相类，一直求在宝玉处当役。芳官说还得等一等，柳家媳妇再一次求她给说说情。另外，五儿吃过芳官从宝玉那里拿来的玫瑰露，柳家媳妇还想要些。

芳官回到怡红院，五儿想进怡红院的事没说，却把五儿要玫瑰露的事说了。宝玉把剩下的大半瓶连瓶带玫瑰露都给她了。芳官送来，柳家媳妇千恩万谢，又问起五儿的事。芳官说，肯定是缺人，红玉被凤姐要去没还，坠儿被辞了也没补上，只是现在时机不到，说了被驳回，事情就不好办了。柳家媳妇只得忍耐。后来，柳家媳妇把宝玉送的玫瑰露送些给她的侄子尝。见了这个，她嫂子说："你哥哥昨儿在门上该班，有粤东的官送来两小篓子茯苓霜，拿一些给外甥女吃。"柳家媳妇拿了茯苓霜匆匆赶回贾府。

此回出现的人物：袭人、平儿、宝玉、春燕、春燕妈、宝钗、黛玉、薛姨妈、莺儿、蕊官、贾环、贾琮、芳官、麝月、彩云、赵姨娘、夏婆（藕官干娘）、藕官、葵官、豆官、晴雯、探春、尤氏、李纨、艾官、翠墨、蝉姐儿（探春粗使丫头、夏婆之外孙女）、柳家媳妇、五儿、钱槐（赵姨娘内侄）。

感悟： 自贾母等出去为老太妃守灵，朝廷禁止娱乐，贾府学习别家官府解散戏班，就开始"闹"起来，为此连写三回：第58回，因藕官烧纸祭祀去世的伙伴药官，被老婆子闹了一场，接着因洗脸的事芳官又跟春燕妈闹翻了；第59回，因莺儿折柳编篮又闹了一场，春燕甚至被她妈打得满处跑；第60回，因蔷薇硝的事，赵姨娘又大闹怡红院辱骂殴打芳官，引来4个学戏伙伴打起群架。总之，老太妃薨逝可能是个契机，贾府内乱衰败由此开始加速。

本回赵姨娘大闹怡红院，一方面是她的人品太差，正像探春批评她似的不知"自重"，不像周姨娘那样通情达理；另一方面是封建社会特有的等级、嫡庶等制度的压迫，是底层人性格变异的结果。在贾府，不管是主子还是奴才，他们的言语、行为都是以封建的"礼"为评判标准的，并非以人为本，除宝玉还有些"平等"意识外，其他人并无"平等"之观念。

还有一点值得注意，就是宝玉给五儿"玫瑰露"，五儿妈又把"玫瑰露"送给她的侄子尝，还从她哥哥那里拿了"茯苓霜"到大观园，并送宝玉一些。这些情节为后来"宝玉情赃""平儿情权"做了铺垫。

第61回　投鼠忌器宝玉情赃　判冤决狱平儿情权

此回是上回玫瑰露、茯苓霜事件的延续与结局，表现了宝玉揽过求和、平儿为好人隐的情识与胸怀。夹写司棋大闹厨房。

　　书接上回，续写柳家媳妇给娘家送玫瑰露，又拿回茯苓霜，遇上门卫跟她斗嘴。她骂了"小猴们"，回来收好茯苓霜就安排做饭。这时，迎春房里小丫头莲花儿走来说："司棋姐姐说了，要碗鸡蛋，炖的嫩嫩的。"柳家的说，最近鸡蛋金贵，买不到。莲花儿不信，竟在菜箱里翻出十来个鸡蛋。两人骂了起来。司棋派人来催。莲花儿赌气回来，又加了些话做了汇报。司棋一听，火上心头，伺候迎春吃过饭，带着小丫头直奔厨房，喝令："凡箱柜所有的菜蔬，只管丢出来喂狗，大家赚不成。"小丫头们七手八脚地乱翻、乱扔。众人上来拉劝，司棋的气渐渐消了。柳家的又蒸了鸡蛋打发人送去，司棋全泼在地上了。

　　柳家的回家后将她嫂子送茯苓霜的事跟女儿说了，五儿想分赠芳官一些，就用纸包了趁黄昏去了怡红院。小燕出来问有什么事，五儿说找芳官。小燕以为是她求职的事，劝她不要着急，说芳官往前面去了。五儿把茯苓霜托小燕转送，就往回走。至蓼溆一带，遇林之孝家的带人巡逻，五儿躲不及只好上前问好。林之孝家的盘问了几句，觉得可疑。正好小婵、莲花儿路过，添油加醋地说了一番，特别提到王夫人的玫瑰露少了一瓶，正查呢。莲花儿说："今儿我倒看见一个露瓶子。"林之孝家的像得到重大线索似的，按照莲花儿说的，立刻命人打了灯笼去查厨房。五儿忙说："那原是宝二爷屋里的芳官给我的。"林之孝家的说，管你"方官圆官"，拿赃要紧。她们除了搜出玫瑰露瓶，还搜出了五儿舅母给的茯苓霜。

林之孝家的带着五儿先见了探春,又去见凤姐和平儿。此时,凤姐刚歇下,听后说:"将她娘打四十板子,撵出去,永不许进二门。把五儿打四十板子……或卖或配人。"平儿出来传达了凤姐的意思,吓得五儿哭哭啼啼,给平儿跪着细诉芳官之事。平儿说:"这也不难,等明日问了芳官便知真假。"五儿被交给上夜的媳妇看守,她呜呜咽咽哭了一夜。

有些人正想撵柳家的出去,第二天一早就来贿赂平儿,说柳家的坏话。平儿表面应着,却暗访了袭人。袭人说:"露却是给芳官,芳官转给何人我却不知。"芳官听说后吓了一跳,忙说是她给五儿的。芳官告诉了宝玉,宝玉也慌了,说:"露是有了,若勾起茯苓霜来……他舅舅又有了不是,岂不是人家的好意,反被咱们陷害了。"平儿说,她昨晚已承认是她舅舅给的了。晴雯走过来说:"太太那边的露再无别人,分明是彩云偷了,给环哥儿去了。"平儿说:"谁不知是这么回事,但她不承认,还赖玉钏,两个人窝里放炮,弄的无人不知。"宝玉说:"也罢,这件事我也应起来,就说我唬他们顽的,悄悄的偷了太太的来了。"袭人说:"也倒是件阴骘事,保全人的贼名儿。"平儿说:"这也倒是小事。如今便从赵姨娘屋里起了赃来也容易,我只怕又伤着一个好人的体面。"说着伸出三个指头,大家会意是探春。但平儿说,也得"问准了他方好",不然倒像我们没本事似的。

平儿把玉钏、彩云叫来,把五儿"屈招"的事讲了,说:"若从此以后大家小心存体面,这便求宝二爷应了;若不然,我就回了二奶奶,别冤屈了好人。"彩云听了不觉红了脸,承认是赵姨娘再三求她拿些给环儿的。于是，按原议定的，一切责任由宝玉担起，把五儿放了，也没有辞柳家媳妇。平儿向凤姐汇报了，凤姐知道这里有伪，就说："将来若大事也如此，如何治人！"平儿劝说："何苦来操这个心？'得放手时须放手'，什么大不了的事，乐得不施恩呢？……操上一百份心，终究咱们是那边屋里去的。……如今乘早儿见一半不见一半的，也倒罢了。"凤姐笑骂平儿，让她处理去了。

本回出现的人物：柳家媳妇、莲花儿、司棋（以上两人为迎春的丫鬟）、五儿、小燕、小婵、林之孝家的、探春、凤姐、平儿、袭人、芳官、宝玉、晴雯、彩云、玉钏、秦显女人（司棋的婶娘，想代替柳家媳妇做厨师）。

感悟："情赃""情权"（这里的"情"字是使动用法），只有在曹雪芹的字典里才会有这样的词。又是一种特殊的"情"，恰如袭人所说"保全人的贼名儿"。

孔子曾说："父为子隐，子为父隐，直在其中矣。"这句话指的是亲情。而宝玉、平儿所隐的，并非出于亲情，应该说是为好人隐。对宝玉来说，为五儿特别是五儿的舅舅隐，虽说不上"知恩图报"，但要比那些"落井下石"的人不知好上多少倍，正像他自己说的"岂不是人家的好意，反被咱们陷害了"。宝玉、平儿为彩云、赵姨娘隐，实是为无辜的好人探春而隐。这里显示了平儿的德行与能力，虽然为彩云隐瞒了偷玫瑰露的事，但你看她审玉钏、彩云的精彩，看她劝凤姐歇心的精明，真是令人感佩！

这一回继续写贾府的"内乱"。笔法仍然是由不经意的"细节"引出大关键。回想这一连串的事件,都是从第59回一个偶然事情——湘云脸上发痒,向宝钗要蔷薇硝开始的。读者看到这样平平常常的"细节",万没想到会引出以后的三四回大书。这也正是《红楼梦》叙事的显著特点。

有两个小细节值得商榷探讨。平儿在劝凤姐歇心时说"终久咱们是那边屋里去的",又一次将贾赦一支排出贾母"统治"的一族之外。周汝昌推断,贾赦不是贾母和贾代善的亲儿子,可能是荣国府的另一支。我觉得,他也许不是贾母的亲子,可能是贾代善的亲子,或者是庶出也说不定(特别是在后面情节中,特意贬低宝玉、抬高贾环,还说将来的官位就由贾环世袭)。因为贾母跟二儿子过,所以家也就由二儿子和二媳妇王夫人来当,又加上凤姐既是王夫人的侄女又是贾赦的儿媳,所以就代表了贾赦这一支。这可能也是中国的习惯。还有,从开始宝玉和贾琏的称谓就是混乱的。宝玉是从贾珠那儿论称"二爷",那么贾琏也称"二爷"(王熙凤称"二奶奶"),又是从谁那儿论的呢?值得考察。

这一回主要写的是宝玉的"情赃"、平儿的"情权",一切皆起因于小小的"玫瑰露"。

第62回　憨湘云醉眠芍药裀　呆香菱情解石榴裙

此回了结了自第58回以来对贾府"乱"与"闹"的叙写,开启新篇,主要写宝玉、平儿、宝琴、邢岫烟四人过生日,特别是写了宝玉"情解"香菱尴尬的故事。

书接上回,平儿宣布了柳家媳妇和五儿"无罪"后,柳家母女自然磕头谢恩，可司棋和秦显家的却空欢喜一场，他们不仅没有接过做饭这差事，还因高兴过早给有关人员送礼赔了一股子。在调查玫瑰露丢失案时，赵姨娘提心吊胆，听说宝玉给应承下来了，心里才踏实。可是，贾环却醋意大发，拿起玫瑰露就向彩云的脸上摔去，骂彩云两面三刀，说："你不跟宝玉好，他如何肯替应。……不看你素日之情，去告诉二嫂子，就说你偷来给我，我不要。你细想去。"这些话气得彩云哭个泪干肠断。赵姨娘百般劝慰。彩云包了玫瑰露来到园中，扔到河里了。

宝玉的生日到了，正好宝琴也是这天生日。虽贾母、王夫人不在家，但还是有不少人送来贺礼，比如张道士、王子腾、薛姨妈等。平儿也来拜寿，她不住地拜，宝玉不住地还礼。袭人推宝玉说："你再作揖。"宝玉不解，袭人告诉他今日也是平儿的生日。湘云说："今天还是岫烟的生日。"平儿说："等姑娘们回房再给你们行礼去。"探春笑道："也不敢惊动。只是今儿倒要替你过个生日，我心里才过得去。"宝玉、湘云等说："很是。"探春说："咱们就凑了钱，叫柳家的来揽了去，只在咱们里头收拾倒好。"于是，他们就在芍药栏中的红香圃三间小敞厅摆了四桌。宝玉提议"要行令才好"。他们开始择定一个叫"射覆"的古老玩法，最后竟划起拳来，呼三喝四，喊七叫八。满厅里红飞翠舞，玉动珠摇。

散席了，悠然不见了湘云。她醉了，用鲛帕包了芍药花瓣枕着，躺在山后的一块青石板上睡着了，梦中还在喊酒令。

饭后，有人观鱼，有人玩棋，宝玉和黛玉在花下说着闲话。

黛玉说:"你家三丫头倒是个乖人。"宝玉说:"你病着时,他干了好几件事。……最是心里有算计的人,岂止乖而已。"黛玉说:"要这样才好,咱们家里也太花费了。我虽不管事,心里每常闲了,替你们一算计,出的多进的少,如今若不省俭,必致后手不接。"宝玉笑道:"凭他怎么后手不接,也短不了咱们两个的。"说着,黛玉又去找宝钗聊天。

宝玉问袭人,芳官哪儿去了。袭人说,刚还在这儿斗草,不知这会子去哪儿了。原来,芳官没有去吃饭,柳家的单给她做了顺口的饭菜来。小燕、宝玉也跟着吃。后来,小燕提起五儿的事。宝玉说:"你和柳家的说去,明儿直叫他进来罢,等我告诉他们一声就完了。"芳官笑道:"这倒是正经。"

外面,香菱、芳官、蕊官等四五个人在园子里玩斗草。豆官说:"我有姊妹花。"香菱说:"我有夫妻蕙。"豆官说:"没听过夫妻蕙。"香菱说:"一箭一花为兰,一箭数花为蕙。凡蕙有两枝,上下结花者为兄弟蕙,有并头结花者为夫妻蕙。"豆官没话了,就强词夺理说:"若两枝背面开的,就是仇人蕙了。你汉子去了大半年,你想夫妻了,便扯上蕙也有夫妻,好不害羞!"两人笑打起来,滚在地上。突然,众人喊:"前面是水洼子!"怎奈已来不及,香菱滚到水洼里,半扇石榴裙污湿了。她站在那儿不能动,那群丫头轰地散了。看着点点滴滴流着绿水的裙子,香菱一筹莫展。正好宝玉也来要与他们斗草,看见香菱这个样子,问"怎么了"。香菱说了缘故,并说:"这是前儿琴姑娘带来的。姑娘做了一条,我做了一条,今儿才上身。"宝玉觉得,宝钗的那条还没动,香菱的刚上身就弄脏了,定会遭薛姨妈的责骂。他想到袭人有一条一模一样的裙子,不如给她顶过去。他让她站着别动,就回去找袭人。一路上他暗想:可惜这么个人了!(香菱就是甄士隐的女儿英莲,后嫁给薛蟠做小老婆。宝玉的可惜就因为这事)一会儿,宝玉同袭人带着新裙子来了。香菱就地换,让宝玉背过脸去。换过裙子,香菱见宝玉正在精心挖坑掩埋刚才的夫妻蕙和并蒂菱。香菱拉他的手说:"这又叫做什么?……你瞧瞧,你这手弄的泥乌苔滑的,还不快洗去。"宝玉起身,两人各自走开。忽然,香菱又把宝玉叫住。宝玉扎煞着泥手问:"什么?"香菱只顾笑,过一会儿说:"裙子的事,可别向你哥哥说才好。"

此回出现的人物:平儿、林之孝家的、柳家的、李纨、探春、司棋、秦显家的、赵姨娘、玉钏、彩云、贾环、宝玉、宝琴、张道士、王子腾、薛姨妈、李贵、尤氏、薛蝌、晴雯、麝月、贾兰、翠墨、小螺、翠缕、如画、邢岫烟、头篆儿、巧姐儿、彩鸾、秀鸾、湘云、惜春、袭人、黛玉、香菱、侍书、素云、芳官、蕊官、藕官、凤姐、鸳鸯、迎春、小螺、螺翠、莺儿、小燕、豆官。

感悟:读此回,主要有以下四点感悟。

一是了结了"玫瑰露"事件,拓展了思想内容。本来,一个小小的"玫瑰露",引出了那么大的事,写得一波三折,有恩有怨、有情有义、有威严有怀柔、有鄙琐有高尚、有冤屈有投机,已经写尽。谁知,此回又开出新境界:宣布柳家的"无罪"后,打算接手的秦显家的弄了个大窝脖儿——赔了夫人又折兵;贾环不但不感谢宝玉、平儿，反而吃醋而怀疑彩云对宝玉好，表现了贾环的狭隘尖酸。

二是宝黛的闲话，再一次透露出贾府衰兆。黛玉说了凤姐一样的话："出的多进的少，如今若不省俭，必致后手不接。"同时，两人的闲话也可以看成是"密语"，在他们心里两人关系的不确定性进一步消除，但这正是悲剧的缘由，因为最后的结果是"不好"的。

三是探春的心里话，是对平儿善心的回报。探春说："今儿倒要替你过个生日，我心里才过得去。"探春那么精明，宝玉替彩云担责，实际上是为赵姨娘遮掩，而最终目的就是平儿说的"怕伤着一个好人的体面"，这里的"好人"当然指探春。真可谓"投鼠忌器"也。这份好心、苦心，探春怎能不知？

四是香菱滚在泥水里，弄脏了石榴裙，让宝玉对心慕的好女儿又尽了一次情。在第44回，因贾琏、凤姐无理打骂，平儿被气哭了，被袭人拉到怡红院；宝玉因往日没有机会为她服务曾感到遗憾，那一次温存体贴地服务了一回，满足了心愿。这次，虽没有明写，但实际也是乘机为香菱服务了一回。标题写"呆香菱情解石榴裙"，文中看不出香菱怎样"情解"裙子，倒是表现了宝玉想尽办法为香菱解难。

"绣春囊"事件

第71回　嫌隙人有心生嫌隙　鸳鸯女无意遇鸳鸯

此回写贾母过生日，但落脚在西府媳妇不听尤氏丫鬟的话，反说了生分的话，被凤姐处置，邢夫人却当众人面不给凤姐脸，气得凤姐背地里哭鼻子；鸳鸯为传贾母的话到大观园，出园时遇到司棋正跟她表兄幽会，司棋跪着求情，鸳鸯答应决不外传。这里埋下了司棋丢失"绣春囊"的伏笔。

这一回开始简述了贾政回家后享受天伦之乐的情景。接着说八月初三是贾母的八十寿诞。从七月上旬，送寿礼者就络绎不绝，有亲王、驸马、文武官员等，皇帝也赐了许多礼品。庆寿活动由七月二十八日至八月初五，两府张灯结彩，鼓乐之音通衢越巷，各个层次的宴会接连举办。这几日，尤氏晚间也不回东府了，就和李纨住在大观园里。

那天，尤氏饿了想找点吃的，先到凤姐处，没找到，就到大观园来。她发现正门和各角门都没关，各色彩灯仍然挂着，她就命小丫头去叫当班的女人。然而，班房里空无一人，尤氏又命人传管家的女人。小丫头到了二门外鹿顶内，见两个婆子正在分果菜，就问："那一位奶奶在这里？东府奶奶立等一位奶奶有话吩咐。"那两个婆子听说东府奶奶，就不太放在心上，随口说："管家奶奶们才散了。"小丫头说："散了，你们家里传他去。"婆子说："我们只管看屋子，不管传人。"小丫头说："嗳呀，这可反了！……琏二奶奶要传，你们可也这么回？"小丫头越说越激动，最后那婆子听完竟说出："……各家门，另家户，你有本事，排场你们那边人去；我们这边，你们还早些呢！"小丫头气白了脸，说："好，好，这话说的好！"

此时，尤氏正在怡红院里吃饭，宝琴、湘云等也在。尤氏听了小丫头的汇报，冷笑道："这是两个什么人？"宝琴、湘云劝尤氏别生气。袭人忙说："我打发人去叫他们去。"尤氏说："你不要去叫人，你去就叫这两个婆子来，到那边把他们家的凤儿叫来。"袭人命小丫头去找人，这小丫头正碰上善讨好主人的周瑞家的，就告诉了她。这周瑞家的忙跑到怡红院，尤氏说："这早晚门还打开着，明灯蜡烛，出入的人又杂，倘有不防的事，如何使得？"随后又把那两个婆子的话说了一遍。周瑞家的又添油加醋地劝了一番。然后，她去凤姐那里汇报，并说不处理这两个人大奶奶脸上过不去。凤姐说："既这么着，记上两个人的名字，等过了这几日，捆了送到那府里，凭大嫂子开发。"因周瑞家的与那两个人不睦，一面叫林之孝家的去见大奶奶，一面叫人就把那两个人捆起来送马圈派人看守等事后处理。

林之孝家的来到大观园见了尤氏，问是什么事。尤氏说："谁又把你叫来了，没什么大事，就是找人找不到。已经没事了，让你白跑一趟。"林之孝家的出来，刚才那两个婆子的女儿哭着来求情。林之孝家的说："你姐姐现给了那边太太作陪房费大娘的儿子，你走过去告诉你姐姐，叫亲家娘和太太一说，什么完不了的事？"

那费大娘听说她亲家被捆了，大骂一通，又来找邢夫人（因她是邢夫人的陪房），调唆了一番。那天做了一天席，晚间散时，邢夫人当着众人的面，赔着笑（婆婆给儿媳妇赔笑——讽刺）和凤姐求情说："我听见昨儿晚上二奶奶生气，打发周管家的娘子捆了两个老婆子，可也不犯了什么罪。……不看我的脸，权且看老太太，竟放了他们罢。"说毕，上车走了。凤姐又羞又气，憋得脸紫涨。王夫人问是什么事，凤姐就把前一天的事说了。尤氏也笑道："连我也并不知道，你原也太多事了。"凤姐说："我为你脸上过不去，所以等你开发，不过是个礼。"王夫人说："你太太说的是。就是珍哥媳妇，也不是外人，也不用这些虚礼。老太太的千秋要紧，放了他们为是。"说着命人放了那两个婆子。凤姐越想越气越愧，灰心转悲，滚下泪来，回房后自己又偷偷地痛哭一场。

这时，琥珀来传贾母的话，要凤姐过去一趟。凤姐忙洗了脸赶过去。原来，贾母问送礼中的屏风，她要留两副送人。鸳鸯一直盯着凤姐看。贾母说："你不认得他？只管瞧什么。"鸳鸯说凤姐的眼肿肿的。凤姐说："才觉得一阵痒，揉肿了。"鸳鸯说："别是受谁的气了吧？"后来鸳鸯把事情说破了。贾母说："这才是凤丫头知礼处。"

贾母喜欢来参加宴会的喜鸾和四姐儿，就让她们在大观园住几天。这两家较贫寒，贾母怕姐妹们轻待了两女孩。鸳鸯怕老婆子说不清，也跟着去了大观园。她得知大家都在探春那里，就到了晓翠堂。说了缘由后，李纨把各处的头儿叫来吩咐了。尤氏说："老太太也太想的到，实在我们年轻力壮的人捆上十个也赶不上。"李纨说："只有凤姐能踩上后脚跟。"这时鸳鸯就把凤姐受屈哭泣之事说了，又说如今"奴字号的奶奶"一个个"少有不得意，不是背地里咬舌根，就是挑三窝四的"。探春说："外头看着我们何等快乐，殊不知我们这里有说不出来的烦难。"宝玉劝探春别信那些俗语，别想那些俗事。尤氏说："谁都像你？……只知道和姊妹们顽笑……一点后事也不虑。"宝玉笑道："我能够和姊妹们过一日是一日，死了就完了，什么后事不后事！"尤氏说他假长了一个胎子，又呆又傻。宝玉又说了一些疯话，大家便都散了。

鸳鸯要出大观园时想小解，刚转过山石，只听一阵衣衫响。趁月色，她看见一个高大丰壮、穿红裙的女孩，原来是迎春房里的司棋。她喊了一声，司棋从树后跑出来，拉住鸳鸯，跪下说："好姐姐，千万别嚷！"鸳鸯不知何因，司棋流下泪来，说了实话——她正跟她表兄私会。那小厮被鸳鸯喊出来，磕头如捣蒜。司棋苦求："我们的性命都在姐姐身上，只求姐姐超生要紧。"鸳鸯说："你放心，我横竖不告诉一个人就是了。"

此回出现的人物：贾政、贾赦、贾珍、赖大、林之孝、贾母、永昌驸马、乐善郡王、邢夫人、王夫人、南安太妃、北静王妃、宝玉、湘云、宝钗、黛玉、凤姐、探春、宝琴、尤氏、李纨、平儿、袭人、周瑞家的、林之孝家的、赵姨娘、费婆子、迎春、惜春、喜鸾、四姐儿、薛姨妈、琥珀、鸳鸯、司棋。

感悟：这一回又是"借事说事"，借贾母的生日，写熙凤的受屈哭泣与心灰意冷。末尾写鸳鸯遇司棋与表哥私会，暗开"绣春囊"事件序幕。

这一回，凤姐可真是伤心了。上次她自己过生日时，因贾琏与鲍二家的偷情，她大闹一场，那更多的是生气。最后，在贾母的支持下，贾琏还给她磕头道歉，她应该是胜利了。这一次则不同，她是伤心。她不但遭到婆婆的当众打脸，而且遭到了来自同一阵营（王夫人、尤氏）的批评。因为两个婆子怠慢了尤氏，而且说出"各家门，另家户"的话，凤姐怕尤氏脸上过不去，才捆了那两个婆子，因此遭了婆婆邢夫人的软钉子，已使她羞辱得落泪。这也罢了，毕竟她和婆婆不是一党。但她与王夫人是一党，王夫人也劝"你太太说的是""老太太千秋要紧，放了他们为是"。同一阵营的尤氏也说，"连我并不知道，你原也太多事了"。也许，同党的批评，使她受不住了，回屋背地里痛哭。这也可以看作贾家向衰的一个征兆。

鸳鸯的巧遇，让一对恋人的私会暴露。从这段描写可以看出两个问题：一是中国封建社会奴隶制残余的表现。司棋是贾府的"家生子"，她的婚姻是不可以"自主"的，是由主子配给"家生子"小厮的。司棋私自找她的表兄，再有私通行为，这是要获死罪的，因此司棋哭着求鸳鸯，说"我们的性命都在姐姐身上"。二是表现鸳鸯的坦诚和善良。她当场表态："你放心，我横竖不告诉一个人就是了。"这是同为"家生子"的她所生的悲悯之心吧。

尤氏说宝玉的话和宝玉的回答，显示了宝玉的性格和价值观。也许那场对话是生活中实有的。尤氏和其他人也许真是那样认识的。但现实中的尤氏再也想不到，这个傻兄弟写成千古名著，并把她们也写进书里。

本回最后写鸳鸯偶遇司棋与表兄幽会，好像是无意写来，却反映了作者的良苦用心。这一方面开启后面诸回的事端；另一方面又是"伏线千里"的笔法，埋下了一个很深的伏笔。

第73回　痴丫头误拾绣春囊　懦小姐不问累金凤

此回写因宝玉夜读书"受惊吓"引起搜查，查到夜间赌博者，贾母亲自处理；迎春乳母因赌博偷着当累金凤换钱，欺负迎春好性儿；丫鬟傻大姐捡了绣春囊被邢夫人发现，隐藏危机。

上一回赵姨娘告诉贾政，宝玉已经有了"屋里人"了。对贾政来说，这可是爆炸性新闻。本回开始，写赵姨娘的丫鬟小鹊直奔怡红院，大家问什么事，她也不说，到宝玉跟前说："我来告诉你一个信儿。方才我们奶奶这般如此在老爷前说了。你仔细明儿老爷问你话。"说完回身就去了。

宝玉听了这话，四肢五内都不自在起来，便抱怨好歹先把书背下来也好搪塞一些。当时，四书中《大学》《中庸》《论语》，他连文带注都能背下来，但《孟子》就夹生，"下孟"基本忘了。五经中只有《诗经》还可塞责，其他则不行，尤其是时文八股，他从心里厌烦，贾政当日起身时选了百十篇，他从未深入研究过。怎么办？开夜车温书吧。大小丫鬟都得陪着夜读。夜深时，小丫头们困了,哈欠连天。晴雯骂道:"……偶然一次睡迟了些,就装出这腔调来了。再这样,我拿针戳给你们两下子。"

正这时,金星玻璃(芳官)从后门跑进来说:"不好了,一个人从墙上跳下来了!"大家都出去找并没发现什么。晴雯突发奇想,何不就此说宝玉吓病了,也好躲过明天的盘考。于是她们故意把事闹大,一面传上夜的人搜查,一面去王夫人那里要"安魂丸药"。一直闹到五更天。

贾母听说宝玉被吓病了,说:"我必料到有此事。如今各处上夜都不小心,还是小事,只怕他们就是贼也未可知。"这时,探春讲了上夜人聚赌的情况。贾母说:"你既知道,为何不早回我们来?"探春说,戒饬过几次,近日好些了。贾母讲了赌博的危害,要求即刻查了头家赌家来,共查得大头家三个:一个是林之孝的姨亲家;一个是厨房柳家媳妇的妹妹;一个是迎春的乳母。还有八个小头家和二十多个聚赌者。"将为首者每人打四十大板,撵出总不许再入;从者每人二十大板,革去三个月钱,拨入圊厕行内。"黛玉、宝钗、探春等都为迎春的乳母求情,贾母说:"你们不知。大约这些奶子们一个个仗着奶过哥儿姐儿,……比别人更可恶……你们别管,我自有道理。"大家听了贾母的话只能作罢。

贾母歇晌,因她生了气,大家不敢远去,尤氏就在凤姐处闲话了一会儿到园里去寻众姑娘。邢夫人在王夫人处待了会儿,也往园里去散心。刚进园门,贾母房中做粗活的丫头傻大姐笑嘻嘻走来,低头看手里拿着的东西;不想迎头撞上邢夫人,站住了。

原来，这天傻大姐在园内捉蟋蟀，忽在山石背处发现一个五彩香囊，上面绣着两个人赤条条盘踞相抱。傻大姐不解其意，以为是两个妖精打架。她正要拿给贾母看，遇到邢夫人就问是什么。邢夫人接过一看，连忙死攥在手里，说："快休告诉一人。这不是好东西，连你也要打死。"

邢夫人来到迎春房里，说"别人都好好的，偏咱们的人做出这事（指迎春奶妈赌博）"。迎春说："我说他两次，他不听也无法。"邢夫人又埋怨贾琏不帮助迎春，说"虽然不是他一娘所生，到底是同生一父"；还拿迎春跟探春比，说："你娘比如今赵姨娘强十倍的，你该比探丫头强才是，怎么反不及他的一半？"还说自己没生孩子反倒省得别人议论笑话。说话间，人报"老太太醒了"，邢夫人起身往前边去，迎春送至院外。

迎春回房，绣桔说："前儿我回姑娘，那一个攒金的累金凤竟不知那里去了。回了姑娘，姑娘竟不问一声儿。……姑娘就该问老奶奶一声，只是脸软怕人恼。"原来，是迎春乳母将那累金凤拿去当了还赌钱了。忽然，迎春乳母的儿媳妇王住家的来了，是她让迎春去贾母那里替婆婆求情的。迎春说："好嫂子，你趁早儿打了这妄想……方才连宝姐姐、林妹妹大伙儿说情，老太太还不依，何况是我一个人。"绣桔说："赎累金凤是一件事，说情是一件事，别绞在一处说。难道不去说情，你就不赎了不成？嫂子且取了金凤来再说。"

王住家的一时脸上过不去，就冲着绣桔说："姑娘，你别太张势了。你满家子算一算，谁的妈妈奶子不仗着主子哥儿多得些意……自从邢姑娘来了，太太吩咐一个月俭省出一两银子来与舅太太去，这里饶添了邢姑娘的使费，反少了一两银子。……算到今日，少说些也有三十两了。"绣桔啐道："我且和你算账，姑娘要了些什么东西？"迎春见那媳妇揭发邢夫人的私意，忙制止道："罢，罢，罢！你不拿了金凤来，不必牵三扯四的乱嚷。我也不要那凤了。便是太太们问时，我只说丢了……"

绣桔觉得憋屈：累金凤被他们当了，反赖姑娘使了他们的钱。想着就哭起来。司棋听不过，也过来帮绣桔与那媳妇辩理。听着他们吵，迎春拿了一本《太上感应篇》来看。

可巧，宝钗、黛玉、探春、宝琴等来安慰迎春。探春问："我才听见什么'金凤'，又是什么'没有钱只和我们奴才要'，谁和奴才要钱了？"就在大家吵吵时，探春早暗使侍书去报告凤姐。一会儿，平儿来了。王住家的忙让座说："姑娘坐下，让我说原故请听。"平儿正色道："姑娘这里说话，也有你我混插口的礼？你但凡知礼，只该在外头伺候，不叫你，进不来的。"王住家的红了脸退了出去。

就在大家理论之时，迎春只和宝钗看"感应篇"的故事。最后迎春说："……至于私自拿去的东西，送来我收下，不送来我也不要了。……你们若说我好性儿，没个决断，竟有好主意可以八面周全，不使太太们生气，任凭你们处治，我总不知道。"

此回出现的人物：赵姨娘、贾政、宝玉、小鹊（赵姨娘丫鬟）、晴雯、袭人、麝月、金星玻璃（芳官）、贾母、邢夫人、尤氏、探春、林之孝家的、迎春、黛玉、宝钗、王夫人、凤姐、傻大姐、绣桔（迎春丫鬟）、王住家的（迎春乳母的儿媳）、司棋、宝琴、平儿。

感悟：傻大姐误拾绣春囊，就好像是一场暴风雨之前天边堆积的乌云，预示着不祥。然而这一重要细节，在本回中又是不经意写出的。

可以捋一下这一回的主要情节：由小鹊报信儿贾政要盘问宝玉，引起宝玉"临阵磨枪"夜读，引起芳官发现有人"跳墙"，引起晴雯等虚张声势说宝玉被吓病，引起贾母的关注和探春揭发上夜人赌博，引起贾母处置赌博为首者，因贾母生气她午休别人也不敢走远，这才引起邢夫人去大观园消磨时光发现傻大姐拿着绣春囊玩。然而这事刚刚揭出个头儿，就转入了迎春乳母偷当累金凤还赌资的事。如果不在意，绣春囊之事很容易被放过，因为虽然此事标在标题上了，但在篇幅和重要性上，在本回都不是最突出的。《红楼梦》里许多惊天动地的大事都是由这些不经意的小细节引起的，比如前文所述的"茉莉粉""蔷薇硝""玫瑰露"等。

本回中，贾母处治夜赌者，显得老辣、干练，干净利索，不容人求情。

此外，大观园的这般乱象，正是贾府最终崩溃的前兆。

第74回　惑奸谗抄检大观园　矢孤介杜绝宁国府

上一回提到的"绣春囊"在此回发酵了，酿成"抄检大观园"之丑。抄检中，显示了各位小姐及丫鬟们的性格。此前还写了宝玉想替柳家媳妇求情、贾琏与鸳鸯偷卖贾母东西的事被泄露、王夫人独审晴雯和凤姐建议减人等情节。此后专写惜春孤傲，并断绝与宁国府的关系。

书接上回，柳家媳妇的妹妹被定为赌头，人传背后主使是柳家媳妇，她们跟怡红院走得近就去求宝玉，因此宝玉到迎春房中是想一起向贾母求情。但一看那阵势，他也就不说了。平儿别了众人去办累金凤的事。回房后，她把柳家媳妇的事说了，劝凤姐"多一事不如少一事"。凤姐自那次受邢夫人当众打脸后心灰意冷，说："随他们闹去吧……我只答应知道了。"

贾琏回家向凤姐叹道："前儿我和鸳鸯借当，那边太太怎么知道了？办这事时并无外人啊。"平儿说，那晚"傻大姐的娘也可巧来送浆洗的衣服"。凤姐说："如今且把这事靠后，且把太太打发了去要紧。"因为邢夫人开口跟贾琏借二百两银子，贾琏说没钱，才提到这事。凤姐把自己的金项链押了二百两银子，命人给邢夫人送去。凤姐担心因这件事使鸳鸯受屈。平儿说，这事无妨，鸳鸯是回过老太太的；老太太"只装不知道"。

正说着，王夫人来了。她把贾琏、平儿都撵了出去，只留凤姐一人。凤姐知道出事了。只见王夫人泪流满面。原来，邢夫人把那天在傻大姐那里拿到的"绣春囊"封了，着小丫头送给了王夫人。当初，王夫人怀疑是凤姐不小心丢的，但凤姐跪着向姑姑申诉，这绝不是她丢的，而且"就连平儿我也可以下保的"。凤姐劝王夫人不要生气，并出主意趁着查赌顺便暗访这事；还建议趁机裁减那些年龄大的或咬牙难缠的下人，一则少是非，二则省费用。王夫人说："你这几个姊妹也甚可怜了。也不用远比，只说如今你林妹妹的母亲,未出阁时,是何等的娇生惯养,是何等的金尊玉贵,那才像个千金小姐的体统。"说到眼下的公子小姐可怜,王夫人说:"通共每人只有两三个丫头像个人样,余者纵有四五个小丫头子,竟是庙里的小鬼。"按王夫人的意思,先不说裁人的事,要紧的是先把"绣春囊"的事查清。

于是,周瑞家的、吴兴家的、郑华家的、来旺家的、来喜家的五家陪房被传来了,邢夫人的陪房王善保家的也主动来了,王夫人也委托了她。王善保家的又挑唆王夫人整治那些"妖艳"的丫头,并特别提到了晴雯。这触动了王夫人的记忆,有一次她去大观园好像见过这个人,但记不清了。王善保家的说可以叫来看看。王夫人采纳了她的建议,命小丫头去叫。晴雯深知王夫人最恶俏装艳饰,因此不加修饰就跟着小丫头来了。这倒坏了,因为此时的她颇具"春睡捧心"之遗风。王夫人见了笑道:"好个美人!真像个病西施了。你天天作这轻狂样儿给谁看?……我且放着你,自然明儿揭你的皮!——宝玉今日可好些?"晴雯一听,知道被人暗算了,因此说"不大到宝玉房里去……这只问袭人、麝月两个"。王夫人又怪她不关心宝玉,晴雯说她原是伺候老太太的,是老太太让她到宝玉外间屋上夜,如果太太怪罪,她以后可以留心点儿。王夫人说:"阿弥陀佛!不劳你费心。"接着又说:"去!站在这里我看不上这浪样儿。"晴雯听完就哭着回了大观园。

在王善保家的建议下,王夫人决定当晚就抄检大观园。凤姐此时心气儿已大减,只是被动参与,她对王善保家的说:"只抄检咱们家的人，薛大姑娘屋里，断乎抄不得的。"王善保家的说："这个自然。岂有抄起亲戚家来？"

第一抄的就是怡红院。宝玉先迎出来问凤姐是怎么回事，凤姐说："丢了一件要紧的东西，因大家混赖……都查一查去疑。"袭人先打开箱子并匣子，任其搜检，不过一些常用之物。接着往下查，都没什么。轮到晴雯，只见她"嚯"的一声掀开箱子，抓住箱底来个底朝天，所有之物尽情倒出。王善保家的也觉没趣，看着并无私弊之物。

第二抄的是潇湘馆。此时黛玉已睡了，刚要起身，被凤姐按住了。这边，王善保家的从紫鹃的箱子里搜出宝玉常换下来的寄名符、荷包、扇袋等，拿来给凤姐验视。凤姐笑道："宝玉和他们从小在一处混了几年……这也不算什么罕事……"

第三抄的是秋爽斋。此时探春已得到消息，命丫鬟们秉烛开门而待。探春问何事，凤姐同样说了"去疑"的话。探春冷笑道："我们的丫头自然都是些贼，我就是头一个窝主。既如此，先来搜我的箱柜，他们所有偷了来的，都交给我藏着呢。"凤姐忙命丫鬟们快快关上。探春说："我的东西倒许你们搜阅；要想搜我的丫头，这却不能。……你们不依，只管去回太太……该怎么处治，我去自领。你们别忙，自然连你们抄的日子有呢！你们今日早起不曾议论甄家——'自己家里好好的，抄家，果然今日真抄了'？——咱们也渐渐的来了！可知这样的大族人家，若从外头杀来，一时是杀不死的，这是古人曾说的'百足之虫，死而不僵'；必须先从家里自杀自灭起来，才能一败涂地。"说着，探春流下泪来。见此情景,周瑞家的说:"既是女孩子的东西全在这里,奶奶且请到别处去罢,也让姑娘好安寝。"凤姐说,就不必搜了。探春冷笑道:"你果然倒乖。连我的包袱都打开了,还说没翻。"大家说:"都翻明白了。"这时,王善保家的不知深浅,上前拉起探春的衣襟,嘻嘻笑说:"连姑娘身上我都翻了……"只听"啪"的一声,探春照王善保家的脸上狠狠打了一巴掌,怒道:"你是什么东西?敢来拉扯我的衣裳!"王善保家的讨个没趣,走到窗外说:"罢了罢了,这也是头一遭挨打。我明儿回了太太,仍回老娘家去罢……"探春喝命丫鬟:"你们听着他说话,还等我和他对嘴去不成?"侍书等出去说:"你果然回老娘家去,倒是我们的造化了……"凤姐说:"真是有其主比有其仆。"

第四抄的是暖香坞。惜春年幼,吓得不知如何是好。凤姐少不得安慰她。一会儿,从入画的箱子里搜出一大包金银裸子来,还有一包男人的靴袜。入画的脸都黄了,跪下哭诉:"这是珍大爷赏我哥哥的。因我们老子娘都在南方……所以每常得了,悄悄的烦了老妈妈带进来叫我收着的。"惜春胆儿小,忙说:"我竟不知道。这还了得!二嫂子,你要打他,好歹带他出去打罢,我听不惯的。"凤姐说:"这话若果真呢,也倒可恕。只是不该私自传送进来……倘是偷来的,你可就别想活了!"惜春说:"嫂子别饶他这次,方可防下次。"

第五抄的是紫菱洲。此时,迎春已睡着,丫鬟们刚要睡。凤姐说:"不必惊动小姐。"因司棋是王善保的外孙女,凤姐倒要看看她藏私不藏。先搜别人,皆无可疑之物。及搜到司棋,王善保家的说:"也没什么东西。"周瑞家的说:"且住,这是什么?"顺手抻出一双男人的鞋袜,还有一个同心如意的字帖,递给凤姐。原来是一封署着"潘又安"名字的情书。凤姐看了不怒反乐,笑着说:"这倒也好。不用你们作老娘的操一点儿心,他鸦雀不闻的给你们弄个好女婿来……"别人也来凑趣。王善保家的直打自己的嘴巴,说自己是现世报。为防不测,凤姐令人将司棋看了起来,等待处理。大家各自歇息。

凤姐这一夜连起几次,下面淋血不止。这天,尤氏去看凤姐,又到园里看望众姊妹时被惜春请去。惜春把入画的东西给尤氏看了,尤氏说:"实是你哥哥赏他哥哥的,只不该私自传送,如今官盐竟成了私盐了。"惜春说:"这些姊妹,独我的丫头这样没脸,我如何去见人。……我今日正要送过去,嫂子来了恰好,快带了他去。或打,或杀,或卖,我一概不管。"入画跪下求饶,大家也劝惜春。然而惜春生来廉介孤独僻性,说:"……连我也不便往你们那边去了。况且,近日我每每风闻得有人背地里议论多少不堪的闲话……"尤氏说:"谁议论什么?又有什么可议论的?"

这一对姑嫂由此争执起来。尤氏说:"怪道人人都说这四丫头年轻糊涂……你们听才一篇话,无原无故,又不知好歹,又没个轻重。……却又能寒人的心。"惜春冷笑道:"……你们不看书不识几个字,所以都是些呆子……倒说我年轻糊涂。"尤氏说:"你是状元榜眼探花,古今第一才子;我们是糊涂人,不如你明白,何如?"后来惜春甚至说出:"不作狠心人,难得自了汉。我清清白白的一个人,为什么叫你们带累坏了我?"尤氏急了,说:"怎么就带累了你?……我倒忍了这半日,你倒越发得了意……我们以后就不亲近,仔细带累了小姐的美名。"说着,叫人将入画带走,自己也赌气去了。

此回出现的人物:平儿、迎春、宝玉、王住儿媳妇、凤姐、贾琏、王夫人、周瑞家的、吴兴家的、郑华家的、来旺家的、来喜家的、王善保家的、晴雯、袭人、黛玉、紫鹃、探春、侍书、李纨、惜春、入画、迎春、司棋、尤氏。

感悟:这应该是《红楼梦》所叙故事的高潮之一。一点点积累,终于闹到"抄检"闺房的地步。小姐、丫鬟的各自性格,如袭人的柔顺、晴雯的刚烈、探春的义正词严和惜春的孤介冷心等,都在这一冲突中鲜明凸显。刻画最好的人物应属探春。读到探春落泪时,我也落泪了。她的话说得多么尖刻又中肯啊!脂砚斋给了三个字的评论:说得透!

究竟是谁将绣春囊丢在山石后的?《癸酉本石头记》后28回写成是薛宝钗故意放置的,为的是引起贾家的矛盾。虽然在《红楼梦》前80回,曹雪芹对薛宝钗这个人物是有些讽喻的,但也不至于将她描写得那么坏吧。当然,《红楼梦》前80回没有写是谁丢的绣春囊,而宝钗似乎也有这个条件——她哥哥去苏州带回许多玩物,当然不排除有绣春囊之类的东西。但这样描写离人物的性格太远,不可信。细读细想,司棋或者潘又安最有可能。潘又安能够到市井上买到这样的东西,他又和司棋在大观园的山石后幽会过,保不齐就把这东西丢在那里了。当然,这只是推测，究竟如何也不可知，但这一推测似乎更合情理，且作者描写鸳鸯偶遇司棋与表兄幽会，应该就含着预设"包袱"的意思。

第75回　开夜宴异兆发悲音　赏中秋新词得佳谶

此回写贾府过中秋节的情景："异兆"发生在东府家宴时，"新词"应是在西府赏月时宝玉等的诗作。除了写过中秋节，此回继续渲染"抄检大观园"之余波及贾珍等借习武而聚赌之恶行。

书接上回，尤氏和惜春赌气后，想去王夫人那里，但听说甄家来人了还挺机密的，就转向李纨那里。李纨见她总是呆呆的，问她出什么事了，她也不说。跟来的人说尤氏还没顾得洗脸，李纨命素云拿妆奁，银蝶为尤氏卸腕镯、戒指，炒豆儿弯腰捧着一盆温水伺候。这时，银蝶埋怨炒豆儿弯腰捧盆不尊重，炒豆儿赶忙跪下了。尤氏说："我们家下大小的人，只会讲外面假礼假体面，究竟作出来的事都够使的了。"李纨知道她说的是前一晚抄检之事。

一会儿，宝钗来了，因母亲病了她要出园几天，特来知会李纨。可巧，湘云、探春也来了。听了这事，探春说，姨妈好了不来也使得。尤氏说："怎么撵起亲戚来了？"探春冷笑道："……咱们倒是一家子亲骨肉呢，一个个不像乌眼鸡，恨不得你吃了我我吃了你？"于是，她们又谈起抄捡的事。

尤氏又看望了贾母并在那儿吃了晚饭回东府，未进大门看见两边狮子前停着四五辆大车，知是赴赌之人的。尤氏说："成日家我要偷着瞧瞧他们,也没得便。今儿倒巧,就顺便打他们窗户跟前走过去。"原来,贾珍因近日居丧,无聊至极,就想了一法:白天以习射为由,邀各世家弟兄和富贵亲友来较射,晚间赌博,开始抹抹骨牌赌个酒东,后来公然放头开局。近日邢夫人胞弟邢德全也乐在其中,此人素以吃酒赌钱、眠花宿柳为乐,但待人无二心,人称"傻大舅";薛蟠是有名的"呆大爷",也少不了他。此时薛蟠搂着娈童喝酒;邢德全输了,娈童不理他,他就开始骂街:"只不过这一会子输了几两银子,你们就三六九等了。"大家都劝娈童伺候一下"傻大舅",娈童就跪下敬酒。邢德全开始不喝,在人劝慰下一气喝干。酒勾往事,邢大舅对贾珍说:"若提起'钱势'二字,连亲骨肉都不认了。老贤甥,昨日我和你那边的令伯母赌气,你可知道否?"贾珍说:"不曾听说。"原来,他姐姐邢夫人独占了他家的财产,他跟姐姐借钱不给,他说:"我便来要钱,也非要的是你贾府的,我邢家家私也就够我花了。"尤氏在外面听着,对银蝶说:"你听见了?这是北院里大太太的兄弟抱怨他呢。可怜他兄弟还是这样说,这就怨不得这些人了。"尤氏听了一会儿,就回家了。

  次日一早,有人回:"西瓜月饼都全了,只待分派送人。"贾珍吩咐了配凤,配凤回了尤氏,尤氏遣人一一分送。因为正在居丧期,不能过八月十五日,就在八月十四日这天晚上,在汇芳园丛绿堂设宴,开怀赏月作乐。虽是家宴,也划拳行令,又命配凤吹箫,文化唱曲,喉清嗓嫩,令人魄醉魂飞。三更时分,贾珍酒已八分。正在大家添衣换盏之际,只听那边墙下有人长叹之声。

大家都悚然疑畏起来。贾珍厉声呵斥："谁在那里？"连问几声，无人应答。大家正在猜测，只听一阵风声，过墙而去。又恍惚听见旁边的祠堂有隔扇开合之声。妇人都觉毛发倒竖。贾珍最初还撑得住，后来也疑畏起来。

八月十五日这天，贾珍带领众子侄开祠堂行朔望之礼，细查祠内，并无怪异之迹。晚饭后，贾珍、尤氏过荣府这边来。此时，贾赦、贾政正陪贾母说话。贾琏、宝玉、贾环、贾兰都在地下侍立。贾母问宝玉的箭练得怎样，贾珍说："大长进了。"贾母说："别贪力，仔细努伤。"接着又说："你昨日送来的月饼好；西瓜看着好，打开却也罢了。"贾政说："大约今年雨水太勤之故。"

月亮升起来了。根据贾母的意见，他们到大观园山上的凸碧山庄赏月。桌椅摆下后按序入座，竟有半壁空余。贾母说："想当年过的日子，到今夜男女三四十人，何等热闹！今日就这样，太少了。"于是令人将围屏后迎春、探春、惜春三人请出来。贾母提议击鼓传花，花落到谁手谁就说个笑话，不说或说了别人不笑就罚酒。第一轮花落在了贾政手里。贾政是个一本正经之人，大家都想听他怎么讲。他开口说："一家子一个人最怕老婆……"只说了第一句，大家就笑了起来，因为从没听过他讲笑话。没想到，他讲了一个不错的故事。

第二轮花落到了宝玉手里。他有些为难了——说不好了，怕说没口才；说好了，怕说油嘴滑舌。于是说："我不能说笑话，再限别的吧。"贾政说："既这样，限一个'秋'字，就即景作一首诗。"贾母忙说:"好好的行令,如何又要作诗?"贾政说:"他能的。"贾母说:"既这样,就作。"于是拿了纸笔写下一首,递与贾政,道是……(原书缺诗,即回前墨所说"俟雪芹"者)贾母问怎样,贾政说:"难为他。"贾母说:"这就罢了。他能多大,定要他做才子不成?这就该奖励他……"贾政命人把从海南带回的扇子奖给宝玉两把。贾兰见此也写了一首诗呈上,贾政看后喜不自胜。

第三轮花落到贾赦手里。他也讲了一个笑话,客观上讽刺了贾母的"偏心"。

第四轮花落到贾环手里。他学着宝玉的样子也作了一首诗,呈给贾政。贾政看后说:"可见是兄弟了。……哥哥是公然以温飞卿自居,如今兄弟又自为曹唐再世了。"说得贾赦等都笑了。贾赦要来看了一遍,连声赞好,说:"这诗据我看,甚是有骨气。想来咱们这样的人家,原不比那起寒酸,定要'雪窗萤火',……何必多费了功夫,反弄出书呆子来。"贾赦拿了许多玩物赏贾环,又拍着贾环的头说:"以后就这么做去……这世袭的前程定跑不了你袭呢。"贾政忙说:"……那里就论到后事了。"

后来,贾母让他们先去了,说"再让我们和姑娘们多乐一回"。

此回出现的人物:尤氏、王夫人、李纨、素云、银蝶(尤氏丫鬟)、炒豆儿、宝钗、湘云、探春、贾母、鸳鸯、宝琴、侍书、琥珀、贾蓉媳妇、贾珍、贾赦、贾政、贾蓉、邢德全、薛蟠、配凤、文化(前二人为贾珍妾)、贾琏、宝玉、贾环、贾兰、迎春、探春、惜春。

感悟： 贾府正在一步步走向深渊。这一回写了宁国府夜宴时发生的"异兆"，作者也承认是一种"悲音"。宁国府如此，荣国府亦不复如前，正如贾母说的，"想当年过的日子，到今夜男女三四十人，何等热闹！今日就这样，太少了"。

标题中有"赏中秋新词得佳谶"的说法，但读者还没看出有什么"佳谶"，难道是贾赦说将来贾环要世袭的话？书中未将"新词"（宝玉、贾兰、贾环的诗）列出，是空着的，也就不知"佳谶"究竟为何。

此回"回前墨"写道："乾隆二十一年五月初七日对清。缺中秋诗，俟雪芹。"邓遂夫对此加了很长的注，大加颂扬。这一行短短的文字确有"文献"价值。第一，反映了《红楼梦》写作的实际情况。看来，曹雪芹写作也不是一气呵成的。庚辰本是较靠后的本子，还有诗词没补上。第二，证明《红楼梦》就是曹雪芹所作。近年来有些人对《红楼梦》的著作权产生怀疑，说除了《红楼梦》未见曹雪芹有其他作品传世，还说他那样的"酒徒"怎能写出这样伟大的作品。这其实是不值一驳的。

贾赦看了贾环的诗说："将来这世袭的前程定跑不了你袭呢。"从此也可以看出，贾赦虽不是贾母的亲生子，但不见得不是贾代善的儿子，也许他如同贾环一样是庶出。贾环是庶出，他上边还有宝玉、贾琏，怎么官位就该由他来袭呢？贾赦说这话，是不是有点惺惺相惜呢？

还有一点要说，从"绣春囊"这个细节来说，这一回也可以说是"绣春囊"事件的余波，主要表现在尤氏、探春等对"抄检大观园"的抱怨。

第 77 回　俏丫鬟抱屈夭风流　美优伶斩情归水月

此回主要写晴雯从被逐到死亡的过程。一前一后又写了司棋被逐、芳官等 4 个戏子被逐并出家的情景。

此回的开始，写了一些家庭琐事，主要是王夫人为给凤姐配养生丸，到处找人参而不得，最后找到贾母那里得到一些"手指粗的"，但配药的说年头太久了已失去药性。王夫人要到外面去买，但薛宝钗说，外面卖的都是假的，她家的铺子跟参行有交易，叫她哥哥跟参行兑二两真的来，多花点钱倒是真货。王夫人笑道："倒是你明白。"

接着，王夫人就问起中秋节前抄检大观园的结果。周瑞家的把司棋的事说了，还说王善保家的被打了脸因而这几天装病在家，她顺便建议尽快处理司棋这件事。王夫人说："这倒也是，快办了这一件，再办咱们家的那些妖精。"

周瑞家的遵命到迎春那里说："太太们说了，司棋大了，连日他娘求了太太，太太已赏了配人……"司棋向迎春说："姑娘好狠心！哄了我这两日，如今怎连一句话也没有了？"迎春含泪道："我知道你干了什么大不是，我还十分说情留下，岂不连我也完了？你瞧入画也是几年的，怎么说去就去了？自然不止你两个，想这园里凡大的都要去呢。"司棋听完只能和迎春含泪告别。绣桔也擦着泪赶来跟司棋告别。宝玉正好从外面来，见前几日入画被逐，现在司棋又被逐，就想拦住，结果没拦住。因晴雯病着,就急着赶回怡红院去。

到了怡红院,只见一群人围在那里,王夫人一脸怒色。已四五天水米不沾牙的晴雯正被从炕上拉下来,蓬头垢面,由两个女人架着去了。在王夫人的盛怒之下,宝玉也不敢多言。从袭人到做粗活的小丫头,王夫人都要一一过目。她问:"谁是和宝玉一日的生日?"老嬷嬷指道:"这一个蕙香,又叫作四儿的。"王夫人细看了看,虽不及晴雯一半,倒也长得水秀。王夫人问:"同日生日就是夫妻。这可是你说的?……难道我通共一个宝玉,就白放心凭你们勾引坏了不成?"四儿一听王夫人说出她和宝玉素日的私语,不禁红了脸落下泪来。王夫人当即命人将她领出去配人。接着又问:"谁是耶律雄奴?"老嬷嬷指出芳官。王夫人说:"唱戏的女孩子,自然是狐狸精了!"因此喝命:"唤他干娘来领去,就赏他外头自寻个女婿去吧。"又盼咐:"上年凡有姑娘们分的唱戏的女孩子们,一概不许留在园里,都令其各人干娘带出,自行聘嫁。"又盼咐袭人、麝月等:"你们小心!往后再有一点分外之事,我一概不饶。……暂且挨过今年,明年一并给我仍旧搬出去心净。"

王夫人电闪雷鸣般地处理了几个女孩后就往回走;宝玉送到沁芳亭,回来倒床大哭。袭人等也跟着垂泪。宝玉哭道:"我究竟不知道晴雯犯了何等滔天大罪!"袭人道:"太太只嫌他生的太好了,未免轻佻些。……像我们这粗粗笨笨的倒好。"宝玉说:"怎么人人的不是,太太都知道;单不挑出你和麝月、秋纹来?"袭人觉得宝玉似有疑她之意,就说:"你有甚忌讳的,一时高兴了,你就不管有人无人了。我也曾使过眼色……你反不觉。"

接下来写了一段花木与人感应的故事。

宝玉稳住一切人,央一个老婆子领路,到了晴雯家。原来,晴雯是赖大买来的,因为她生得伶俐标致,就被孝敬给贾母了,贾母又给了宝玉。晴雯有个姑舅哥哥,晴雯求赖家的也收买进来做厨师,还被配个女孩做夫妻,就是当年被贾琏"接见"的多浑虫和灯姑娘。这个灯姑娘多情美色,生活很烂,满宅男人她竟"考试"一半。此时,这两口子都出去了,只把晴雯扔在家里。宝玉掀起草帘进屋,见晴雯睡在芦席土炕上,含泪轻轻拉她唤她。晴雯见是宝玉,一把死攥住他的手,说:"阿弥陀佛,你来得好,且把那茶倒半碗我喝。渴了这半日,叫半个人也叫不着。"宝玉拭泪从桌上拿了一个粗大的碗,洗了洗,从那黑砂吊子里倒了些不成茶的茶。晴雯却如得甘露一般,一气灌了下去。宝玉流泪问道:"你有什么说的,趁着没人告诉我。"晴雯哽咽道:"有什么可说的?不过挨一刻是一刻,挨一日是一日。我已知道横竖不过三五日的光景,就好回去了。只是一件,我死也不甘心的:我……并没有私情密意勾引你怎样,如何一口死咬定了我是个狐狸精?……早知如此,我当日也另有个道理。不料痴心傻意,只说大家横竖是在一处。不想……"说完又哭。她伸手取了剪刀,将左手两根葱管一般的指甲齐根铰下,又伸手向被内将贴身红绫袄脱下,并指甲一起交给宝玉,说:"这个你收了,以后就如见我一般。快把你的袄儿脱下来我穿。……论理不该如此,只是担了虚名,我可也是无可如何了。"

接着又写了一大段灯姑娘调戏宝玉的情节。

宝玉回到怡红院，一夜睡不着。至五更刚睡去，却见晴雯从外面走来，笑道："你们好生过罢，我从此就别过了。"说完就走，宝玉忙叫，却将袭人叫醒了。原来这不过是一场梦。袭人以为是他乱嚷，过来一看竟是宝玉哭了。宝玉说："晴雯死了。"袭人说他是胡闹，宝玉却想天亮后着人去看个究竟。

谁知，天亮后有人请贾政赏桂花，贾政就叫宝玉、贾环、贾兰一起跟着去作诗。

王夫人送走他们父子，就有芳官等三个干娘来回话，说芳官、蕊官、藕官寻死觅活要去做尼姑。王夫人说："胡说！那里由得他们起来……每人打一顿给他们，看还闹不闹了！"这时，水月庵的智通和地藏庵的圆信正在贾府，听了这个信儿，正想拐走几个女孩子，就做王夫人的思想工作。王夫人说："既这样，你们问他们去。若果真心，即上来当着我拜了师父去罢。"最后，芳官跟了水月庵的智通，蕊官、藕官跟了地藏庵的圆信。

此回出现的人物：王夫人、凤姐、彩云、邢夫人、贾母、周瑞家的、宝钗、迎春、司棋、绣桔、宝玉、晴雯、袭人、四儿（蕙香）、芳官（耶律雄奴）、麝月、宋妈、灯姑娘（晴雯的嫂子）、贾母、智通、圆信（前两者为尼姑）、蕊官、藕官。

感悟：许多研究者认为，曹雪芹只写了贾府的繁荣，没写到贾府的衰败。红学大家俞平伯就说，"《红楼梦》八十回中贾氏尚未中落，宝玉尚是安富尊荣""全书若照雪芹做法，至少亦不止一百二十回，兰墅补了四十回是最少之数了"。其实，自那位老太妃薨逝、贾母等参加丧礼开始,写内乱、衰败的笔速就已经加快了。近两个单元,也就是从第61回"投鼠忌器宝玉情赃"(玫瑰露事件)开始,一步步紧逼,到第74回"抄检大观园"(绣春囊事件)形成一个高潮。这两个单元"逆事"不断发生,上个单元尤家二姐妹自杀,尤其是尤二姐吞金死在贾府,这是多大的讽刺!本单元开始的"抓赌",反映了管理的混乱;接着"绣春囊事件"更是闹得天翻地覆;刚刚平静一些又出"异兆"、发"悲音",这一回更是"雷嗔电怒",一下子就将6人逐出大观园,其中一个死了(晴雯)、三个出家(芳官等)。

这一回重点是写晴雯之死。晴雯是十二钗副册中的重要成员,在丫鬟中是宝玉的心尖子,她的死非同小可,况且她是屈死的——只是因为长得好,为人直白、伶俐、任性,就被指为狐狸精,在身患重病的情况下被驱逐。她没有半点勾搭宝玉的意思却遭此厄运,因此她与宝玉临别前说:"早知如此,我当日也另有个道理。"这实际在暗讽袭人。袭人是"出了名的至善至贤之人",却与宝玉早就偷吃了"禁果",还要到王夫人那里大谈担忧宝玉与小姐、丫鬟做出"不好听"的事,由此引起王夫人喜爱,暗中收为宝玉的"屋里人";而晴雯什么事也没干,只是嘴上尖刻了一点,却被说成勾搭宝玉了,进而被驱逐致死。

这一回是"绣春囊"事件的后续影响。

第78回　老学士闲征姽婳词　痴公子杜撰芙蓉诔

此回主要写晴雯死后宝玉的反应,主要集中在芙蓉诔上;写宝玉两次被贾政叫去作诗，尤其是表彰林四娘的诗；还写王夫人向贾母汇报驱逐晴雯等人，及宝钗搬出大观园等情况。

书接上回，王夫人看着两个尼姑领走芳官等，就来向贾母汇报驱逐一些丫鬟等人的事。贾母说："这倒是正理……但晴雯那丫头我看他甚好，怎么就这样起来？我的意思，这些丫头的模样爽利言谈针线多不及他，将来只他还可以给宝玉使唤得。谁知变了。"王夫人说，老太太挑的人没错，只是她没福得了女儿痨。王夫人乘便又汇报了将袭人收为宝玉"屋里人"的事，贾母笑道："原来这样，如此更好了。袭人本来从小儿不言不语，我只说他是没嘴的葫芦。既是你深知，岂有大错误的？"后来，凤姐也来了，说起宝钗主动搬出大观园的事，王夫人担心有人得罪了她，凤姐说谁去得罪她，王夫人说："别是宝玉有嘴无心，傻子似的从没个忌讳，高兴了信嘴胡说也是有的。"凤姐说："若说他（指宝玉）出去干正经事说正经话去，却像个傻子；若只叫进来在这些姊妹跟前以至于大小的丫头们跟前，他最有尽让……我想薛妹妹出去，想必为着前日搜检众丫头的东西的缘故。……恐我们疑他，所以多了这个心，自己回避了。"于是，王夫人把宝钗叫来解释这件事。宝钗也讲了自己的道理，主要是她住在园里，开东南小角门免不了有人抄近路出入，闹出点事来都不好，最后说："不但我执意辞去之外，还要劝姨娘如今该减些的就减些……据我看，园里这一项费用也竟可以免的，说不得当日的话。"凤姐听了说："这话竟是，不必强了。"

说话间，宝玉等回来了。王夫人问他丢丑了没有，宝玉说不但没丢丑,还拐了许多东西。于是把所得的扇子及文房四宝等拿出展览,并介绍说,这是梅翰林送的、那是杨侍郎给的等。贾环、贾兰也得了东西。原来,贾政是带他们应景作诗去的。

然而,宝玉最关心的事——晴雯是死是活,却没有一点信息。在回大观园的路上,他将外套脱了让麝月拿着,露出血点般大红裤子来。秋纹见这条裤子是晴雯做的,就叹道:"这条裤子以后收了罢,真是物在人亡了!"宝玉知道是晴雯"走"了。两个大丫头前头去了,宝玉乘机问两个小丫头:"你袭人姐姐打发人瞧晴雯姐姐去了不曾?"一个小丫头答道:"打发宋妈妈瞧去了。"他们告诉宝玉,听说晴雯叫了一夜到天亮才咽气。宝玉问晴雯叫的是谁,一个小丫头说:"一夜叫的是娘。"宝玉拭泪问:"还叫谁?"那小丫头说没听到她再叫别人。另一个小丫头机灵,说她偷偷去看了,于是编了一套晴雯临终前怎样盼望见到宝玉的故事。她说当时劝晴雯等等宝玉,晴雯说她不是死,是去做花神,因此不能等了。宝玉问是做什么花神,那小丫头看到池上的芙蓉就瞎编,说晴雯是"专管这芙蓉花的"。宝玉听后说:"此花也须得这样一个人去司掌。"宝玉想,临终未见,如今要到灵前一拜。

于是,宝玉换了穿戴,撒谎说是去黛玉那里,却独自去了晴雯的表哥嫂家。谁知,晴雯刚一咽气,她哥嫂就报了,王夫人赏了十两烧埋银子,又命:"即刻送到外头焚化了罢。女儿痨死的,断不可留!"听了这话,她哥嫂立刻雇人入殓送到城外化人场,二人也跟去了。宝玉因此扑了空。他站了半天只能回到大观园,顺便到蘅芜苑，见空空落落的，就问是怎么回事，老婆子告诉他宝姑娘搬出去了，并说"从此你老人家省跑这一处腿子了"。宝玉听了这话，看那香藤异蔓虽青青的，但颇感凄凉。这时，小丫头来叫，说老爷又有新题目让他做。

朝廷要宣扬历代英模，征集典型，贾政跟幕僚讲了林四娘的故事：古时有个恒王养了一群美女，他不光让美女陪她玩耍，还让她们习武和攻城拔寨。其中有个林四娘，长得最漂亮，武术也最好。恒王就让她统辖这群"娘子军"。有一年，一群土匪抢掠山左，恒王没当回事儿只带少量兵出征，结果被匪帮杀了。林四娘召集"娘子军"，说："今王殉身国事，我意亦当殉身于王。你等有愿随者，即时同我前往；有不愿者，亦早各散。"众女将都愿前往征讨。结果，女将们全殉身了。

大家听了都说应该歌颂，还有人写了短序呈给贾政。贾政说，原是有序的，上报朝廷了。

宝玉、贾环、贾兰都来了。贾政要他们根据林四娘的故事各作一首诗，先成者有奖，好的再奖。贾兰先成了，是一首七言绝句。接着，贾环也有了，是一首五言律诗。贾政问宝玉怎样了，宝玉笑道："这个题目，似不称近体，须得古体，或歌或行，长篇一首，方能恳切。"贾政说："如此，你念我写。若不好了，我捶你那肉——谁许你先大言不惭了？"宝玉念了第一句："恒王好武兼好色。"贾政摇头："粗鄙。"一幕宾说："要这样方古。"于是，宝玉念贾政写，起承转合一篇长歌《姽婳词》作成，众人都大赞不止。贾政说："去吧。"宝玉等各自回房。

宝玉回园猛见池上芙蓉，想起小丫头说的晴雯做了芙蓉神的事，就想虽未到灵前一祭，倒可以就此一祭，又尽了心又别致。他想简单地拜拜仍不能尽心，须要写篇诔文祭祀才好，而且他立意："亦不可蹈袭前人的套头，填几字搪塞耳目之文；亦必须洒泪泣血，一字一咽，一句一啼，宁使文不足、悲有余，万不可尚文藻而反失悲切。"宝玉的这篇诔文，的确做到了"洒泪泣血，文、悲俱足。如说"鼎炉之剩药犹存，襟泪之余痕尚渍"（物在人亡）；又说"连天衰草，岂独蒹葭；匝地悲声，无非蟋蟀"（晴雯几乎是抛尸荒野）；还有"昨承严命，既趋车而远涉芳园；今犯慈威，复泣杖而忍抛孤柩"（宝玉处境）。还有一句令人惊疑："钳诐奴之口，讨岂从宽；剖悍妇之心，忿犹未释！"读完长诔，宝玉焚帛奠茗。忽山石后转出一人来。

此回出现的人物：王夫人、贾母、迎春、凤姐、宝钗、宝玉、贾环、贾兰、麝月、秋纹、晴雯哥嫂、贾政。

感悟：这一回加重了悲剧的色彩。虽然晴雯在上回已死，但到此回宝玉才确切知道。应该说，这对宝玉和晴雯来说，都是一场悲剧。晴雯受屈而死，宝玉痛失"爱仆"，连看一眼、送一程的机会都没有。正像宝玉在《芙蓉女儿诔》中说的，"昨承严命，既趋车而远涉芳园；今犯慈威，复泣杖而忍抛孤柩"。

这一回应该主要是宝玉对晴雯的追思，但又如何解释宝玉两次被召去赋诗？第一次宝玉被贾政叫去作诗，完全用"隐笔"，根本没说到哪儿、有谁参加、写的什么诗，只是通过宝玉回答王夫人的问话，才知道有一些高官参加了活动。这完全可以看作贾政有意"调离"宝玉,增强晴雯之屈死、宝玉之处境的悲剧色彩。第二次贾政叫宝玉等去作诗,有目的、有题材、有要求,有诗作,那么表彰林四娘又与悲悼晴雯有何关系呢?这应该又是《红楼梦》的专属笔法——《红楼梦》每写一主要情事,总要做多层铺垫,或者为要写的情事先立一个类似的"影像",但这个"影像"也可能与要写的情事无关。比如,《红楼梦》开头写的甄士隐就与贾府没什么关系,但他可能就是宝玉晚年的"影像"。俞平伯、顾颉刚等大家即持这种观点。而这回宝玉写的《姽婳词》,则可能是为《芙蓉诔》立的"影像"。

《芙蓉诔》中有句话使人感到惊疑,就是"钳诐奴之口,讨岂从宽;剖悍妇之心,怨犹未释"。"诐奴",很好理解,应该是进谗言的王善保家的;而"悍妇"又指谁呢?是王夫人吗?决定驱逐晴雯,又说晴雯得了"女儿痨",命人将其尸体运到城外烧掉的,正是王夫人。如果《红楼梦》是曹雪芹的"自传",这不单是"扬家丑",而且是"骂母"啊!可见当时作者内心是多么痛苦、多么矛盾!这是"亲情"与"人性"的巨大矛盾。

南宋诗人陆游的《钗头凤·红酥手》也谴责了他母亲,说"东风恶,欢情薄",也只是说个"恶"字。而《芙蓉诔》却称"悍妇"而且"剖心",听了肝儿颤。

主要参考书目

1. 《马克思恩格斯选集》,人民出版社,1972年
2. 《毛泽东文艺论集》,中央文献出版社,2002年
3. 《鲁迅全集》,人民文学出版社,1981年
4. (汉)司马迁:《史记》,中华书局,1959年
5. (清)吴楚材、吴调侯编选:《古文观止》,中华书局,1978年
6. (清)察明义、(清)爱新觉罗·裕瑞:《绿烟琐窗集 枣窗闲笔》,上海古籍出版社,1984年
7. (清)曹寅:《楝亭集》,上海古籍出版社,1978年
8. 曹雪芹著,脂砚斋评,邓遂夫校订:《脂砚斋重评石头记甲戌校本》,作家出版社,2001年
9. 曹雪芹著,脂砚斋评,邓遂夫校订:《脂砚斋重评石头记庚辰校本》,作家出版社,2006年
10. (清)佚名著,金俊俊、何玄鹤整理:《〈癸酉本石头记〉后28回》,九州出版社,2014年
11. 冯其庸纂校订定:《八家评批红楼梦》,文化艺术出版社,1991年

12. 周汝昌：《周汝昌校订批点本石头记》，漓江出版社，2010 年
13. 蔡元培：《石头记索隐》，上海书店出版社，2008 年
14. 胡适：《红楼梦考证》，北京出版社，2015 年
15. 俞平伯：《红楼梦辨》，商务印书馆，2011 年
16. 周汝昌：《红楼梦新证》，译林出版社，2013 年
17. 周汝昌：《谁知脂砚是湘云》，江苏人民出版社，2009 年
18. 周伦苓编：《周汝昌梦解红楼》，译林出版社，2011 年
19. 张爱玲：《红楼梦魇》，北京十月文艺出版社，2012 年
20. 王国维、蔡元培、胡适：《三大师谈红楼》，译林出版社，2015 年
21. 王国维：《王国维文学论著三种》，安徽师范大学出版社，2014 年
22. 董志新：《毛泽东读红楼梦》，万卷出版公司，2009 年
23. 冯其庸、叶君远：《吴梅村年谱》，文化艺术出版社，2007 年
24. 孙玉明：《红学：1954》，北京图书馆出版社，2003 年
25. [哥伦比亚] 加·加西亚·马尔克斯著，高长荣译：《百年孤独》，北京十月文艺出版社，1984 年
26. 张国培编：《加西亚·马尔克斯研究资料》，南开大学出版社，1984 年
27. 冯天瑜：《"封建"考论》，武汉大学出版社，2006 年
28. [法] 马克·布洛赫著，张旭山译：《封建社会》，商务印书馆，2007 年
29. 孙筱：《两汉经学与社会》，中国社会科学出版社，2002 年

30. 林乾：《雍正十三年》，中信出版集团，2017 年
31. 张宏杰：《饥饿的盛世——乾隆时代的得与失》，重庆出版社，2016 年
32. 柏杨：《中国人史纲》，山西人民出版社，2008 年

后　记

走出考证、索隐的迷宫，用心感悟《红楼梦》。

上述这一想法，是我认真阅读了带脂批的《红楼梦》和胡适、俞平伯、周汝昌、张爱玲等人有关《红楼梦》的考证之后产生的。

我第一次读到带脂批的《红楼梦》是大学毕业刚刚留校任教时，不过读得很粗糙。受时代局限，当时我凭着北师大中文系教师的资格，才得以看到影印本的《脂砚斋重评石头记》。但那时不能借出来阅读，只在图书馆匆匆看了前两回就被收回了。不过，那已令我感到惊奇，因为它跟我原来看过的通行本以及当时老师讲的、报刊评的大相径庭。

至今记得，在端庄的黑字正文之间夹着许多鲜红隽秀的"朱批"。当时给我印象最深的是，批语对小说原文象征意义的揭示。比如，在"大荒山"旁批注着"荒唐也"；在"青埂峰"旁批注着"情根"；在"十里街"旁批注着"势利"；在"仁清巷"旁批注着"人情"；在"葫芦庙"旁批注着"糊涂也"；在"巷内有个古庙，因地方狭窄"旁批注着"世路宽平者甚少"。而对小说人物名称隐喻的批注更是给人启迪，比如出现甄士隐的名字时，旁批说"托言将真事隐去也"；出现贾雨村的名字时，旁批说"雨村者，村言粗语也。以村粗之言，演出一段假话也"；介绍甄士隐的独生女"英莲"时，旁批说"应怜也"。

其实，上述的这些脂批，在脂砚斋的评语中还不是十分重要的，但对当时的我来说却是闻所未闻的。当学生时，老师在古典文学课上讲《红楼梦》，只是讲曹雪芹和《红楼梦》在中国文学史上的地位，作品分析也是讲曹雪芹通过对贾府兴衰的描写揭露中国封建社会必然走向灭亡的命运。而且，当时流行的都是经过高鹗补作了后40回的红楼梦，并非接近曹雪芹原作的早期抄本，更看不到附有大量脂砚斋批语的脂评本。

那次匆匆与脂评本见过一面后，我在学校就没有机会再与它见面。后来，我离开学校从事新闻工作，终日追逐社会热点或我负责的领域里的新闻，更无缘接触脂评本了，闲暇时读《红楼梦》仍然是高鹗修改过的版本。

2006年，我和一位老同学去西单北京图书大厦，突然发现邓遂夫校订、作家出版社出版的《脂砚斋重评石头记甲戌校本》，翻开一看，这不就是我30年前看到过的脂评本吗？而且，又经过了邓先生认真的校勘。于是，我如获至宝地买下了一本，心说自己可以舒舒服服地坐着或躺着细看了。

但书买回后我并没有立即阅读，因为那时太忙——那时的我除了主编一种杂志外，正利用业余时间选编一部书稿。那本书出版后又开始另一部书稿的写作。

快退休了，一位朋友非要我到他主管的杂志社去帮忙，盛情难却，就暂时兼了两个职位。两个上班的地方相隔十几里，我家在中间，我就一天这边一天那边的两边跑。没办法，我只好暂时停止了正在进行的《探索中国人的潜意识》那部书稿写作。这倒能挤出一些闲暇时间了，因此就认真读起《脂砚斋重评石头记》(包括甲戌本和庚辰本)来。

《脂砚斋重评石头记》让我认识了真正的《红楼梦》。与过去我读过的各个版本(包括冯其庸纂校订定的《八家评批红楼梦》)相比，脂评本给我的感觉是：实、近、亲。

所谓"实"，因为通行的《红楼梦》是经过高鹗编辑过的，他进行了一些删削润色(且补写了后40回)，在某种程度上失去了原作朴实的本色，而脂评本就没有这个毛病，显得很实在；所谓"近"，因为脂评本原文的朴实，尤其是脂砚斋的评语在作者与读者之间架起了理解的桥梁，一下子拉近了读者与这部经典著作的距离；所谓"亲"，主要是脂砚斋的评语总让人站在作者和评者的立场上与他们共同回顾那段令人眷恋而温馨的往事，而看其他小说或百二十回本《红楼梦》则没有这种体验。可以说，这是《红楼梦》区别于其他小说的最大特点之一。其他小说都是面世后由评家注释或评论，而《红楼梦》则是边创作(主要是曹雪芹)边评论(主要是脂砚斋或畸笏叟，周汝昌认为是一个人，即书中的史湘云)。评，也不是一般评论家的评论，有许多人物背景的介绍，并把作者、评者及书中人物融为一体。其实，这些评论也是一种"创作"。因而，我认为，读《红楼梦》不看脂评，是无法享受其艺术魅力的。

言归正题，接下来，我还是讲一段感悟《红楼梦》的经历。

2010年12月13日早晨，我在上班路上接到老伴儿的电话，说我的内兄自杀了！我听了这个消息很是震惊，安慰了老伴儿几句，上班点了个卯就回家了。那几天，我沉浸在悲痛里自不必说，因为是亲戚关系，总是不由自主地去揣想内兄自杀的细节，对内兄的自杀感到不可思议。

那些日子，我正在看脂评本的《红楼梦》，内心一直被脂砚斋的几条评语苦恼着。这几条评语出自庚辰本第12回"王熙凤毒设相思局　贾天祥正照风月鉴"。当贾瑞（天祥）被王熙凤"戏弄"病倒后，跛足道人拿出一个两面都能照人的镜子，这时脂砚斋评道："此书表里皆有喻也。"当跛脚道人告诫贾瑞"千万不可照正面"时，脂砚斋旁批道："观者记之！不要看这书正面，方是会看。"

也许是我多年从事新闻工作的缘故吧，因此我一直在想：《红楼书》这部书的表是什么，里又是什么，表里都有什么寓意，所有这些都能用准确的语言表达出来吗？如果不能用准确的语言表达出来，只是靠"神会"，那就是在故弄玄虚。

就在我为如何理解《红楼梦》的真实意义而苦恼时，突然遇到内兄自杀的事件，受这两种思绪的冲击，我一时顿悟：《红楼梦》表面描写贾府的温柔富贵、热闹繁华，其实它的底色是黑暗冷酷的。我想起脂砚斋的另一条评语，写贾瑞拿起跛脚道人的镜子照了反面，只见一个骷髅立在里面，于是脂砚斋批道："所谓

'好知青冢骷髅骨，就是红楼掩面人'是也，作者好苦心思！"脂砚斋的这句评语，其实是在暗示我们：那镜子正面是光艳照人的王熙凤，反面则是恐怖冰冷的骷髅。这也正是《红楼梦》要表达的主旨：表面的光彩与底里的丑陋。

想到这里，我仿佛获得了重大发现似的，无比兴奋。于是，又从头细细求证，写出了一篇论文《看懂"红楼"需"反读"——关于〈红楼梦〉"底色"的探讨》，发表在《工人日报》上。

2015年，我完成了《探索中国人的潜意识》一书的写作、修改，并由中国工人出版社出版。之后，我腾出时间再次阅读脂评本《石头记》及一些红学专著，包括蔡元培、胡适、俞平伯、周汝昌、张爱玲等红学大家的著作。读完这些著作，加上我个人的体验，便产生了一个大胆想法：我们可能迎来感悟《红楼梦》的时代。

《红楼梦》问世200多年，对于如何读懂它，走过了曲折的路。蔡元培以前（包括蔡元培），人们对《红楼梦》的认识是主观片面的，主要以附会政治为主，比如认为书中写的是清世祖与名妓董小宛的故事等，被胡适批评为"笨伯猜笨谜"；胡适的《红楼梦考证》拨开了《红楼梦》研究领域的迷雾，以"感叹身世"的"自传说"唤醒世人，其有力依据就是他从民间得到的《脂砚斋重评石头记》；俞平伯和周汝昌则沿着胡适开辟的"自传说"走出了各人不同的路——俞平伯侧重文本的研究辨析，周汝昌侧重对曹家历史的考证；而张爱玲主要靠版本学和校勘学的支持进行研究，得出许多令人信服的结论。

而从我所见《红楼梦》的研究论著看，胡适是"启蒙"者，此前读者都被蒙在鼓里，靠瞎猜；周汝昌是"考证"者，他利用清朝史料，特别是与曹家、李家的有关史料，从实证方面论证了胡适的"自传说"；张爱玲是"考古"者，她根据《红楼梦》各种版本的改动，包括作品方言的细微变动，考证出《红楼梦》形成过程的不同时期的真貌，这如同考古学家用碳十四来判断化石的年代一样。

说到"感悟《红楼梦》"，我的意思是说：上述所举的这些红学大家前辈，为我们拨云见日、探幽析微，已经把《红楼梦》的历史背景、各种版本的异同以及流传史都弄清楚了，我等后辈应该根据自己不同的生活经历、学识修养、人生际遇，去体会去感悟。就像我由于内兄自杀一事的刺激而体会到了《红楼梦》在光鲜的表面下流动的黑色暗流——多少鲜花般的生命非正常死亡！

为什么要强调感悟《红楼梦》？那是因为可供"考证"的新材料越来越少。《红楼梦》问世已经200多年，估计今后新的版本很难发现了，特别是80回以后的篇章。曹雪芹的家庭和社会背景发掘得也差不多了。还会有奇迹发生吗？可能性不太大了。

不过，最近看到一部《癸酉本石头记》，主要是后28回，据说是"真本"。该书共十二册，每册九回，计108回（这点倒是与周汝昌估计的巧合）。该书作序者言之凿凿："其后二十八回内容是不容置疑的《石头记》佚文，是书以不可思议方式，隐匿三个世纪后横空出世。"但是，我读后对此却大惑不解！也许在人物的结局和大的框架上更符合后来研究者的"意图",将前80回抛出的"线头"也都衔接上了,但在对人物性格的刻画和语言的运用上与前80回简直有天壤之别,当然有些篇章也写得很精彩,有曹雪芹的风采,但就全部来看还是写得较粗糙。人物有的写得走了样,语言也不像前80回那么炉火纯青。

张爱玲曾说人生有三恨:"一恨海棠无香,二恨鲫鱼多刺,三恨红楼梦未完。"然而我要说:女神维纳斯雕像虽然断了臂,但仍然是美的;《红楼梦》未完成的版本也仍然是美的,它留给了人们许多思考的空间。我想,《红楼梦》如果像其他作品一样完整地流传下来,也许就不会产生"红学"了。一部小说(实际是大半部)成就了一门独立的"学问",这在中外文学史上恐怕也是绝无仅有的吧。

从《癸酉本石头记》的真伪不定,也可以看出红学发现新材料的难度之大,那么留给读者甚至研究者的更多的应该属于"感悟"。然而,著名红学家周汝昌为红学划了一个大体的范围:一是曹学(研究曹雪芹及其家世);二是版本学(研究《红楼梦》的各种版本,去伪存真);三是脂学(研究脂砚斋的评论及其脂砚斋其人);四是探轶学(研究《红楼梦》80回后的主要情节、基本布局和整体构思的轮廓等)。至于对作品的艺术分析,或者仅凭文本的个人感悟,恐怕要被排除在红学之外的。

其实,对《红楼梦》的阅读和认识,是可以分为两条路径进行的:一方面,就像周汝昌所言,按照那四个方面红学家们继续研究,以便给大众阅读提供理论支持,让普通读者能够更真实、更全面、更深刻地认识《红楼梦》；另一方面，就是本文所要说的，大众可以根据自己的生活经历、文化水平、理解能力去阅读、感悟《红楼梦》，有了独特感受也不免写成文章与大家交流。

在本书即将付梓之际，我突然想起教过我古典文学课的几位先生——许嘉璐先生、启功先生、韩兆琦先生、郭预衡先生、聂石樵先生、邓魁英先生、杨敏如先生……是他们精彩的讲授和谆谆的教导引我进入中国古典文学的精美殿堂；又想起教授我其他课程的老师，比如张美妮先生、刘锡庆先生、黄会林先生、谭得玲先生、史希尧先生、仲哲明先生、马新国先生、齐大卫先生、张之强先生、蔡渝嘉先生、梅莎先生、黄贤友先生……是他们园丁般的呵护和培育，使我学会如何做人、做事、做文；还想起工人日报社原文艺部主任刘建民和《工会信息》杂志总编辑吴明福，他们不嫌浅陋发表我的拙作，给我以信心；还有《新华文摘》编审陈汉萍摘编广布我的拙见，给我以鼓励；更有中国工人出版社的鼎力支持，使拙著得以出版，在此一并深致谢忱！此刻，愿已经仙逝的老先生灵魂安息，家人平安！

王宏铭

2024 年 6 月

图书在版编目（CIP）数据

红楼有三味 / 王宏铭著. -- 北京：中国工人出版社, 2024.6. -- ISBN 978-7-5008-8377-7

Ⅰ. I207.411

中国国家版本馆CIP数据核字第202448EN59号

红楼有三味

出 版 人	董　宽
责 任 编 辑	陈培城
责 任 校 对	张　彦
责 任 印 制	黄　丽
出 版 发 行	中国工人出版社
地　　　址	北京市东城区鼓楼外大街45号　邮编：100120
网　　　址	http://www.wp-china.com
电　　　话	（010）62005043（总编室）
	（010）62005039（印制管理中心）
	（010）62379038（社科文艺分社）
发 行 热 线	（010）82029051　62383056
经　　　销	各地书店
印　　　刷	宝蕾元仁浩（天津）印刷有限公司
开　　　本	880毫米×1230毫米　1/32
印　　　张	10　　插　页　0.375
字　　　数	215千字
版　　　次	2024年8月第1版　2024年8月第1次印刷
定　　　价	58.00元

本书如有破损、缺页、装订错误，请与本社印制管理中心联系更换

版权所有　侵权必究